傲慢与善良

[日]
辻村深月
著

邱香凝
译

中信出版集团 | 北京

图书在版编目（CIP）数据

傲慢与善良 /（日）辻村深月著；邱香凝译 . -- 北京：中信出版社，2021.4
ISBN 978-7-5217-2758-6

Ⅰ . ①傲… Ⅱ . ①辻… ②邱… Ⅲ . ①长篇小说－日本－现代 Ⅳ . ① I313.45

中国版本图书馆 CIP 数据核字（2021）第 024239 号

傲慢与善良

著　　者：[日] 辻村深月
译　　者：邱香凝
出版发行：中信出版集团股份有限公司
（北京市朝阳区惠新东街甲 4 号富盛大厦 2 座　邮编　100029）
承 印 者：中国电影出版社印刷厂

开　　本：880mm × 1230mm　1/32　　印　　张：12　　字　　数：256 千字
版　　次：2021 年 4 月第 1 版　　印　　次：2021 年 4 月第 1 次印刷
京权图字：01-2019-7973
书　　号：ISBN 978-7-5217-2758-6
定　　价：48.00 元

Contents

目 录

1 第一部

2 第二部

她在夜里奔跑。

跑在缺少街灯照明的深夜住宅区的一片黑暗中，为了尽快进入光线明亮的场所，脚步不停地向前奔跑。

身体不停地颤抖。内心充满恐惧与悲哀，既害怕又痛苦。

跑到车站前视野开阔的商店街，直到路上几个行人映入眼帘时，她才终于停下脚步。这么一来，她更明显地察觉到自己身体的颤抖与呼吸有多么急促。她感觉空气稀薄，瞬间犹豫是否该向周围的人求助。就在这时，身旁的车道闪过刺眼的汽车大灯。那辆车是黄色车身的出租车，一看到以红字标示的“空车”两字，她立刻迈步奔跑。

“等等！停车，拜托！”

不顾周遭的眼光，她忙举起手，及时跑到车子前。幸好司机似乎注意到她，打开了车门。

“请先往丰洲方向开，麻烦了。”

近乎跌坐进后座，一关上车门，腋下忽然惊觉什么似的流出汗水。她从口袋里拿出手机，指尖却僵硬得无法好好触碰屏幕。

快点快点快点……

快点出来，快点。

在通话记录里寻找西泽架的名字。明明时常见面，明明在交往，但不往回翻阅通话记录就找不到他的名字，这令她焦躁不已。电话拨通后，耳边传来嘟嘟声。

“——喂？”

一听见电话那头的声音，她的吸气声瞬间变得像漏气的气球般尖细，又像嘶哑的哀鸣。架，架，架，救救我。

“那个人……”

她说话的声音夹杂着哭泣声。电话那头的人“咦”了一声，她瞬间泪眼模糊。握着方向盘的司机通过后视镜窥看她，显然对她的行为感到疑惑。啊，忘了先问司机能不能在车上打电话了。她心想，都什么时候了，自己还在顾虑这种事。可是，明明平常都会注意到的，遇到临时得在车内打电话的情况时，一定会先知会司机一声，否则太没礼貌了。即使其他人早就不在乎这种事，只有自己——每次都一定会问的。

手抚胸口，深吸一口气。明明不想哭，眼泪却不由自主地顺着脸颊滑落。

“那个人好像跑进我家了，怎么办？我不敢回去。”

“那个人是……？”

架现在人在哪里呢？一定不在家吧，听起来他身边有人。不确定是工作还是私人行程，但一定是在聚餐。听得到架身边有几个人的声音说着“等一下啦——”“你要这么说我也……”“可是那家伙啊——”。有男人的声音，也有女人的声音。

电话另一端的气氛变了，架的声音严肃起来。

“真实，你现在人在哪儿？”

“车站附近，现在刚搭上出租车。抱歉，我现在可以去你家吗？”

“可以啊，当然可以，这没问题。只是你说那个人在你家是……？”

架似乎移动到一个安静的地方，电话那头的喧嚷声小了些。

冰冷的空气窜进她的鼻腔。

“下班之后，我正要回家时，看到家里灯是亮的，那个人在里面。我没进去，直接跑出来了。”

“我现在马上回去，抱歉，我还在外面。”架这么说。

——喂，架！你在讲电话？女朋友打来的？

另一端传来不知道是谁的声音，还听见架不耐烦地回复对方“别啰唆！”，接着，架对真实说：

“真实，如果你比我先到家，先请出租车司机停在门口，你坐在车里面等，最好别落单。”

“我知道，可是，可是，拜托你快点回来！”

她哀求道。这或许是第一次她用这么强硬的口吻对架说话。话说出口，她才心头一惊，“抱歉——”捂住嘴巴，手还是很僵硬。

“抱歉，我不该说这种话。可是，救我，救我，架——”

“啊，真是的！”架心烦意乱地说，“是我不好，不该丢下你一个人跑来喝酒。”

电话依然维持通话状态，架似乎已离开餐厅。她仍在哭泣，司机已经完全注意到她的异常。一听到她不再与电话的另一头对话，司机立刻问：“你没事吧？”

“小姐，你还好吧？”

“……我还好。”

真实一边回答，一边这么想：才不好呢，我一点也不好。眼泪再度涌出，她硬是伸手擦掉了。

快点快点快点……

架一定正在为自己赶路。她心存感激，却仍无法打消恐惧。不知道要到什么时候自己才会“没事”。心头恐惧又不安，她再次哭泣起来。

只能祈求。

拜托了。好可怕。架，拜托你了。

救我。

救救我。

1

第一部

第一章

“啊，抱歉，现在有点事……晚一点我再打给你好吗？”

“好啊，我现在也正要出门处理一件工作，晚上再说也可以。”

他做梦也想不到，这会是最后的对话。

无论是对话内容，还是真实说话的声音，听起来都和平常没什么两样，因此自己当时才会完全不当一回事。事后回想起来，架不知道后悔了多少次。

那时，真实或许跟谁在一起。

打给她的那通电话其实没什么要紧事，只是有些关于九月婚礼的确认事项罢了。

他心想晚上再谈就好，怀着轻松的心情挂了电话，那个晚上真实却没再打来。

就连那时，架都没有想太多。

那天晚上，架和客户聚餐，心想反正回家就能看到真实了，那位经营餐厅的社长客户又心情大好，架陪他去常去的酒馆续了两局。结束后，自己又有些意犹未尽，于是又直接去了家附近的酒吧。

他开始察觉不对劲是回家之后的事。

二月二日，深夜两点，架打开公寓自家的门。

真实有家里的钥匙，平常这个时间她早就先回来了。若家里灯还亮着，只要架说声“我回来了”，就能听到她回应“你回来啦”的声音。这就是结婚的感觉吧。几个月来，架渐渐对结婚有了具体的想象。

然而，这天不一样。家里灯没亮，屋内一片安静冷清。就算真实先睡了，只要她在家，还是可以感受得到家里有人的气息。可是，这天没有。

“真实？”

他喊她的名字。没有回应。

平常这个时间真实都还醒着，不是看深夜电视节目就是看DVD。架一问她“还没睡啊？”，她就会说“嗯，准备睡了”之类的，确定架回家后才就寝——最近大概都是这个模式。

“咦？”

借着几分醉意，架刻意用夸张的语调说话。

“咦？喂——真实？你睡了吗？”

事后想想，那时架故意大声嚷嚷，或许正说明了内心的恐惧。自己是试图用若无其事的语气假装什么事都没有吧。

真实不在寝室。

也不在浴室、洗脸台附近或厨房内。连阳台都看了，确定她不在家中任何地方后，架拿起手机，时间是凌晨两点半。他找出通讯录中“坂庭真实”的名字，按下通话键。

电话没有马上拨通。没听见本该听见的铃声，传回来的只有语音。

“号码信号不佳，或关机，无法接通……”

架原本醉得身体疲软无力，事实上他也很想马上倒在床上，脑袋却越来越清醒。

是不是出事了？内心有个声音对自己如此低语。

真实没有回来。

两人原本分开住，直到两个月前真实来架家过夜那天。后来她说还不敢回自己家，架说反正那房子也差不多该退租了，不如就一起住吧。她应该没有其他可去的地方。

一个三十五岁的成年女性。

或许只是一夜未归而已。

可能是和朋友喝酒，帮朋友的烦恼出点主意，不小心忘了时间，错过最后一班电车。之所以没打电话，也可能是手机没电之类的……像要说服自己似的，架想了好几个她没回家的借口。但是，没有一个借口能真正说服自己。

真实是个老实人。

老实到太老实的地步，做什么事都很守规矩。她绝对不会做出让架担心的事。就算手机忘了充电，至少会跟朋友借电话联系自己。她就是这种人。

洗脸台边还放着她的化妆水和牙刷，厨房里有她的马克杯，看着屋里她留下的生活痕迹，架不由得一阵惴惴不安。

话虽如此，架仍没想到要马上报警。

他还抱着一丝希望，总觉得在出什么事前，真实自己就会回来了。

“抱歉，我和朋友聊得太开心了。”就像这样说着回来。虽然对她在这边还有可以“聊得太开心而忘了回家的朋友”感到意外，但他仍一边说“没事就好”一边迎接她。比起她就此不回来的想法，这样的想象更符合现实会发生的事。

架内心深处其实很清楚，真实根本没有能一起喝到半夜的朋友。

他只是想让自己以为不会有事罢了。

白天真实打来的电话，听起来也不像发生了什么急迫的事。

真要说起来，就连这时架都没意识到那是自己最后一次和她说话。只是不经意有这想法罢了。说着“抱歉，现在有点事”的真实，声音听起来就像正要去搭电车或正在去买东西的路上。就是这种程度的日常。

天亮后，架的不安才又更上一层楼。

电话依然打不通，她也完全没有要回来的样子。架开车前往阿佐谷，目的地是真实还没退租的那座公寓。

他在内心祈祷，希望她人在那里。两个月前那个晚上她的声音在耳边响起。

真实打来说“救我”的那通电话。

“那个人好像在我家。”

按下她住处的三〇三号室的门铃，室内没有动静，架用力敲门大喊：“真实！真实！”

没有回应。一个经过门前走道，看似正要去上班的通勤族男人吓了一跳，抬头望了架一眼。

这时，架终于承认事态异常了，他已经无法继续欺骗自己，不得不面对现实。他拿出手机，从通讯录中找出“坂庭阳子”的号码。上次去真实老家提亲时，他和她母亲交换了电话号码。

“喂，伯母？我是架。”电话接通后，架说道，“真实没回家。是这样的，两个月前她搬到我家来一起住，但昨天没有回来。”

架在电话中简短说明了这是真实第一次毫无联系的外宿，因为担心，怕发生意外，所以想联系真实公寓的管理员来开门。只是，就算说自己是未婚夫，对方可能也不愿意开门，要是方便的话，想请阳子也打个电话给不动产公司说明一下。

电话那头的阳子很惊讶。只不过是一个晚上没回来而已，她也许认为自己太小题大做了——架只好说明原委。

“真实遇上跟踪狂了。”

架继续说：“对方好像是真实还住在老家那边时认识的人。听真实说，那个人也跑到她东京的住处好几次。”

一边跟阳子通电话，架一边望向真实公寓门口。相较于其他人门口的冷清模样，真实在门前放了一个小型观赏植物盆栽。她说，“因为我喜欢有点绿意”，还笑着说她问过管理员了，走廊虽是公共空间，但如果只是放盆栽的话就没关系。

一想起这件事，他原本紧绷的内心这才感到抽搐般的痛楚——你到底在哪里？

“我好担心。”架脱口而出。

急忙赶来的阳子陷入焦灼。

“架，这到底是怎么一回事？”

在车站前刚碰面，阳子就追问道。

“真实怎么会遇上跟踪狂？你的意思是说，那孩子在前桥时和谁交往过吗？”

“没有交往，只是认识的人。对方向她告白，但被她拒绝了。我听她说只是这样而已。”

尽管一再告诉阳子只要电话联系就好，阳子仍坚持过来，劝也劝不住。

“怎么办，过去之后是不是得待上一阵子，还是做好至少要过一夜的准备比较好？”其实这么问的阳子不是寻求架的意见，语气听上去只是自问自答。不管架怎么劝，阳子还是坚持“我中午过后就到了”。

“昨天我才跟那孩子通过电话啊。关于婚宴请客的事，之前跟真实讨论过要不要请她的表兄弟姐妹，我原本说可以不用请，昨天忽然想到住在东京的美笑还是请一下比较好，想说先跟她说一声。”

阳子原本就是话多的人，或许是太慌张了，今天说话的速度更是比平常还快。架打断她的话问："那差不多是几点的事？"

"我不知道，大概是傍晚。"

那么，就是真实对架说"有点事"，挂上电话之后的事了。这表示昨天直到傍晚，真实都还能接电话。

听说接到母亲那通电话时，真实以一如往常的语气回答"知道了"。阳子也说感觉不出当时女儿的声音有什么不对劲。

"我都不知道……"

一起走向不动产管理公司的路上，阳子低下头喃喃道。

"真实竟然遇到跟踪狂，她完全没跟我说过。"

一定是不想让妈妈担心吧。自己没经过她同意就把这事告诉阳子，等真实回来后他得好好道歉才行。看着阳子沮丧的侧脸，架心想，要是真能那样就好了。

在等阳子赶来时，架已经去过一趟管理真实所住公寓的大成房屋公司，说明事情原委。

"我想她当初租房时应该是请父亲或母亲当的担保人吧，等一下她的母亲也会赶来，可以让我们进屋子里看看吗？"

架拿出自己的身份证。不料，那位亲切的年轻职员确认了真实当初租房签约的资料后，歪着头说："担保人不是父母耶。"

"是一位叫岩间希实的女士。这位应该不是坂庭小姐的母亲吧？"

真实只有一个姐姐，希实就是她姐姐的名字。姐姐已经结婚了，目前一家人住在东京的小岩。

真实竟然没找父母当担保人，这点令架有些意外。早知如此就不该打电话给阳子，害她这么慌张。应该先跟姐姐希实联系才对。架对自己的失策感到后悔。

架和希实也见过几次面，她是性格爽朗讨喜的人。如果先打给希实，就算她也会担心，但只要请她打通电话给不动产管理公司就行了。

陪着一起来开门的，是最初去不动产管理公司时上前接待自己的那位亲切的年轻职员。距离虽然近，他还是开了公司的车送架到真实住的公寓。

打开玄关大门之前，架的心跳不知不觉地加速。

万一打开门后，真实倒在里面……

不可能有那种事。自己的人生怎么可能发生这么戏剧化的事。脑中虽然这么想，但他也做了最坏的打算。早知道昨晚就该飙车过来看看——在等阳子赶来时，架一直这么想，几乎被后悔的念头压垮。

钥匙顺利转动，门打开了。年轻职员说声“请进”，请两人进入室内。架却不敢看里面的情形。

然而，身边的阳子毫不犹豫，一边嚷着:“真实？你在家吗？”一边抢先进去了。架赶紧追上前。

“真实？”

真实不在这里。

屋内也没有被破坏过的迹象，几乎和架上次来时一样整齐。真实原本就爱干净，把这个小套房的房间到厨房和浴室都巡视了一遍，连衣柜也打开看了，没有任何不对劲的地方。只是没看到她而已。

“好像不在这儿呢。”不动产公司的职员这么说。或许是因为架前往公司说明原委时提过“跟踪狂”这个词，他现在的语气听来像是打从心底松了一口气。

这房间东西真少——架一边看着房间里的陈设一边想。

当然一部分原因是真实现在已经搬去跟自己住了，即使如此，和架过去交往过的女性相比，别的不说，光是衣服就少很多。放在洗脸台上的化妆品等小东西也多半选用朴素低调的颜色。

房间里有个特别吸引架视线的地方。

化妆台上，放着一个熟悉的小盒子。告诉架那种湖水绿色叫“蒂芙尼蓝”的不是真实，而是学生时代交往的女友之一。架不假思索地拿起那个盒子。

啪的一声打开盒子，里面放着镶了一颗钻石的戒指。那是架上个月送真实的订婚戒指。

戒指上的钻石仿佛回望着架一般，闪耀着安静的光芒。

去过出租屋后，接着他们去了警察局。

架对阿佐谷警署窗口说明未婚妻失踪和她遇上跟踪狂的事后，对方立刻说“请到这边来”，带领他们上了二楼。

二楼用隔板隔成几个小房间，架和阳子被带到其中一个角落。负责接待的是看似剽悍的刑警二人组。戴眼镜那位看起来年纪较小，另一位剃平头没戴眼镜的应该是前辈。

过去媒体报道跟踪狂事件时，往往暴露出警方处理这类事件的粗糙。这类案例多得不胜枚举，有时是警方反应太慢，有时更因警方轻视案情而造成悲剧收场。架听说因为这样，最近警察对跟踪狂犯罪的态度已改变了许多。然而，一旦轮到自己卷入这类事件，内心还是难免不安。

警方会不会认真对待我们的报案呢？架这么想着，和阳子一起坐在两位刑警面前。那个戴眼镜个子较矮的警察在手边准备了笔记，问道："请问真实小姐大概是从什么时候开始遇到跟踪狂的呢？"出乎意料的是，这位刑警的态度颇为诚恳，架总算能先放下担忧。

"第一次听她提起，是将近半年前。"

——架，可能是我想太多了，不过，总觉得好像有人一直在看我。

起初，真实绕着圈子委婉地这么说。因为她平常说话就是这样，刚开始架还听不出"有人在看我"指的是跟踪狂，一头雾水地反问："什么？"

当时事态还没有最近这么严重，真实的表现与其说是恐惧，不如说有点扭捏——甚至略带娇羞。她先声明了一句"不可以笑我噢"，才继续说下去。

——如果要说是我太自恋，说不定也真的如此。可是，我好像遇上跟踪狂了……我有这种感觉。虽然也想像我这种人怎么可能遇到啦。

真实说的都是些小事，只是累积起来就成了微妙的不对劲。

比方说，下班回家路上，感觉好像有人跟在身后。有时背后还会出现类似闪光灯的亮光，或是听到手机拍照的声音。有几次则是预计该收到的信件始终没有出现在信箱里。

那时，架和真实交往快满两年。

如果是跟踪狂的话，你有怀疑的对象吗？架这么一问，真实才以不确定的语气说："有个人说不定有可能，不过，也可能是我想太多了啦。"

架继续追问，真实才吞吞吐吐地说，是还住在老家时认识的人。

"搬到东京来之前，我还在老家那边工作时认识的人。对方向我告白，但我拒绝了。只是这样的关系，从来没交往过，我们之间什么也没发生过。"

有一天，真实发现又被尾随而回头时，正好看见为了躲避她的视线匆忙逃走的背影。她说，怎么看都像是那个人。

架对她说，你要小心。

如果下次再看到对方，立刻联系我，我会马上赶过去，也会出面跟对方摊牌。架还这么说。

话虽如此，他心里其实认为，大概不会真的发生这种事。光听真实的描述，那男人应该没有和架当面对峙的能耐与勇气。

连跟喜欢的女人说话都不敢，被甩了也只敢跟在人家身后，真是没用的男人。反正平常一定也是个老实的草食男，就算现在鬼鬼祟祟跟在真实身旁打转，一定没有勇气真的做出伤害她的行为。缠着别人的女友不放，未免太厚脸皮又没骨气了吧，这种人真教人火大。既然他监视着真实，那就让他发现身为男友的我的存在，这么一来大概会吓得就此退缩吧。虽然很不高兴，但当时架顶多也只是这么想。事实上，真实确实没有受到任何伤害，也没收到媒体报道中提到的那些骚扰信件、电话之类的东西。

真实说对方是群马的同乡，除了惊讶于此人大老远从群马跑来东京之外，架根本没把对方放在眼里。而且，也可能真的是真实搞错了。

直到两个月前，事态急转直下。

“那家伙跑进真实家了。”

听了架的说明，坐在架身旁的阳子表情反而比两位刑警更紧绷，她用力捏住腿上的裙子，似乎很紧张。

“跑进家里？”

听到这里，平头刑警的表情才比刚才多了一层凝重。架点头说：“对。”

“有一天我接到她的电话，说和平常一样下班回家，却发现屋里的灯是亮的，而且有人在里面。她还说从窗户上看见了人影。”

——救救我，架。

接到逃离现场的真实打来电话那天的事，架还记得非常清楚。正在跟朋友聚餐的架不以为意地接起电话，听见的却是真实哭泣和紊乱的呼吸声。

——那个人跑进我家了。

连声音都在抽噎。真实的恐惧通过电话感染了架。也正是那时，他才初次察觉自己可能太轻视跟踪狂的事了。

既然能趁真实不在家时闯进去，就表示对方已事先偷配了真实家的钥匙。说不定，他在那之前就进去过，只是真实没发现而已。

好像有人在看我——真实曾经反复这么提过好几次。尽管她都会先打个预防针说“我是不是太厚脸皮？”“可能是我误会了”，但内心一定很担忧吧。她是不是也怀疑过自己不在家的时候，家里的物品摆设被人移动过？这些话是不是都被我当成了耳旁风？

架提早从聚餐上告退回到家时，真实搭的出租车已经在楼下了。架冲向出租车，真实从车内跌跌撞撞跑下来。面无血色的脸苍白得像鬼魂，不知是否狂奔过的关系，平常总是梳得一丝不苟的黑色长发也乱了，泪水沾湿了几缕发丝，贴在脸颊上。

好恐怖。

我好害怕。

明明一直待在出租车内，此刻哭诉时的真实身体却是冰凉的，架情不自禁地抱住她。他这才清楚地感觉到，她全身都在颤抖。有生以来他第一次发现，原来人发抖时真的会抖得这么夸张，这么明显，简直就像在开玩笑。

那时，架下定决心——

我要和这个女孩结婚。

不能再让她回到那个环境，得住在一起、保护她才行。

架带真实回家，并从那天起要她在自己家里住下来。真实似乎也不想回家。

隔天早上，架独自前往真实住的公寓。

那个跟踪狂男人或许没想到昨晚自己的身影被真实看见了。房门依然好好上了锁，仿佛什么事都没发生过似的。架用跟真实借来的钥匙插入门锁转动时，门不费吹灰之力就被打开了，轻易得令架当场愣住。

这间房子和架在丰洲的自动上锁公寓差太多了。真实一个女孩子竟然住在这么不安全的地方。任谁都能轻易来到她家门口，轻轻松松把门打开。对跟踪狂来说，配一把这间房子的备用钥匙，根本不是什么难事。

架再次深切体会到昨晚有多危险。幸好对方潜入屋内还打开了灯，万一他在没开灯的房间里埋伏，真不知道会发生什么事。

当时真实的房间和现在一样整齐。既没有被跟踪狂翻箱倒柜，也没留下任何痕迹。至少架看不出来。

然而几天后，真实在架的陪同下回家确认时，却铁青了一张脸说:“少了几样饰品。”

“妈妈去意大利旅行时给我买的胸针，还有架去年送我的项链不见了。”

“你说那个胸针不见了？”

架才说到一半，阳子突然插嘴叫嚷起来。那声音之大，令在场所有人一齐对她行注目礼。阳子狼狈地强调:

“那可是浮雕宝石啊！”“真不敢相信，那是我和她爸爸一起去退休旅行时买的，在那不勒斯当地买的高级货啊。那孩子也常别在身上……”

“真实也说或许就因为这个原因，跟踪狂看过她把胸针别在身上，所以才故意拿走的吧。真实很珍惜那个胸针，所以也大受打击。”

“可以请教一个问题吗？”

刑警的声音打断两人。架忙不迭地朝他们望去。

“请问，那时没想过要报警吗？”

感觉刑警们的视线犀利得像要穿透身体。

“关于这件事，今天应该是您第一次来警察局报案吧。但是，从刚才的内容听来，真实小姐不但可能遇见跟踪狂，遭窃的可能性也很高。”

虽然语气不到究责的地步，但也说得相当强硬。架点头说“是的”。这么说的同时，他心里感觉很不是滋味。

“当然想过要报警。因为那次和过去状况不同，对方都已经闯入家中了，很显然已是犯罪。可是，她阻止了我。”

“为什么？”

反问的不是刑警，而是歇斯底里的阳子。架感到呼吸有点困难，但还是继续说：

“真实说，对方不是不认识的人，人家也有父母，要是他们知道儿子做出这种事一定会很伤心。她不想毁掉对方父母的生活。她还说，那个男的平常也是个正经人，只要冷静下来想想，说不定就会放弃做这种事了。还有……”

“还有？”

在刑警催促下，架小心地遣词用字，谨慎回答。

“真实说，虽然自己确实拒绝了对方的追求，但在被告白之前，说不定曾下意识做出什么让人误会的事。如果是那样的话，自己也该负起部分责任……”

“才没这回事！”

架的话都还没说完，阳子就像忍无可忍似的霍然起身，以一副要找人算账的架势不断嚷着:“才没这回事！”

“那才不是真实的责任。真实这孩子就是心地太善良。”

“我也是这么告诉她的。但真实又说，她想尽可能地避免刺激对方。反正我们就要结婚了，她也会搬离那个房子，这么一来，对方应该就会死心。”

听到阳子袒护女儿的说辞，架有些不耐烦地想，那种话你该去对真实本人说。我也很想说服她啊，但她就是不为所动。

——我不希望只有自己获得幸福，对方却因我报警而被捕，那可能会毁掉他的人生。真实斩钉截铁地这么说。

——我不是包庇他，不是这个意思……只是……总觉得不是不明白对方的心情。

跟踪狂的心情，你能明白什么?

看到架皱起眉头，真实露出为难的苦笑。

——我想，他都三十几岁了才失恋，心里一定很难受，该怎么说呢，那种不安的心情我可以理解。像是对结婚、未来的人生等等的焦虑，说不定都因为被我拒绝而忽然失去希望。

如今回想起来，自己怎么也不该被真实这种说辞说服。对方可是会趁人不在时偷闯入家门的卑鄙犯罪者啊。

要是那时就报警，事情也不会变成现在这样。如果能提早通知警方这件事，状况一定和今天完全不同。从昨夜起，架满脑子只有这个念头。

但是，那时毕竟真实平安无事，架也只想到正好可以把婚事定下来，或许就能解决问题了。只要今后两人一起生活，真实就不用再回那间屋子。从此有架陪在她身边，对方看到她已经结婚了，应该也会死心吧。当时是这么想的。

事实上，这两个月来也平安无事。几乎没有从真实口中再听到关于跟踪狂的事了。

“对方叫什么名字？”

刑警一提出这个问题，架立刻正襟危坐。阳子也像惊觉什么似的，紧张地望向他。

架冷静地屏气凝神。最遗憾的就是这件事。

“……我不清楚。”

阳子瞪大了眼睛。两名刑警则不愧是刑警，丝毫不动声色，只是静待架的后续说明。

“真实总是用‘那家伙’‘那个人’指称对方，如果我问她的话，她应该也会把名字告诉我，只是我一直没问清楚。”

最后悔当时没报警的原因就在这里。没能好好查明对方的身份。那时架一心只考虑到真实的人身安全，从未站在制裁对方的角度思考过。

在架心目中，那不过是一个从来没和女人交往过，对自己来说无足轻重的男人。掉以轻心是自己的错。

“您没问吗？”

到了这地步，平头刑警的语气也难免带有责难的味道了。架刚回答说“很遗憾”，戴眼镜的刑警就点头说“好吧，我们知道了”。

“那么，您是否从真实小姐那里听过其他关于对方的信息？或是您自己察觉到的事？”

被刑警这么一问，架翻遍记忆找寻线索。努力回想真实说过的话和她的恐惧。可是，真实很少提到关于那男人的信息，只知道是她还住在群马时认识的人，单恋真实。只有这些。

“还联系得上真实小姐时，她有没有什么异常？关于白天那通电话，刚才您已经提过了。那么，两位最后一次见面是什么时候？”

“应该是昨天早上。”架回忆道。

“前天晚上，我因为工作关系有个聚餐。那天晚上，真实很晚才回家，因为同事帮她举行了饯行会。”

说着说着，架也想起来了。

“因为要结婚的关系，她工作到一月底离职。前天是最后一次上班，晚上直接开了饯行会。所以，真实难得比我还晚回家。”

已经躺在床上睡觉的架，朦胧中听到真实回家的动静，也感觉到她来寝室窥探的气息。“架？”真实轻声呼唤。“噢……你回来啦？”架还记得自己在半梦半醒中如此回应，然后又睡着了。

早上醒来时，真实睡在自己身边。

那就是自己最后一次看到她的身影。

和刚辞掉工作的真实不一样，架得赶紧去上班了。心想她可能累了，架就没有叫真实起床，自己直接出门。

白天，架发现工作相关的电子邮件里夹着一封婚礼场地寄来的确认事项，便给她打电话。

真实马上就接了。

“啊，抱歉，现在有点事……晚一点我再打给你好吗？”

“好啊，我现在也正要出门处理一件工作，晚上再说也可以。”

这就是和她最后的对话。

“请问您从事什么工作？”

“经营一间小型进口代理公司。”

刑警这么问，架如此回答。

“这么说来，您是大老板啰？”

“不是什么了不起的大公司啦……”

架只能苦笑。事实上，他只是不得已继承了父母创立的小公司罢了。不过，和刚接手时什么都搞不懂的状况相比，现在自己在时间分配上已经比较从容。要是还像以前一样当上班族，就算是未婚妻失踪，恐怕也无法在工作日的这个时间来报案吧。

“所以真实小姐目前没有在工作，也没有去上班？”

“对。”架不耐烦地点头。都已经音讯全无，我们急得跳脚了，她怎么还可能优哉游哉地去上班。刑警问这个问题简直是少根筋。

“为了保险起见，我也联系过她原本任职的公司。由于真实已经离职，大家都说不知道她可能会去哪里。我也问了她的派遣公司，得到的是一样的回答。”

“派遣公司？”

“对，真实原本的工作单位是通过派遣公司介绍的英语补习班，她在那里做行政。”

“噢。”

“结婚后她就会去架的公司帮忙做行政或会计的工作呦。”阳子从旁插了一句，说完还补充了句“毕竟是夫妻嘛”。

“所以她才辞掉原本的工作。”架说道。

“原来如此。”刑警点点头，看了看架和阳子，然后站起来。

“方便看看真实小姐住的地方吗？”

“好的。”

架点头，和他们一起站起来。

该从哪里开始说才好呢——两位刑警检查房间时，架一直在想这个。

警察找寻她时需要知道的事。

真实可能去的地方。

与跟踪她的那个男人相关的线索。

如果跟踪狂是群马人，或许得去真实还住在前桥时上班的地方调查一下。这么一来，辖区就会变成群马县警了吗？东京和群马，必须横跨这两个地方展开搜查吗？自己得去一趟群马吗？

要是不想点什么，架就无法冷静下来。

为了不妨碍刑警搜查，架和阳子一起坐在屋里的沙发上，不时回答刑警抛出的问题。

“真实小姐有手机吗？”

“她有智能机。”

他一边这么回答，一边心想，警方应该能用智能手机的 GPS 定位来搜索。既然如此，真希望他们快点找出真实所在之处。架压抑着期待的心情，继续回答刑警的问题。

“她平常用的包包还在这个房间里吗？或是钱包之类的。”

“她最近几乎没回这个房子……生活所需的东西都带到我家了，不在这里。”

“那你家里呢？”

“包包和钱包都不在家，应该是她带出门了。”

“大衣外套呢？”

“我想她应该穿出去了。”

刚进入二月，没穿大衣挨不住这天气的。而真实最常穿的那件米色大衣不在架的家中。

“她用日程手帐之类的吗？”

“用，她常把待办事项写进去。但似乎不在这里。”

“请问这是？抱歉，看起来似乎很昂贵。”

刑警似乎发现化妆台上有什么。架“啊”了一声抬起头，是那个湖水绿色的小盒子。“可以打开看吗？”刑警问。“请自便。”架这么回答。

“那是我送她的订婚戒指。她说舍不得戴，平常不怎么戴的。”

——平常还是戴没有镶嵌宝石的简单婚戒比较好。

真实曾用天真的语气这么表达她的想法。看着留在盒子里的璀璨钻石，坐在架身旁的阳子吸了吸鼻子。架朝她投以一瞥，看到阳子不知何时拿出手帕捏在手里，眼睛也红了。自言自语地低喃“真实那孩子真是……”，架静静把目光从她身上移开。

这对母女长得不太像。真实是瓜子脸、单眼皮的和风长相，阳子则是圆脸双眼皮。阳子烫卷的头发染成明亮的褐色，真实则一头黑色长发，给人完全不同的印象。真要说的话，真实比较像爸爸。架还记得自己去见她父母时曾暗自这么想。姐姐希实反而比较像妈妈。不知为何，架忽然想起真实曾说:“姐姐和妈妈感情很差，一天到晚总吵架。”

听到“犯罪可能性很低”的结论时，架无言以对。

那是报案隔天的事。架报案时就把自己的手机号码告诉警方了，隔天接到戴眼镜的刑警打来的电话。

他说，关于真实小姐这个案子，我们警方判断涉及犯罪的可能性很低。

“你说犯罪可能性很低是什么意思？”架的声音有些颤抖。

难以置信。已经失踪两天了，真实到现在还没回来，也没打过一通电话。要是她现在还和跟踪狂在一起，延迟一分一秒都将酿成无可挽回的后果。一想到这个，架就得强忍像无头苍蝇般出门寻找的冲动，告诉自己要相信警方一定会找到她。明天警察一定就会联系了。

然而，警方给的却是这种答案。

“我们判断真实小姐的失踪没有犯罪要素在内，很有可能出于她自己的意愿。”

“你的意思是，她是自己离家的？故意不跟我们联系？也不顾我们这么担心？”

不可能。架心想。

真实不是那样的人。尽管自己这么想，这种感觉只有熟悉真实的人才能明白，很难让警方理解。这令他坐立不安。

“你们说她失踪是出于自己的意愿？可是她根本没有理由失踪啊。最后看到她的时候就和平常没两样。”

“请冷静一点，我会说明警方这么判断的依据。”

和情绪失控、语气激动的架不同，刑警的声音沉着淡定。

第一个依据，是真实把钱包、手机、大衣和包包都带走的事实。

存折和印章等贵重物品虽然留下来了，但也正因如此，不用考虑是被跟踪狂或小偷拿走的可能。房间里也没有翻箱倒柜或挣扎的痕迹，一切都很整齐。

“订婚戒指也还留在房间里吧？”

刑警补充的这句话，让架起了一身鸡皮疙瘩。对方虽然没多说什么，但架已经可以想象警方是如何解释这件事的。

真实东西不多又整齐的房里，唯一绚烂夺目的就是那个蒂芙尼戒指的小盒子——如果是曾偷走真实饰品的执着的跟踪狂，不可能不拿走这枚戒指。他们一定是这么想的吧。

架后悔不已。要是跟踪狂就是算计到这一点才没拿走订婚戒指，敌人可就厉害了。架恶心得想吐。

“万一真实是被绑架的话，案发现场应该不是她的出租屋。这么说来，那里没有挣扎痕迹也是理所当然的吧？”

架知道自己的声音已失去理性，听来像在赌气。至今一直避免将“绑架”这个词汇说出口，现在一说出口，感觉心头像被自己的声音削掉一块肉。

“真要说的话，真实最近几乎没回那个屋子。假设她遭到跟踪狂袭击，对方应该会是趁她外出时下手，在外面的某个地方。”

所以，钱包和手机都不在家也没什么好奇怪的，警方以此证明真实的失踪是出于她自己的意愿，这教人如何接受。

“这点或许如您所说，但是，真实小姐在失踪前一天辞掉工作，也是出于她自己的意愿吧？”

“什么叫‘也是’……？”

耳畔似乎听见理智炸出火花的声音。

这也能扯上关系吗？真实确实辞了工作，但那是因为要和架结婚，婚后打算来公司帮忙，和这次的失踪一点关系也没有。都已经说得那么清楚了，为什么警方还能做出这么随便的解释。

“难道你们警方的意思是，真实为了离家出走才辞职吗？怎么可能！离职的事和失踪无关啊！如果她没有辞职的话，现在公司的人一定也急得鸡飞狗跳了。”

仅仅因刚好在这时间点离职就被警方拿来大做文章，只能说是倒霉了。如果失踪发生在离职前，说不定公司还会一起帮忙通报失踪，那样的话，现在警方可能早就展开搜索了。

难道那个跟踪狂根本就是看准真实辞职的时机下手的吗？

和真实之前登记的人力派遣公司联系时，对方也只是不干不脆地说“她和我们签的约只到上个月底”。和实际工作的英语补习班联系时，真实的前同事说大家都很担心，还说公司为她举行饯行会时，真实看起来毫无异状。没有同事听她说过跟踪狂的事，所以实在心急。那位同事真的很关心真实，还说“会去问问大家有没有想到什么可能”。事实上，这不只是口头说说而已，今天她就联系了架，问他：“找到真实小姐了吗？”

真实这位前同事似乎是个母语非日语的外国人，她操着腔调独特的日语说：“有什么帮得上忙的话，请告诉我。”那诚恳的语气说明了真实离职前有多努力工作，深受职场同事信赖。

“她不只是失踪而已。如果是那样，我也不会认为问题有这么严重，问题是，确实有个跟踪狂缠上她啊！”

“您一直说有跟踪狂，请问那到底是谁呢？您想不出其他线索了吗？”

被这么一问，架也词穷了。对方究竟是谁，到现在他还想不出其他线索。见架沉默不语，刑警继续说：

“这话虽然难以启齿，但我还是要说，警方判断真实小姐可能是在出于自己意愿的情况下，和那个男人一起消失的。当然，这只是一个假设。”

“怎么可能有这种事！”

他从未这么大声说过话。尽管感受到明确的侮辱、愤怒的同时，内心仍掠过一丝苦涩。

架想起当初自己提议报警时真实的态度。回想起来，她简直就像在袒护那个跟踪狂。

——总觉得不是不明白对方的心情。

——我想，他都三十几岁了才失恋，心里一定很难受，该怎么说呢，那种不安的心情我可以理解。

就连架自己都对真实当下的态度有些难以释怀。事到如今，刑警说的话更凸显了当时架心中的疙瘩。

话说回来，跟踪狂真的会只因这样就从群马追到东京来吗？对真实说的话照单全收是不是错了？

说不定对方不只是单方面暗恋的跟踪狂，真实和那个男人之间是不是有什么架不知情的过往？

拿着电话，架瞬间无言以对。刑警趁机接着说：

"总而言之，光凭目前的证据，我们警方也无能为力。您可以通报失踪人口，但得请您再跑一趟警署，找负责失踪人口的部门……"

通报失踪人口。这几个字听来是那么空洞。对于没有犯罪可能的大多数离家者或失踪者，警方不会积极展开搜索，这种事架也很清楚。

真实的失踪，现在就被警方判断为犯罪可能性低的案件。剩下能做的，只不过是填写一纸形式上的失踪人口申请书。刑警的意思几乎等同于这样就可结案。

闭上眼睛，吐出细细长长的一口气，架再次开口问道：

"假设知道对方是哪里的谁，警方是否就能再稍微展开调查？"

"对方是哪里的谁是指……？"

"那个男的，跟踪真实那个男人。若能知道跟踪狂的真实身份，警方能再进一步调查对方的事吗？至少那家伙曾侵入真实的出租屋，偷走饰品的嫌疑很大。就算不能朝绑架方向侦办，至少适用盗窃罪吧。”

“是，”刑警这么回答，“要是知道对方是谁，我们也会考虑继续办案。”

“那我明白了。”架按捺着情绪回复。

挂上电话前，刑警又说：“有什么事请随时与我们联系。您的担心我们明白。”

这位刑警的声音虽然冷静又淡然，但并不带恶意，也没有不当一回事。至少，和媒体常说的粗糙刻板的处理态度不同。即使表示可能帮不上忙，但架还是感受得到他愿意认真倾听的态度。而这样的警方，现在表示对这件事已爱莫能助。

然而，架依然坐立难安。

光凭刑警一再强调的所谓的犯罪可能性很低的“根据”与“事实”，根本无法完整说明现在的事态。就是这点令架懊悔不已，内心涌现无处可宣泄的焦急和气愤。

受到惊吓的真实颤抖的模样和当时的恐惧，刑警们一无所知。

求婚那天，看到戒指时的她那么开心，一心期待婚礼的真实脸上的笑容，他们也没看过。架无法想象那样的她会自己消失。最重要的是，她根本没理由这么做。

对警察而言，真实的失踪只不过是众多失踪案里的一件，然而对架而言、对真实的家人而言却不是。真希望警察能明白。

“架？怎么了？谁打电话来？该不会是警察吧？”

隔壁房间传来阳子的声音。昨晚阳子留在架的公寓过夜，才一个晚上，她就憔悴得和之前判若两人。

大概在隔壁听见架打电话的声音，察觉状况不乐观了吧。阳子眼眶含泪，随时都像要哭出来。

架传了短信给朋友大原，问他能否教自己追踪GPS的方法，那天晚上大原就推掉其他事，赶到架的公寓来了。

大原是架大学至今的死党，现在经营一间电子仪器批发公司。虽然和架同属自营业，但与因为父亲猝逝不得不继承家业的架不同，大原是先在同业公司累积大量经验，也做出一番实际成绩后才独立创业。和至今三十九岁未婚的架不同，大原二十多岁就结了婚，与妻子有两个小孩。

架为临时麻烦他而道歉，大原摇摇头说“没关系啦”。

“话说回来，我真是吓到了。到底发生了什么事？真实怎么会失踪了？还有跟踪狂又是怎么回事？”

“因为想着就快结婚了，以为婚后就能解决这个问题，所以都没跟身边朋友说。”

目前大致上的状况，白天都用短信跟大原说了。

大原留着胡茬儿和适度的长发，扣着时髦袖扣的衬衫袖口露出一只万国表，配上那张五官深邃的脸，从学生时代起，一群损友里的女孩子们就常调侃大原，说他是“一看就知道玩得很凶的社长”。不过，事实是她们都视大原为异性对象，对他在意得不得了吧。当一旁的架开玩笑说“他真的一看就很像社长”时，她们老瞪着架说“你可别误会了”。

“架和大原站在一起时，就是‘社长二人组’了噢。”会说出这种失礼言词的，通常是和他们认识最久的美奈子。

大概是下班之后直接过来的吧，大原拉松领带，坐在沙发上，抬头朝架看了一眼说：“我客户里有个出租 GPS 相关器材的从业者，今天我趁闲谈时顺口若无其事地问了普通人能不能追踪手机 GPS 定位的事。”

大原的眼里蒙上一层阴霾。

“请通信公司调查的结果，说是应该可以拿到。只是，我想你应该也知道，手机没开机的话就什么办法也没有。”

“……嗯。”

从昨天开始，打真实的手机就只听得到语音——号码关机，无法接通……

“真实她妈妈呢？”

架独自站在吧台式的厨房内，大原转头问。架一边从冰箱里拿出两瓶巴黎水，一边回答：“先请她回去了。”

“继续待在这里也于事无补，总之先请她回去了。”

架说了如果有任何消息都会告诉她，阳子还是执拗地一再确认：“真的不要紧吗？”、“我留在这边比较好吧？”担心和紧张让她恢复了原本唠叨的语气。这样下去就算回群马也冷静不下来吧，最后还是架打给岳父，请他在电话里说服了阳子，她才总算回家。

接过巴黎水，大原盯着架问：“你没事吧？工作怎么办？”

“……昨天几乎什么都没做，今天中午过后才去上班。”

只有五名员工的小公司，社长只要一天没上班，业务就有可能停滞。

眼睛深处痛得像是好几天没睡一样。事实上，这两天架确实几乎没合眼。明天才星期五，不回去处理公事不行了。未婚妻下落不明，要自己还要在这种精神状态下到处拜访客户和确认文件资料，怎么想都是个不好笑的玩笑。人即使在这种时候还是得生活，时间还是一样在走。

架的公司——从父亲手中继承的 Brewing Company 是专门代理英国当地啤酒的代理公司。架的父亲原本是在商社贸易部工作的上班族，退休后一半出于兴趣独自开启了这项事业，后来生意越做越大。代理的啤酒厂牌被涩谷广尾的人气餐厅老板相中，在电视节目介绍下大受欢迎，连原本专职家庭主妇的母亲也来帮忙做会计事务。后来，只靠他们两人也忙不过来了，才开始聘请员工。

父亲开这间公司时，架还是学生。他一直认为父亲开公司只是退休后第二人生的爱好。架从来没去了解父亲的业务内容，也始终认为那和自己无关，自己毕业后找的应该会是其他领域的工作。父母乐于以出差为由，跑遍英国和周边国家，在架眼中那就是长辈的海外旅行，从未想过跟他们一起去。实际上，架大学毕业后想做的是媒体工作，进的公司虽然不是第一志愿，但也是在位于银座的中型广告公司工作，积累了不少社会经验。

就在这时，父亲病倒了。

在那之前，父亲从未生过大病。架在惊惶中赶往医院时，医师已清楚地宣告父亲病危，就算救回一条命也难免留下后遗症。

那是距今六年前的事，当时架三十三岁。

身体那么健康的父亲竟然会——在这难以置信的情绪中，当天父亲就过世了。面对“蜘蛛膜下腔出血”的诊断结果，架与母亲茫然若失，连悲伤或失落的感情都来不及跟上。与父亲的死别来得如此突然，身为亲人的他们连一点心理准备都没有。

在一点都不真实的心境下结束守灵与葬礼，开始仓促办理继承手续时，架才终于感到父亲离开了。父亲留下的公司该怎么办——和母亲讨论起这件事，架在不知不觉中脱口而出“我会继承”。没有人强迫他，事实上母亲本来认为解散公司也没关系。架自己也不懂为什么会想要继承，那时的心情无法以三言两语说明，只是当时觉得这么做是最自然的事。

现在回想起来，或许自己是想借着继承父亲遗留下的东西，整理内心突然失去父亲的情绪吧。

何必把原本做得好好的工作辞掉——母亲这么说，当初她似乎很担心。不过，当架正式继承父亲的公司，开始认真学习，也向员工们请教了许多之后，母亲才说:“其实，我松了一口气。”

“要是不留下公司，员工们会失去工作，但我一个人又无法撑起公司，有架在真是太好了。”

话虽如此，这份工作和自己过往熟悉的领域完全不同。头两年他经常得去拜访客户和出差，时间花在补充专业知识上都快不够，忙得几乎失去记忆。架接手公司之后，直到这几年才好不容易步入正轨。

“真实的事，跟你妈说了没？”大原问。

架点头回应:“嗯，说了。她很担心。”

“我想也是。”

对真实愿意辞职来公司帮忙的事，母亲心怀感激。“今后就拜托你了，真实。”她笑着这么说。回答“是！”的真实眼眶有点湿润。架问：“你在哭吗？”她才难为情地压着眼角说：“能听到架的妈妈这么说，实在太高兴了。”这样的对话不久前才在家里发生。

“接下来你打算怎么办？”大原又问，“如果追踪不到GPS的话。”

“……我打算去一趟群马。既然警察不肯行动，只好我自己去了。”

听到架的回答，大原有些意外地眨了眨眼：“你自己去？”

架回答：“是啊。”

“不是先雇私家侦探之类的吗？”

“我有想过，但真实母亲很反对。”

架很快就提议找私家侦探。然而，真实的母亲听到“私家侦探”四个字时，就像听到陌生的外语，露出无法理解的表情。

——找私家侦探……难道你打算把自家的事告诉外人吗？要那些人跑到群马来调查那孩子以前工作的地方，到处乱问一些有的没的？那孩子原本是县政府的临时约聘员工，是她爸爸拜托认识的议员介绍才进去的，又不是什么不正经的地方。私家侦探连那种地方都会去查吗？

这两天下来，架已经很清楚，真实的母亲是那种说话不经大脑思考的人，总是先把话说出口，才开始思考自己想说什么。会说出这种话，大概就表示她很在意“世人的眼光”吧。

现在哪是说这种话的时候——架正想这么反驳时，阳子又开口了。

——再说，找那种地方，得花上几十万吧？

这句话让架超越生气，直接进入傻眼的境界。感觉就像挥拳想揍人却找不到对方。他怀着这种心情望向阳子，但也就在此时，架忽然冒出一个念头。

难道有什么隐情？

如果她真的担心女儿，别说在意世人眼光了，应该不惜用尽一切手段也要找到真实才对。昨天还那么失魂落魄的阳子，今天会不会显得太冷静了？

警方判断真实失踪的事件可能与犯罪无关，这结果架已经在挂断电话后告诉阳子了，包括警方暗示真实是出于自己意愿离开，甚至可能已经和那个跟踪狂在一起的事。听到这个，阳子先是说了“怎么可能”，随即陷入沉默。

看到她的反应，架原本以为她是生气女儿受到侮辱，现在想想，说不定是因为——她突然不担心了。

说不定女儿真的跟警方说的一样，是出于自愿跟别的男人跑了，或许真实过去在群马发生过足以让阳子这么想的事。阳子介意的“世人眼光”也可能包括那件事在内。换句话说，阳子对女儿的“担心”包含另一层意味。

——总之，这件事我一个人无法决定，得回去问她爸爸才行。

听到阳子这句话，架就知道说再多也无用。工作上经常遇到类似的事，架的业务对象中，有些是只有夫妻经营的小酒店，这种店的财务多半由妻子一手包办。和这些太太交涉的过程中，她们总会在自己无法决定时冒出这类话语。像是“得问孩子的爸才能决定”“不知道孩子的爸会怎么说”之类的。明明是自己下定不了决心，却把责任都推到丈夫身上，这种时候她们就会搬出这类话术。父亲还在世时，母亲也会这样。那个年代已婚妇女的这种说话方式，往往令架感到不耐烦。

阳子可能知道些什么，正因如此，架才想去一趟群马看看。再者，如果真要委托私家侦探，与其找东京都内的从业者，群马当地的私家侦探对地方上的事更熟悉，或许成果更值得期待。只是，听到架说要委托地方的私家侦探，阳子可能又不会摆出好脸色了。

“我也不是不能理解她母亲的心情，问题是，难道她觉得女儿很快就会回来吗？”

听完架的说明，大原皱着眉头说：“虽然只见过几次面，我认为真实是个老实的女生，怎么看也不像是会自己跟男人跑掉的人。”

“我也这么想。”

就算大原是顾虑架的心情，这话听在架耳中也是一种安慰。不过，架摇摇头说：

“只是，听真实妈妈的语气，我还是觉得这件事背后可能有什么蹊跷。如果真实周末还没回来，我就打算先跑一趟群马。”

“希望只是单纯的婚前抑郁症。”

大原这么一说，架立刻朝他望去。

婚前抑郁症。

难道真实不想嫁给我吗——从架的视线中读出他的心思，大原耸了耸肩。

“婚前抑郁不代表讨厌你啦。这是人之常情啊，就算跟再喜欢的对象结婚，婚前还是会有所犹豫，怀疑自己是否做了正确决定，我自己婚前也是这样，我老婆应该也是。”

“可是，你们二十几岁就结婚了。我们跟你们不一样，年纪够大，也交往两年了噢。这样怎么还会婚前抑郁……”

“是吗？在决定结婚前，你内心一定也有所犹豫吧？要不然怎么会拖了她两年的时间？”

被这么一说，架无可反驳。

要不要和真实结婚——在下定决心之前，确实每次一跟大原碰面就会商量这件事。说商量或许太沉重，但至少，架曾经说过自己还有犹豫。

“婚礼是预定九月举行吗？”

“……嗯。”

“明明好不容易才下定决心的啊。”

再次被他这么一说，架痛苦得几乎喘不过气。

虽然很想辩解自己不是那个意思，大原口中那句“拖了她两年的时间”还是像一根刺，刺得心头隐隐作痛。

“婚礼会场已经预约好了？”

“对，要在麻布的米朗洁花园办。”

看了好几个婚宴会场，上周好不容易才决定。这个离闹区有段距离，位于静谧小巷中的宴会场一天只接待一组新人，附设的庭园绿意盎然，可以在那里布置一场充满设计感的庭园婚礼。场地也是和真实一起决定的。

按照预定计划，先在九月真实生日当天登记结婚，再于那周的星期六举行婚礼。

架今天白天已经看过宴会场地给的资料，确认什么时候取消需要支付取消费用。资料上写明三个月前取消需要支付百分之二十的费用作为取消费。想到自己竟然做了这么触霉头的事，架不由得对自己感到些许失望。

听到婚宴场地的名称时，大原不知为何疑惑地眨了眨眼。"怎么了？"架这么问他，大原立刻换了个表情，轻轻摇头说："没事。"

"有什么需要我帮忙的尽管说。我知道你很担心，但也不要太钻牛角尖啦。说不定真实很快就回来了，什么事都没有。"

"嗯。"

即使大原这么说是好意，架仍不知道自己是否能放下忧虑。

"谢谢你来。"

在玄关道了谢，正要送他离开时，在门口用鞋拔子穿上皮鞋的大原忽然转头。一阵深思的沉默之后，他才慢慢开口。

"架，我不希望你之后从别人口中听了不开心，所以还是现在跟你说吧。"

"什么事啊？"

"麻布的米朗洁花园，应该就是亚优举行婚宴的地方。"

听到这话的瞬间，所有声音从耳边消失。虽然不想被大原发现自己大受打击，架也明白自己脸上唰地失去表情。不知道隔了多久——总觉得是一段不算短的时间——才勉强挤出苦笑。

"……那都什么时候的事了，我真的不在乎啦。"

即使架这么说，大原还是用顾虑的表情望着他。

架心跳加速。大原淡淡地说："这样啊。既然你这么说，那就好了。我只是怕你介意。"

"真实的事，有什么我能帮上忙的再告诉我吧。"

再次这么强调后，大原才离开。架打从心底感谢他没再多说什么。

死党回去后，架沮丧地站在玄关。头靠着墙，右手扶额，一股难以言喻的情绪涌上心头。大脑理智地告诉自己"那又怎样"，但痛苦得近乎窒息的反应，依然证明了自己尚未处于不在乎的阶段，内心难以平静。明明现在不是想那种事的时候——就算这么告诉自己，也控制不住自己。

三井亚优子——亚优，是架在真实之前交往的女朋友。

当时架还在广告公司工作，每天晚上都和朋友喝酒聚餐，亚优就是那时认识的。

如果连初中时一起上下学的女生都能被称为"女朋友"的话，从那时起，架身边就几乎没缺过女伴。从以前到现在，他身边一直有很多女性友人，就算架不主动也会有女人靠近。虽然和一般人一样经历过单恋和失恋，他还是想不出自己这辈子有什么时候缺过女友。

亚优是女同事带来一起吃饭的，说是她的大学学妹，年纪比架小六岁。当时架刚跟前女友分手，难得出现让他觉得"蛮可爱"的女孩，于是主动上前搭讪。

带点茶色的短波波头给人健康开朗的印象，一双大眼睛神采奕奕。当她那双眼睛盯着自己看时，架总觉得一切都要被她看透。亚优身上散发着光芒，总是光明正大地照亮最正确的事物。事实上，她说话也很直截了当，不过语气一点都不讨人厌，跟她说话完全不会感到不愉快。

“架是很帅啦，可是好像来者不拒，给人轻浮的感觉。”

起初亚优这么说，对自己似乎有所戒备。不过，一聊起喜欢的电影和酒的话题，还有当时架的跑步爱好，亚优似乎开始感兴趣，表示“我也想尝试跑步”。

关于跑步这件事，亚优是初学者。在架的建议下，两人一起挑选跑鞋，架还介绍亚优加入跑步团，两人一起跑遍了东京都内的跑步路线。渐渐地，他们开始私下相约见面。

他们会配合彼此休假，一起报名各地的马拉松比赛，也会因应募赛事一起出国，参加在火奴鲁鲁或佛罗伦萨举行的马拉松比赛。亚优个性活泼，就算报名时架没被抽中，她也常说“那我自己去啰”，一个人说出国就出国。担心一个女孩子在国外不安全，有时架会跟着去，有时则是拜托她找个朋友陪她一起去。

她好像以前就很喜欢旅行和看电影，各行各业的朋友都多，说话又很有趣。受到这样的亚优影响，架开始参加原本不感兴趣的户外音乐祭，兴趣范围一口气扩大许多。

架从学生时代往来至今的那些独具个性的女性友人，也通过两边朋友的联合聚餐和亚优变成意气相投的好友。“上次我去美奈子姐家过夜时啊……”忽然听到亚优这么说，架真是吓了一跳。她们什么时候交情这么好了——就在架心里这么想时，美奈子凑过来像抱妹妹一样搂住亚优：“我们感情很好噢，只要聚在一起讲架的坏话啊，多少酒都喝得下，对吧！”看到她们两人乐不可支，相视而笑的样子，对架而言是件好事。亚优能和自己长年往来的好友打成一片，架也觉得很欣喜。

亚优在贩售外商品牌的服装店工作，和架开始交往那阵子，她刚升上主任。架从她同事口中听说，亚优很受公司赏识，未来想栽培她当青山店的店长。想来，亚优的工作表现一定很出色。和她在一起时，反而是年长的架常被旁人斥责：“你要振作一点啊！”

亚优并不是最特别的恋人——交往时，架一直这么以为。

和亚优在一起当然很快乐，但和之前交往过的女友也没什么不同。

所以，当亚优提起结婚这件事时，架一时之间反应不过来。

那时架三十二岁，亚优二十六岁。虽说已交往了一年多，架认为还不到那个阶段。身边的女性友人确实陆续结婚了，但男性友人单身的还是很多。

“架不打算和我结婚吗？”

亚优直截了当地问，很有她的风格。“说什么结婚啊……”听见自己如此回答的声音，架下意识地笑了。他从没想过亚优问这问题是认真的。

“我想结婚噢。从以前就一直想在二十五岁左右结婚。”

“可是你不是还有工作？”

“工作会继续啊。虽然会继续，如果以后有了孩子，趁年轻时生也比较有体力带，产假和育婴假什么的，当然也是越早请越好。长远来看，我想选择在最不会给周遭添麻烦的时期结婚。”

“你已经想这么远了吗？”架惊讶又疑惑地问。那时，架开始觉得扫兴。

亚优不是才二十六岁吗？

老实说，这就是他当时的想法。即使身边的友人都在烦恼要不要跟交往对象结婚，但会提起这类话题的人，交往的女友通常已是三十岁上下。如果是这个年纪的对象，架也能理解女方急着结婚的心情。正因如此，他一直认为自己交往的对象不会给自己这种压力。

那时的自己，把亚优说的话视为“压力”。现在回想起来，架已能承认那是自己的傲慢。

“因为我是爸妈年纪很大时才生的孩子。”

亚优喃喃自语。

“以现代人的眼光来看或许还不算太晚，不过妈妈是在三十九岁那年生下我的。所以，从我小时候爸妈就常半开玩笑地说‘亚优结婚时，爸爸妈妈说不定已经不在了’。这话太令人感伤，我还曾忍不住哭出来。我总是希望能早点让爸妈看到我披上婚纱的样子，要是可以的话，也想让他们早日抱上外孙。”

“……这样啊。”

架嘴上这么说，心里却对这件事越来越反感，只觉得就算你这么说我也无法承受。

三十九岁那年生下亚优，算算她的父母现在才六十几岁，也没听说生什么大病，何必这么急着结婚——架有点受不了。

三十二岁的架是傲慢的。

结婚这种事，等总有一天想定下来时再结就好，但不是现在。这么想并不代表亚优不是个好的结婚对象，架抗拒的只是被逼婚这件事。他心想，饶了我吧。

“总有一天会想结啊。可是，如果现在马上就要我结婚，那我得考虑一下。”

架喜欢亚优，但说到结婚，还有生小孩，这些事就完全无法想象了。他还想像现在这样出国跑马拉松，想尽情享受和恋人独处的时间。得知亚优已经把自己的工作和结婚生子放在一起思考，对当时的架来说，他甚至觉得“女人真可怕”。

男人还没那个打算，女人却逼着“结婚”。就算不分青红皂白指责这样的女人“可怕”，那也不是男人的错。这就是当时架的想法。

如今回想起来，亚优只是认真面对现实罢了。她只想规划今后的人生，用自己的双手好好掌控。只会指责“可怕”的架才是太幼稚也太自私。

听了架的回答，亚优表面上不动声色。她只是淡淡地回答“是吗”，然后低声说:“那我知道了。”

当时的架怎么也想不到，几年后自己的想法和对婚姻的看法会改变这么多。

结束和亚优这番对话后不到半年，架的父亲就过世了。

父亲的死宛如晴天霹雳。架下定决心继承公司。

亚优温柔坚定地陪在因父亲的死深受打击的架身边，架说要转换跑道时也没有反对，反而表示支持。“有什么我能做的，我都愿意帮忙。”她这么说。在葬礼上他将她介绍给母亲时，架的母亲也说亚优“是个懂事的好姑娘”，对她很满意。

在那之后，面对亚优“想结婚”的心情，架始终感到一层薄薄的压力。就算要结也不是现在，继承父亲工作之后的架忙得天昏地暗，为了拜访客户连续出差，拼了命地学习专业知识和经营技巧，还要忙着与公司员工建立新关系。自然地，他和亚优相处的时间减少了，他们慢慢不再出国跑马拉松或旅行，连每天互相联系的电话和电邮也没有以前多了。

一切都是为了让公司早日走上正轨，等稳定下来之后，再来考虑与亚优的婚事吧。从前，架并未认真思考亚优说的想让爸妈看我穿婚纱和抱上外孙，直到自己失去父亲，他才深深体会到这句话的意义。

等工作稳定下来。只要再过几年就好。

一心以为亚优一定愿意等自己这几年，这也是架的傲慢。

亚优提分手前，架从来没思考过亚优离开自己的可能。毕竟两人已经交往这么久，感情又这么深厚，就像一家人——这么想的架太天真。

明明还没成为一家人。

想把对方视为家人，彼此应该先成为家人。

“分手吧。”亚优心意已决。

看到架事到如今才急着说“不然结婚吧”，亚优只是笑着说：“太迟了。”

她脸上的表情非常落寞。

“已经太迟了，我无法再等下去了。”

话虽如此，当时亚优都还没满三十岁。“你才二十八岁不是吗？”这句话，架没有说出口。那是第一次，他发现自己的想法太天真，错的人可能是自己。

一如恋人亚优看不到架工作走上正轨的那一天何时来临，架自己其实也看不到。讽刺的是，那一天忽然就到来了。觉得“好像没问题了”的瞬间忽然来临，除了自己和公司之外，他终于能从容地思考其他的事。那一刻，难舍旧情的架联系了亚优。

我想重新来过，这次没问题了。他说。

面对架的提议，亚优的回答简单明了。

我要结婚了。这就是她的答案。

架听别人说，亚优和新男友只认识几个月就决定结婚。嫉妒、懊悔与不甘心令他过了一段意志消沉的日子。到了这个地步，架才深刻体会到自己失去的东西有多宝贵。

就算现在多出了空闲，有时间参加朋友聚会，亚优也已经不在那里。说话向来不客气的女性友人每次骂架“为什么不懂得珍惜那么好的女孩子”时，这句话对架的杀伤力都远远超过她们所能想象。明知这样太难看，架还是忘不了亚优。

曾经以为她不是最特别的恋人。但毫无疑问，就连这个想法本身都是架的傲慢。

亚优离开不久后，架才开始强烈地想结婚。

其中或许也有几分想回敬亚优的心情，但比那更强烈的，单纯只是对已婚朋友的羡慕之情。

不只是自由自在的恋人关系，婚姻联系起的是两个家族，建立这样的社会关系才能让父母放心。曾经那么抗拒结婚伴随而来的“责任”，现在反而一心只想担起这个责任了。

过去的女朋友们，今后都将与她们的另一半携手走过人生，只有自己将独身一辈子吗？这个想法一旦冒出来，架就对日后四十几岁、五十几岁的未来满怀恐惧。

好想和谁一起活下去。

好想和那个与自己共度一生的人组建家庭。

曾经认为把时间投入爱好和工作是那么崇高的事，现在只要一想到未来都将孤独地度过，独自面对的余生未免太漫长。架不觉得自己能撑得过如此漫长的岁月，就算勉强也好，仍然希望被某个人束缚或制约。那些本该只会带来烦躁的东西，现在却令他莫名想念，莫名渴望。

想法一旦转变，眼中的景色也出现一百八十度的转变。

在那之前，看到朋友有了孩子时，架只会觉得“真辛苦”“都没有自己的时间了吧”，现在光是想法改变，那些“辛苦”的话题听在耳里就不只是辛苦，而是朋友们以牺牲享乐换来的炫耀。

和亚优分手后，大家都安慰架“你一定能马上找到下一个女朋友”。即使对亚优还有所眷恋，架心里也是这么想的。

然而，只不过几年的时间，架身处的世界已完全不同。刚走入社会时那些参加不完的聚餐，现在都没有了。这和转行或许也有一点关系，但最重要的原因还是在于架已上了年纪。年近四十，周遭朋友大多结了婚，过起稳定的生活，不再需要从吃喝玩乐的场合寻找伴侣。

也不是没有好心又多事的朋友帮忙介绍不错的女孩。可是，和三十出头时相比，这种介绍的门槛高了起来，已经不是“中意的话就约出来玩几次”的单纯气氛。来的对象都很认真，一来就先测试架是否愿意以结婚为前提交往，如果没那个意思，连约会都不用想。有一次架忍不住对介绍人美奈子抱怨这样很累，美奈子生气地说：“找结婚对象本来就是这样啊！”

听到这句话，架才终于恍然大悟。啊，我现在做的事就是一般人口中的“找结婚对象”啊。

美奈子是架学生时代至今那群女性友人中讲话最毒，但也最肯说真心话的女生。同样任职于广告业，公司比架以前的公司还大。美奈子单身很长一段时间，最近才和她口中“大概是前世孽缘”的同事结婚。她一直很照顾架，学生时代，两人曾经差点发生关系，也好几次快走到交往的地步。就这层意义来说，彼此前世大概也曾有过一段孽缘吧。

听到她说的“找结婚对象”后，架心想，既然如此，不如主动出击吧。

已经不像年轻时有自然结识异性的机会，也无法再依靠身边朋友介绍对象，到了这个地步，想认识“像样的对象”就只能展开“婚活”[1]了。一查才知道，婚活也有各种方式，不止媒体上能找到许多相关报道，还有许多婚姻中介。

学生时代认识的男性友人中，就有一个是和婚活 APP 上认识的

[1] 日语“结婚活动”的简称，意指以结婚为目的所进行的各种活动。——译者注

对象结婚了。架参加了他们的婚礼，不由得感到惊讶。新娘是公务员，因为工作忙碌才一直没机会认识异性，人看起来很聪明。站在她身边的新郎一脸幸福的样子。虽然不能光用身家条件或外表来判断，但看到婚宴上两人深情款款的样子，架除了羡慕还是羡慕。

在这位朋友指点下，架也注册了那个 APP。

话虽如此，婚活进展始终不如预期。架当然知道不太可能和第一个认识的人顺利结婚，但是继续认识三个、五个还是不行的话，也难免会感到挫折。

在婚活 APP 上，看中架的人依然不少。

问题是，和 APP 上觉得不错的人见面的过程总是千篇一律，久了还是让人疲倦。再者，见面后才发现有哪里不适合的情况也很多。

婚活就是不断重复这样的事。

继续这样下去，我会不会再也遇不到适合的对象。架不止一次两次像这样陷入孤独，内心总忍不住把过往的恋爱拿来和现在的婚活相比。

包括亚优在内，怀着轻松的心情追到手进而交往的历代女友，和婚活中带着“结婚”目的前来彼此试探的女性，两者相比，果然还是有着决定性的差异。简单来说就是在一起不开心。

在架原本的想法中，结婚应该是恋爱的下一步。但是现在，从每个遇到的女人身上都感受不到从前恋爱时的乐趣。即使排除轻浮玩乐的部分，当对方在乎的只有自己在社会上的价值时，带给架的是与愉快的恋爱完全相反的体验。这似乎和什么很像——他想了半天终于恍然大悟，对了，和找工作很像。找工作时也是不断经历被测试、等待对方选择的过程。即使努力还是有可能不被选上——这种痛苦的感觉和婚活有点像。

谈了那么多场轻松愉快的恋爱，现在回想起来，那些过往却不属于自己。

在一股连自己也不知从何而来的冲动下，某天，架打开了亚优的脸书。这是他第一次领悟社群网站的可怕，看到昔日恋人身穿白纱的封面照片时，架的脑中一片空白。

架慌张地想，我怎么会这么拿不起放不下。

明明在婚活过程中也遇过几个觉得还不错的对象，这一刻，那些女人都从脑海中消失了。架按压眼角深呼吸，传了封邮件给大原。

"虽然真的不是什么要紧事，我刚才看到前女友的脸书了。她好像前天举行了婚礼。可笑的是，我发现自己大受打击。"

大原立刻回信。

"搞什么啊，还真不是什么要紧事。比起那个，你喜欢的乐团要来日本开唱了，我帮你买票，看完之后喝两杯吧。"

架打从心底感谢这个死党的存在，同时也对自己感到错愕。四舍五入都已经四十岁的大人了，竟然还会因为失恋，感觉心头破了一个大洞。

大原又传了一封只有一行的信来。

"真实最近好吗？下次再带她来我家玩啊。"

提不起精神又疲惫不堪的婚活中，还是有几个不止约会过一次，想继续保持关系的对象。架曾带其中一个女孩和大原夫妻一起吃饭。

那个人就是真实。

第二章

这是架第三次去位于前桥的真实老家。

第一次是决定和她订婚时，去她家正式拜访她的父母。第二次是在那之后不久，真实要求架也去拜访同样住在群马县内的外公外婆，顺便又去了一次她的老家。

架做梦也没想到，第三次拜访会是在这种情况下。

来应门的是阳子，架在玄关打了招呼，坐在门口脱鞋时，背后传来一声“架”。说话的是真实的父亲正治。

那声音令架背脊一挺，人还坐在地上就急忙回头。

原先任职于市公所的正治已经退休了，现在靠公务员时代的人脉，在地方的私立大学找了个行政工作。大概因为还不算完全退休，跟同龄人相比多了几分精悍。正治个子很高，第一次见面时架心想，真实高挑的身材大概是遗传自父亲吧。

“爸爸。”

联系不上真实后，虽然他和阳子之间保持频繁联系，这还是他第一次和正治面对面说话。仓促之间，架只想着得向他道歉。

关于跟踪狂的事，正治应该已经听阳子说了。身为真实的未婚夫，就算只是身为真实交往中的恋人，架都应该保护好真实，但他却没做到。

之前两次来访，正治给架的印象就是稳重，面对女儿的结婚对象时，态度也非常和气。一揣摩起他现在的心境，架不由得一阵激动。站起身后，立刻对他低下头说：“非常抱歉。”

“有我在她身边，竟然还出了这种事，真的非常过意不去。”

即使低下头，从正治吸气的声音还是听得出，他似乎感到不知所措。正治为难地说：“好了好了，没关系。”与其说这是对架的体恤，不如说他只是单纯不习惯面对这类话题，不知如何回应，只好如此含混带过。

“总之，先进去吧。你说是不是啊，孩子的妈？”

“是啊，架。你先进来吧。”

正治口中喊着“孩子的妈”，像是在向妻子求助。架依然低着头，跟着两人走进客厅。

第三次来，这个家依然给人留下打理得非常整洁的印象。阳子精心挑选的线条漂亮的桌椅、随处放置的相框中放的是真实和姐姐小时候的照片以及全家人的合照。客厅角落的深粉色钢琴上，罩着应该是阳子亲手缝制的蕾丝布套。地板一尘不染。

从这个家的摆设，就能看出专职主妇阳子费心经营的妥帖。

“真实还没跟你联系吗？”阳子这么问。

架原本正想问他们一样的话，这下只能叹口气点头：“是。”

阳子露出无奈的表情，走向厨房泡茶。架坐在客厅里，正治坐在他对面。关于真实遇上跟踪狂的事，架已做好正治提出各种疑问的心理准备。出乎意料的是，正治只是默默坐在女儿未婚夫对面，一副坐立不安的样子，甚至刻意回避架的视线。

架感到有点尴尬，又不知道该从哪里说起。好不容易，正治终于开口：

“这阵子很折腾吧，架还有工作。”

“不会啦。”

正想再道歉一次的架，听到正治这么说松了一口气，随即赶紧摇头。比起真实的事，自己的工作一点都不重要。他是真心对她父母感到过意不去，就算他们为此责备自己也没有怨言。

后悔真实提到跟踪狂的事时，自己为什么不早点认真对待。和真实的婚事也是，如果能早点下定决心结婚，那个跟踪狂也会趁早死心，或许就不会跑到真实租屋处了。

正治不但没有责备架，还说出那么明理的话，反而令架感到愧疚。

他真是老实又温和，是个善良的人。

或许和正治从事市公所职员的工作也有关吧。架心想，正治当然也会生气，但他这辈子大概从来没有扯着嗓子咄咄逼人过。从正治的态度就能看出，这次的紧急事态让他感到多么困惑。不愿感情用事互相指责，却也不知该如何谈论这么严重的事，这样的氛围充斥在这个家中。

相较之下，架的父母无论面对家人或外人时，说话都很随性，属于直来直往的类型。即使年龄相仿，每个人的家庭气氛都不一样。

阳子端上红茶，一边把杯子放在架面前一边说：

“架，我跟爸爸谈过了，我们是想说，真实的事不知道能不能请警方重新调查一次？如果有必要，这次换我跟爸爸一起去拜托警方也可以。”

“这个我看很难。”

端起红茶小声说句“谢谢”，架想起前几天阿佐谷警署的那些刑警。

“只要曾研判事件没有犯罪性质，他们就不会轻易重启调查。要让警方再次着手调查，要不是出现了新的犯罪事实，就是有什么让警方愿意动起来的理由。就算爸妈现在再去拜托一次警方，我想状况也不会改变。”

架平静地深呼吸，转向阳子。

“爸妈还是不想找私家侦探吗？”

“这个嘛……”

阳子与正治面面相觑，看来他们两人针对这件事谈过了。使了一个意有所指的眼神后，阳子低垂视线，把红茶放在每个人面前，先拿起托盘抱在胸前，再放到地上，看着架的脸说：

“我说，架。跟踪真实那个人，是她还住在这边时认识的人。那孩子是这么说的对吧？”

"对，"架点点头，"我没问过对方名字，但真实是说，她还住在这边时，对方曾要求和她交往，可是被她拒绝了。"

"因为不想让你觉得不舒服，之前我一直没说……"

听到阳子这么一说，架立刻挺直背脊。

终于来了。架有这样的预感。朝阳子望去，只见她一边顾忌着正治，一边说：

"其实，真实在这边时也曾进行婚活。"

"婚活？"

没想到会在这里听到"婚活"这两个字，感觉好像跑错场子。然而，看到架的反应，阳子露出更愧疚的表情，又像急着辩解什么似的说：

"可以说婚活吗，总之就是认真地想结婚，去拜托了很多正经的地方，可不是参加那种轻浮的活动噢，不是联谊什么的。是去正经的地方，参加以结婚为目标的活动。"

"活动"这两个字从阳子口中说出时又是那么生硬勉强，感觉有点牛头不对马嘴。

"妈的意思是，真实做了类似相亲的事吗？"

"对。可是，架你自己当时也有在进行婚活吧？彼此都有在进行婚活，而且你不是说，你们就是在那种场合认识的吗？"

阳子的眼神不知为何带点求助的意味，受不了她不干脆的态度，架问：

"您的意思是说，她通过婚活认识的男人住在群马？"

如果只是真实住在群马时参加过婚活，架并不介意。

正如阳子所说，真实和架本来就是通过婚活 APP 认识的，现在都什么时代了，婚活是很普通的行为。只是，对阳子那个年代的人来说，好像把婚活想得比架这个年纪的人认为的更煞有介事。

“每一个认识的对象应该都是正经人，我觉得。”

阳子没有直接回答架的提问，转过头看正治：“对不对，孩子的爸。”

“她找的可是正经的婚姻介绍所，人家给她介绍了好几个人。不过在这之前，她好像也自己找过结婚对象，拜托朋友介绍之类的。”

“也就是说，跟踪狂可能在那些人当中？”架问。

“不是啦，人家介绍的才没有那样的人呢。虽然我都是听真实说的，但她认识的应该都是正经人啦。那家婚姻介绍所也是啊，是我找到，然后陪真实一起去报名的。只是啊，那种地方毕竟和过去的相亲不一样，现在好像比较时兴让两人自己碰面，所以那些对象我也只看过照片，没见过本人。真实和对方单独约会时的状况，老实说我不清楚。”

阳子讲得含糊不清，又一再强调“正经”。正经的地方、正经的对象、正经的婚姻介绍所——正经、正经、正经……拼了命地重复这个词，仿佛想借此抹消从中出现跟踪狂的可能性。既然如此，为何现在又要对架坦承真实找过婚姻介绍所的事呢，难道不是因为阳子自己对那些人也还有怀疑吗？

“阳子。”

正当架想大声反问时，另一个低沉的声音响起。是一直默不吭声的正治。丈夫一出声，阳子就像被雷击中一样闭上嘴。正治接着说：

“好好跟架说清楚吧。真是抱歉，架，没想到事情会变成这样，我们脑袋一团乱。”

“不会……”

架一头雾水，只能先摇摇头。正治又说：

“那家婚姻介绍所，是向来很照顾我的县议员太太经营的。去那里报名后，对方给真实介绍了好几个对象，她都去见过面。听了这次跟踪狂的事，我才想到跟踪狂说不定就在其中。如果是这样的话，我就跟我太太说，那我们也不用大费周章找私家侦探，自己去问婚姻介绍所就行了。”

阳子听到私家侦探时那吞吞吐吐的反应，果然是因为她心里有顾忌。因为刚才被丈夫斥责，阳子现在赌气地别开视线。正治问架：

“真实还在这边时的事，你听她提过多少？”

“几乎没听她说过，我只知道她到东京之后的事。”

认识真实时，她刚搬到东京不久。这么说来，架才发现自己很少听她说起那之前的生活。这时，阳子终于抬起头：

“关于她从群马搬到东京的原因，那孩子是怎么跟你说的？”

“她说之前在群马一直跟家人住，很想体验自己一个人搬到远方生活的感觉。”

那时架听过就算了，也没有多想，只觉得大概是这么回事吧。不过，实际拜访真实以前生活的前桥老家时，确实也曾感到微妙的疑惑。真实明明在这个家住得安安稳稳，尽管不是正式员工，但也有份称得上是铁饭碗的工作。

然而，她却宁愿放弃这一切，一个人搬到东京。做出这个决定时，真实已经超过三十岁了。架自己工作上换过一次跑道所以很清楚，如果还是二十几岁的年纪就算了，年过三十之后，生活中的任何变化都会带来强烈的恐惧。更何况，真实并不是在工作已有着落的情形下搬到东京，她后来的工作也是先去派遣公司登记才找到的。

“说起来那孩子也很可怜，”阳子说，“我想她一定很痛苦。婚活到最后那阵子，那孩子真的像是被逼急了。我猜，包括朋友介绍的对象在内，她在这边婚活时认识的，大概有十个人。”

十个人——听到这数字时，架脑海中仿佛按下某个小按钮，铃声大作。

瞬间，脑袋里的记忆复苏。

架想起的是从亚优离去，自己开始婚活算起，到跟真实正式交往为止的那段日子。和每个通过 APP 认识的对象见面前，总像是套公式似的重复一样的过程，那简直成了每天的例行公事。实际见面后，又得承受“这次好像也不是对的人”的徒劳无功感一再轰炸。有时决定第二次约会，心里想的是“或许上次只是没抓对点，再见一次面可能会有所不同”，怀抱着这样的期待，却从来不曾经历想象中的特别时光，就这样再次踏上回家的路……

原来真实也是啊。

原来她也曾经历和自己一样的生活。之所以离开故乡这片土地，大概是对那样的日子感到厌倦了吧。

不知阳子是如何解读架这短暂的沉默，只见她急忙补充：

“真实没有被那些人拒绝噢，倒是人家都挺中意她的，是真实自己一直拒绝别人。就算是这样，她的心情一定也很疲惫吧？当然，虽然认识了那么多人，可是她和人家都没怎样噢——”

“妈。”架转向阳子。为了不让她继续说下去，架下定决心，平静地提问：“那家婚姻介绍所在哪里，可以告诉我吗？”

阳子和正治默默望着架。架说：“请让我去吧，如果两位不愿意，那我就不找私家侦探。但是，我要直接去婚姻介绍所问清楚。”

虽然阳子提到的人数是十人，架暗自认为她估计的数字太少了。

连父母都认为有十人的话，真实现实中的婚活对象大概要加倍，甚至更多。尽管阳子对联谊的印象是“轻浮的事”，但只要身边的朋友知道真实展开婚活，关心她的人自然会帮忙介绍对象。真实自己一定也会抱着比二十几岁时更急切的心情参加联谊，想尽办法寻找结婚对象。这种事本来就很正常，架认为那一点也不轻浮，反而很能理解她的心情。联谊、朋友介绍、婚姻介绍所……从各种渠道认识的人，全都得视为结婚对象或恋爱对象来思考可能性。有可能跟这个人在一起吗？还是不用考虑？就这样不断烦恼着。

顺带一提，架自己婚活时认识的对象就将近五十人。

如果连一大群人一起喝酒聚餐时认识的异性也算进去，曾经被架视为“候补”的人数说不定超过一百人。每次出门约会前都想着“这次一定要定下来”，即使如此，仍然连一次都不曾有过心动的感觉。

你不跟真实结婚吗？

和真实交往一年半左右时，每次参加聚会，朋友都会这么问。

会这么问的不止美奈子那些古道热肠的女性友人，连大原这种男性好友都会趁闲聊时这么问他。那段时期，架总是用“哎呀……”之类的回应装傻带过。

开始婚活半年后，认识的对象中曾让架开始思考“将来的事”的，除了真实之外还有几个人。同时和好几个人见面约会也不算是劈腿，这是婚活时常有的事，女方应该也一样，除了架之外还有其他“候补”的对象。

婚活认识的对象是不可思议的存在。彼此都把对方视为结婚对象的候补，明明还不是恋人，表面上却像情侣一样再三约会。明知彼此的关系还是“恋人未满”，其中也有提出“希望你和我爸妈见个面”的人。架也曾在还没下定决心的状况下，和对方父母见面吃饭。

为什么最后从这几个对象中选择了真实？真要说的话，顺水推舟的要素可能比较多。

最大的原因，是带她去了和死党大原夫妻的聚餐。

不过，追根究底，架原本打算带去的是另一位女伴。

嘴上说婚活中始终没遇上心动的对象，即使如此，架还是维持与几个“或许有谱”的人见面。不知为何，架的这些对象多半离过一次婚。原本打算带去跟大原夫妻一起吃饭的那位也是。她的年纪虽然比架小，却是个单亲妈妈，独自抚养与前夫生下的两岁男孩。

架尽可能要自己别介意对方的过往，通过婚活认识的女性中，离过一次婚的人多半因为人生经验丰富，聊起天来确实比较开心。

然而，他每次听到对方坦承离过婚时，内心还是会有点失望，这点不容否认。结婚对自己来说是第一次的体验，对方却不是。抱着无法分享相同心情的落寞，在知道怀有好感的对象有小孩时，他也会自私地想，要不是对方离过婚，说不定现在早就决定是她了。简直和在不动产公司租房子时的心情没两样。

在婚活中看多了异性，自己的心也麻痹了，不再把对方当“人”看。觉得自己只是在贴了条件标签的清单中抽出设定或背景，毫不客气地品评对方，架忽然觉得喘不过气。

即使如此，架跟当时认识的那位单亲妈妈还算谈得投机，她又是个美女，感觉在一起应该会很开心。对方也说，虽然小孩出生后就无暇顾及爱好了，但其实自己以前的兴趣是慢跑。听到这个，架对她更有好感。即使还没见过她的小孩，架也开始想，如果是她的小孩，自己应该能接受吧——现在回想起来，那或许只是想说服自己。

“你最近婚活有没有遇到不错的对象？带来我家吃饭嘛，应该有这样的对象吧？”

不难想象，大原一定是看到架的婚活迟迟没有进展，想从背后推他一把才这么提议。和死党或家人一起吃饭这种事，等于间接公开了彼此的关系，也能大大拉近彼此的距离，朝结婚迈进一大步。

架约了那位单亲妈妈，因为她是当时自己的“候补第一人选”。虽然两人还处于尚未正式交往的暧昧期，对方也回答“很想去”。

不料就在聚餐前一天，她临时打电话来说“孩子发烧了”，表明无法前往。明知这是无可奈何的事，架还是受到打击。同时他也领悟到，和这个人交往就是这么一回事。架还没做好接受对方生活状态的心理准备。

如今回想起来，说不定她早已看穿架内心的犹豫。孩子发烧只是借口，她可能原本就想拒绝架。那件事过后，架不再主动联系她，她也没有联系架。

对架来说，当时真实是排名第二的候补人选。

难得大原夫妻帮自己安排了这个机会，不去对他们不好意思，架抱着姑且一问的心情问真实："明天晚上能见面吗？"还说："学生时代的好友邀我去他家吃饭，要不要一起去？"

没抱太大希望发出这封邀约短信，真实的回答是"我很乐意"。

"架愿意介绍朋友给我认识，是我的荣幸。"她还这么说。

架也对大原说明了前后始末，坦言自己是被认为真命天女的对象拒绝才改约了另一个人。机灵的大原立刻约了其他几个朋友，好让当天的聚餐看起来不至于太正式拘谨。

话虽如此，大原家里本来就有个调皮捣蛋的小学一年级学生和还在学走路的两岁幼儿，聚会方式又是在死党家中吃对方太太亲手做的菜，即使只是随性的邀约，带真实参加这种聚会代表了什么，架竟然是去了之后才想到。他第一次意识到真实是自己会带来这种场合，参加这种聚会，今后也可能介绍家人给她认识的对象。

架的女性友人陪大原家的大儿子玩时，真实也在一旁关心快哭起来的两岁幼儿。"没事吧？还好吗？"大原太太准备餐点时，她又一脸坐立不安的样子问架："我是不是该去帮忙？"和其他坐着不动的女生不一样，真实一直歉疚地留意厨房的状况。

回家路上，真实对架说："能参加这么重要的聚会，我好高兴。"

还说:“大原先生的孩子们真的好可爱。”

几天后，大原对架说:“她是个好女孩嘛。”

和婚活期间认识的其他女性一样，对真实也始终抓不到“就是她了”的明确瞬间。事实上，就连当时以为是真命天女的那位单亲妈妈，架也不曾有过那种感觉。

然而，这样的起点或许也不错。

架开始这么想。和其他对象相比，真实确实最吸引自己。尽管与过去激情欢乐的恋爱不同，可能这个年纪的恋爱就是这么回事吧。

为认识而认识——架对那样的婚活模式感到疲倦，再者，老实说，他的想法是这样的:继续婚活下去，可能也遇不到**比真实条件更好**的人了吧。

既然如此，还不如抓紧真实，好好珍惜她。

没有明确的告白，也没有清楚说出“想跟你交往”。架只是不再与通过婚活认识的其他对象联系，只和真实一个人约会。从和真实的相处中，感觉得出真实也是这么做的。或许没有戏剧化的浪漫情节，但在不知不觉中，架和真实的关系日渐称得上是一对恋人了。

没有激情也没有怦然心动，有的只是稳定交往的关系。时间就这么流逝，回过神时两人已交往超过一年半。

也就是那阵子，跟死党们喝酒聚餐时会被追问:“不跟真实结婚吗？”

老实说，架还有犹豫。和真实的确是婚活认识的，但一旦谈到结不结婚，就怎么也跨不出那一步。下定不了决心。明明也觉得她是好女孩，内心仍不免怀有“真的就是她了吗”的念头。

每次和大原那几个熟知自己个性的已婚好哥儿们见面，架都会问：“你们当初怎么下定决心结婚的？”想给自己做个参考，也可能是希望谁从背后推自己一把吧。每次这么问，哥儿们都会用“这种事凭的是一股冲动”或“你也赶快结了吧”之类的话激励架。相较之下，女性友人们给的意见仍然非常不客气。

和真实见过好几次面的美奈子那时就对架说“真是受够你了”。

“你们又不是在普通状况下认识，是通过婚活认识的哎！既然如此，按照规矩交往一年内就该结婚啦。哪有人像你这样拖拉的？你们真的有在交往吗？”

“话是这样说没错，但就找不到结婚的关键……而且我总觉得，结了婚好像就会有什么不一样了。”

“所以。”架继续说。

“所以我想说，先住在一起试试看。”

架这么一说，女性友人们全都皱起眉头。“那个，我也反对。”连大原都这么说。

“这段同居期有任何意义吗？住在一起是要住多久你才愿意求婚？住在一起就满足了，反而更踏不出结婚那一步的例子我可听多了。”

“话是这么说，一旦面临要不要结婚的问题时，你们难道不会担心跟这个人的婚姻生活到底会不会顺利吗？毕竟在这之前，彼此生活的环境都不一样啊。再说，你们想想看，搞不好住在一起之后就能找到非跟这个人结婚不可的理由了啊，反过来说，也可能因此发现无论如何都合不来的地方。”

“哎？是——如你所说，能找到非结不可的理由当然很好，那万一觉得合不来的话呢？你打算怎么办？都交往到这阶段了才分手不是更痛苦吗？关系能进一步发展当然最好，但从同居关系往回撤退的话不就等于做了一场无用工？”

美奈子的死党阿梓这么说。被她们轮番指责，架有点狼狈。美奈子还不放过他，继续穷追猛打。

“那我问你，架，你现在想结婚的心情是百分之几？”

“咦？”

“想跟那个女的结婚的心情啊，现在，百分之几？”

“……百分之七十左右吧。”

架这么回答的瞬间，美奈子马上露出不怀好意的笑容。她说：“你好渣！”

“我好渣？”

“我现在问你百分之几的这个数字，其实就是架给真实打的分数。对架来说，这个女生就是只有七十分的女朋友。你现在说的就是这意思。”

“什么渣？怎么可能。你问我的是结婚意愿吧，我回答的只是这个啊。这跟给真实打几分有什么关系。”

“不然我问你，换成亚优的话，架应该会打一百分或一百二十分吧？”

听到这个名字，架的心跳差点暂停。

想起和真实交往不久时看到亚优脸书封面照片的事。假设亚优回到身边，刚才这个问题自己会回答百分之几呢？没错，瞬间——真的只是一瞬之间，架思考了这个问题。因为思考了这个问题而产生的罪恶感，又令他一时之间说不出话。

美奈子趁势追击："你到现在还只叫她'真实'吧。连自己的女朋友都没取个昵称，这一点也不像架的风格。总觉得你们虽然在一起，你还是跟对方客客气气的。不一定要跟亚优比，但是跟架的历任女友比起来，你跟那个女生之间的距离感还有说话方式都不一样。总觉得你们格格不入，不是很适合。"

"啊——我也这么觉得。"

这次不是美奈子也不是阿梓，是另一个女性友人做出了不负责任的发言。

"架啊，你跟这个女生交往到现在有吵过架吗？该不会连真心想讲的话都说不出口吧？跟亚优在一起的时候一天到晚打打闹闹，跟现在这个没办法那样吧？"

"嗯，我也觉得不太适合，可以说你们本来就是不同世界的人吗？"

"嗳，"美奈子凑过来盯着架，"你自己多多少少也有感觉吧？这个女孩和你的适合程度就只有百分之七十。既然如此，干吗跟人家交往？"

"咦……"

"虽然架给这个女生打七十分，说不定她跟别人交往的话，人家会给她打一百分。然而你只付出七十分的心意就把这个女生拖住，不觉得这样很残忍吗？要是无心跟人家结婚就放对方自由吧。"

“……我在婚活中认识了很多人，有真实这种条件又愿意说我不错的对象，已经该谢天谢地了，这就是我的想法。”架不得已只好这么说。

七十分。百分之七十。对真实的称呼和对亚优的称呼。过去确实拥有过的，足以打上一百分的美好回忆……

某种层面来说，美奈子她们几个说的或许没错——架忍不住这么想。

真实是个正经的女生，这一路走来架想的也是跟她正经交往。真实一定也是如此。和她之间没有和亚优那种动不动就拌嘴的气氛，架也很清楚彼此对待对方都还客客气气的。如果要说和亚优那种毫无顾虑的关系才叫适合的话，自己和真实或许真的还不到适合的地步。

但是，话不是这么说的。

在不断反复的婚活中，架认识更多比真实更不适合的对象。虽然用打分数的方式形容有点过意不去，真要说的话，架确实也遇过好几个百分之五十、百分之四十，甚至百分比更低的，一点也不适合的对象。

女性友人的犀利言论和做梦般的理想论，此刻都令架打从心底感到厌烦。

怎么可能在婚活中遇上百分之百的对象。真实的百分之七十在架心目中已经是很高的分数，是可遇不可求的数字。

“可是那个女的一定很想跟架结婚哦。”阿梓说。

架连回嘴的力气都没有，只是默默看着她。阿梓和美奈子对看一眼，耸了耸肩。

“上次去大原家吃饭时也是，我看她应该是拼了命在给自己拉票吧？优实哭的时候她站起来一副想去哄小孩的样子，大原太太在做菜时她也表现得很想去帮忙。”

“讲什么拉票。”架说。

虽然大家都喝了酒，她说这种话也未免嘴巴太坏。架皱起眉头，没想到连另一个女性友人也高声附和：“啊！我也这么觉得。”

“因为知道美纪手艺好，可以放心交给她自己煮，我们几个干脆就不去帮忙了。优实哭的时候也是想她跟我们又不太熟，随便上前安抚反而会吓到小孩吧。就只有那个女的一副坐立不安的样子，不知道到底是要坐还是要站。”

“她和你们几个不一样，人家很善良。”

不想火上浇油，架按捺着自己只说了这句话，没想到她们听了，喊得更大声了：“哪有——”“才不是！”

“她那只是做做样子好吗。装作一副不知道要不要上前帮忙的样子，到最后还不是没站起来，面对小孩时也根本就不知道该做什么才好。我看那个女的根本不太会做菜，也拿小孩没辙吧。”

“啊，我懂！我有听到她在架耳边偷偷问是不是去帮忙比较好，那干什么不直接去问美纪就好呢。”

“你们有完没完？”

阻止她们的不是架，是大原。他苦笑着说：“你们应该是嫉妒真实吧？”

“单身多年的架终于要结婚了，对你们来说就像宝贝弟弟出嫁一样舍不得了？”

听了大原的话，女生们纷纷发出“呃——”“才没这回事”之类半开玩笑的抗议。只有美奈子要笑不笑地说：“嗯，或许有那么点吧。”听了这话，架不由得怒上心头。

心想，开什么玩笑。

大原说：“就算真实帮自己拉票，我也不觉得那有什么错。事实上她真的很关心美纪和优实的状况，自己一个人来参加男朋友死党的聚会，站在她的立场想，会那样坐立不安也很正常啊。”

“话说，我不觉得帮自己拉票不好噢。”

面对大原指责的语气，美奈子不满地噘起嘴，看着架说：

“反而觉得她这么努力让人很有好感，一想到她是为了架这么做的，也觉得很有勇气。只是啊，她的手法太拙劣了啦，觉得有点可惜而已。”

美奈子望着架，嘴角浮现一抹意有所指的笑容，接着又说：“她是个好女孩啦。因为，她做那种事铁定会被我们看透的啊。什么心机啦算计啦，她一定完全不习惯做这种事吧。看来她这辈子一直都是个好女孩吧。抱歉噢，这种人让我看了有点不爽。”

这时架忽然发现。真实不在场时，这些朋友们几乎不会称呼她的名字。

到现在还“亚优”长“亚优”短的她们，提起真实时说的都是“那个女的”，和称呼她为“真实”的大原夫妻不一样。

“架，你跟那女的的事啊……”“我说那个女生啊……”

她们的这种称呼法，简直就像预设真实随时可能退场。她们像是连记都不想记住真实的名字，期待她快点从架身边消失似的——就是这种感觉。光从“拖住”这个词就能看出她们的想法。

这些不负责任的言论，根本没有必要放在心上。

架和真实的关系只是两人自己的事，自己决定就好。

暂时先同居的想法虽然遭身边的人否定，架仍打算这么向真实提议。先住在一起，然后再考虑之后的事——也就是要不要结婚。所以，暂时先这样。

就在这不久后，架接到真实深夜里打来的那通电话。

“那个人……”

电话那头，真实的鼻音很重，她在哭。

“那个人好像跑进我家了，怎么办？我不敢回去。”

“那个人是指……？”

早在这通电话前，真实就跟架提过跟踪狂的事。

——喂，架！你在打电话？女朋友打来的？

听到朋友们意图干扰的声音，架不耐烦地喊了声“别啰唆”，站起来走出店外。

“拜托你快点回来！”

平常语气总是客客气气的真实，第一次提出这么强烈的要求。听得出说完之后她自己也吓了一跳，还在电话那头说了抱歉。

“抱歉，我不该说这种话。可是，救我，救我，架——”

“啊，真是的！是我不好，不该丢下你一个人跑来喝酒。”

说完，架在深夜的街头奔跑。

当时心想，要是自己能早点下定决心结婚就好了。

自己能否下定决心的事姑且另当别论。架一心认定真实就是想跟自己结婚，也从未怀疑过这份自信。

但是，一如遇见真实之前的架有属于自己的故事和过去，遇见架之前的真实一定也有属于她的故事和过去。是自己太不把她的过去当一回事了。

所以，现在的架只是单纯想知道——在群马时的她发生过什么事。

“欢迎光临。”

真实之前为了寻找结婚对象而造访过的婚姻介绍所位于一处住宅区内。只散布着零星的便利商店的住宅区，跟路旁开了不少连锁餐厅的国道有段距离。民宅与民宅间不时出现田亩或温室。

钻进复杂的巷弄，转了几个弯，眼前出现一栋比四周建筑大的日式民房，旁边另一栋比较新的建筑门外，摆了一个低调的招牌。

“良缘成就小野里”。

招牌设计得相当低调，看来为的不是吸引路过的客人，充其量只是要给经人介绍上门的人方便找到的标志。在不知情的人眼中，说不定还以为是哪个神社保佑姻缘的护身符牌呢。

架注视着出来迎接的老妇人。这位身穿淡绿色和服，眼神温柔的女性正为架拿出拖鞋。她的每个动作都很利落，看来是习惯在日常生活中穿和服的人。

“不好意思，夫人，为了这种事突然上门打扰。”

跟在架身边的阳子一副诚惶诚恐的模样，对这位叫作小野里的老妇人低下头。架也学着低下头说：“非常感谢。”

当架提出想拜访真实去过的婚姻介绍所时，阳子和正治互看了对方一眼，想了一下才说：“不然，先联系对方看看。”阳子当场打了电话。

——喂？是夫人吗。是这样的，有件事想跟您商量……

电话讲到一半，需要详细解释时，阳子朝走廊走去。架仍听得见她窸窸窣窣的说话声，提到跟踪狂的话题，阳子先说了句“说来丢脸，其实……”，听见这句话，架顿时心情复杂。有什么好丢脸的呢，真实才是受害者吧。阳子到底在顾虑什么？

讲完电话后，阳子回到客厅：“夫人说愿意见你。我跟她说了架来群马的事，她就说今天傍晚有空。”

“那我过去。”

架从东京开车来的，只要知道地址就可以自己开车去。才刚这么想，阳子就说“那我也马上准备”。架还来不及说什么，她就说声“等我一下”，脱下身上的围裙走进屋内了。看这情形，她是理所当然认为自己要一起去，丝毫没想过让架一个人前往。

再者，她内心或许有些担忧。

不在自己眼皮底下时，架不知道会对“夫人”说出什么。阳子内心或许也有这样的担忧。他们说那位夫人是对正治很照顾的县议员太太，在这种小镇上或许就是得顾虑这种事，架也不是不能理解。

既然如此，那也无可奈何。看到正治与阳子陪同出现的架时，小野里夫人静静地微笑。

“你就是真实小姐的……很高兴见到你。真实小姐在这里没能找到有缘人，后来听说她订婚了，我就一直想见见她的未婚夫。远道而来真是辛苦你了。”

“不会……”

“还有，真实小姐的爸爸妈妈。”

朝站在架身后的阳子和正治望去，小野里微微点头，接着说：

“也辛苦两位了。我想今天的谈话可能会花点时间，结束之后再跟两位联系好吗？”

“咦？”

阳子从喉咙里挤出疑惑的声音。架也短短倒抽了一口气。这种说法听起来是在请他们两位先回去。“可是……”阳子还想说什么，小野里脸上露出优雅的微笑。

“我有点话，想跟这位——是叫西泽先生吗？我有点话想跟西泽先生说，方便吗？关于真实小姐的事，我也有些事想问他。西泽先生似乎对真实小姐通过我介绍认识的男士不太放心，关于这件事，我也应该要好好跟他谈一谈。”

不由分说的口吻。被小野里气势压倒的阳子虽然还有不满，但也只能讨好地看着对方问：“是……这样噢？”小野里一副坦然的样子点点头说：“是啊。”阳子无法再说更多，只能退让说：“那好吧。”她大概没想到自己会被这么小觑吧。反倒是架过意不去，频频望向两人。最后，阳子才在正治催促下一同离开。

独自留下的架怀着错愕的心情，看着眼前身穿和服的老妇人。她依然用跟刚才一样的语气说：“那么请进吧，屋里空间不大，不好意思。”说着，她带领架走到里面放有接待用的桌椅的角落。

地方士绅的妻子开的婚姻介绍所。从这个描述中，架原本对即将见到的她心怀戒备。常听人说“介绍相亲的媒婆”“介绍相亲的大妈”，架预期见到的是那种乡下好管闲事形象的——有好的意思也有不好的意思——粗鲁欧巴桑。工作上偶尔也会遇到那种满脑子旧思想，既顽固又难应付的妇人，架都已经做好某种程度的心理准备了，这下却是出乎意料。

眼前这位文弱中不失威严的老妇人，彻底颠覆了架的想象。虽说应该已在电话中听了事情的大概，架怎么也想不到她竟然不要阳子在旁帮腔，还提出和架单独谈的要求。在架的认知中，这种年纪的女性多半喜欢身边有立场及年纪相近的同伴。

“这里——您一个人住吗？”

小野里自己动手泡茶，往架面前放了一杯。察觉到这里没有其他工作人员，架这么问。小野里就一边请他喝茶一边回答：

“偶尔会有年轻人来帮我整理文件资料，不过基本上，这里只在有客人上门时才开门，其他时候就我一个人。原本是外子选举时的办公室，我只是借来用。”

“噢……”

“抱歉啊，这么晚才能跟你见面。今天白天去了高崎那边的饭店，因为有客人在那里相亲，我非在场不可。”

“相亲吗？”

按照阳子的说法，真实和在这里认识的对象见面时没有父母陪同，是两人单独见面的。架忍不住问出口，小野里似乎很喜欢这话题，呵呵一笑说：

“西泽先生是东京人吧？老家也在东京？”

“对，我从小就住在东京。”

“身边不太常看到这种比较正式的相亲是吗？每个人希望的方式不同，有偏好当事人自己轻松聊天的，当然也有人希望一开始就在双方父母或我的陪同下见面。”

或许是为了陪同相亲，她今天才会穿和服吧。一边恍然大悟，架一边说“那我就不客气了”，伸手拿起她泡的茶。

这栋房子虽然不大，看得出客厅里的大理石椅子和皮沙发颇有质感，旁边装饰的鲜花也插得很有品位。她今天本来应该没有客人，屋里依然飘散一股淡淡的焚香气味。

“你也不想吧。”

小野里忽然这么说。架不明就里地看着她，小野里露出孩子恶作剧般的眼神说：

“关于自己的女友，你一定有很多想问或想说的话，要是对方家长也在场，那多教人喘不过气啊，想说的话也说不出口了吧。”

“不……没有啦……”

架急忙放下茶杯，赶紧摇头。内心诧异着小野里这年纪的人，竟然不是用“恋人”或“未婚妻”来称真实，而是用了随性的“女友”两字。

“我也是啊，担心在她父母面前有些话可能难以启齿，还有，也怕自己多嘴说了不该说的话。所以才会先请他们回去。没关系吧？”

“……是。”

架正襟危坐，向小野里道谢：“谢谢您为我顾虑这么多。”

“你一定很担心真实小姐吧。”小野里说。原本开朗的脸上蒙上一层淡淡阴霾。

“可以从头告诉我吗？首先，我听说真实小姐后来去了东京，你们是在那边认识的？是工作的关系还是什么吗？”

“我们是通过婚活认识的。”

心想在这人面前装模作样也不是办法，架直截了当地回答。

“我听说真实小姐还住在前桥时，曾来您这边做婚姻咨询。我也是在东京进行婚活时，和同样进行婚活的真实小姐认识的。”

“这样啊。原来真实小姐到了东京也继续寻找结婚对象呢。那么，在那边也是去婚姻介绍所吗？还是计算机网站之类的？”

“不，是移动电话的……专门给正在找寻结婚对象的人使用的APP。”

说着，架才忽然想到，不晓得她知不知道APP是什么。但是，只见小野里睁大眼睛问：“用智能手机吗？”从她口中听见“智能手机”这个词，架更惊讶了。

“是的。利用智能手机上的APP，只要注册就可以通过这个系统互相认识，抱着轻松的心情开始婚活。APP上也可以直接看到对方的照片和个人资料。”

“那要花钱吗？注册费用之类的？”

“有的APP要付注册费，有的不用。不过，愿意付费就代表比较有诚意，真心想找结婚对象的人应该觉得付费比较好吧。”

“我想看看。”

小野里说这话的语气有如少女一般快活。架一边说着“啊，那……”，一边拿出自己的手机。认识真实时使用的那个付费 APP 已经办理退会了，另外几个免费 APP 就这么放着，图标也还留在屏幕上。

点一下图标，屏幕上立刻出现画面。

“这里会显示会员当中住在自己目前所在位置附近的对象，照片和个人资料都看得到。群马县内就选群马县，前桥市就选前桥市，想要这样限定地区搜寻也可以。”

久违地打开 APP，发现会员人数还蛮多的。不过，和在东京时相比，群马这边注册的会员数果然比较少。

“这附近也有人玩这个吗？”

“看起来不多，不过还是有呢。您要看一下吗？”

手指朝屏幕一点，便跳出对方的照片。这类网站能上传的照片通常就是五张，大家都会挑拍得比较好看或上相的照片，架想起也曾遇过实际见面时觉得照片根本是欺诈的对象。调亮光线改变肌肤质感，利用角度拍出小脸效果，等等，APP 上不乏这类手法高明的照片。那段时间，架也真是看了很多。

“哎呀，连这么年轻漂亮的女生都在找结婚对象吗？怎么不来我这边咨询一下。”

小野里以熟练的手势一一刷过画面上跳出来的看似二十几岁女性的照片，看得架满心佩服。以为她是脑筋死板守旧的大婶媒婆真是大错特错。看来她不但习惯使用智能手机，想法也很顺应潮流。

“只要用这个，就能传短信给中意的对象吗？”

“也有人用这种方式。不过，在我认识真实小姐的那个 APP，用的是送对方爱心的方式。就像脸书点赞一样，啊，我说的‘点赞’是指——”

“我当然知道那是指什么。”小野里扬起嘴角，微微一笑。

“那么，只要像‘点赞’那样点一颗爱心给对方，对方就会知道。如果对方看了自己的个人档案也觉得中意的话，就会回送一颗心。”架说。

“换句话说，不用特地写‘觉得你很不错’或‘我喜欢你’之类的短信，只要按一下，做个记号就行了。”

“是的。彼此都给对方爱心就代表可以见个面，到实际见面之前就先聊聊看。”

“不错耶，这真方便。这样的话，就不用再交换邮箱之类的了，是吗？”

“想直接联系的话，当然也可以交换。在实际见面之前，想通过通信软件多了解对方的人也很多。不过，在我认识的人里面，也有因为互传短信时写了太有个人特色的内容，导致一直遇不到愿意跟她见面的人。所以互传短信这种事还是有好有坏。”

架想起婚活时认识的一位女性曾发过这样的牢骚。

因为看对方好像能理解我喜欢的电影或漫画，第一次通信时写了太多这方面的事。只因为第一封信写的不是可有可无的寒暄，对方就没再联系我了……

即使在实际跟她见了面的架面前，她还是滔滔不绝地发表这类“世间男性真正想要的只是没有自我主张的女人”言论，架不由得心想，她在婚活这条路上肯定会走得跌跌撞撞啊。虽然觉得那个女生很有趣，但架也只跟她见过一次面就不再联系了。

不是不能理解她的心情，只是就婚活中不断重复一样过程的架看来，总觉得她太受限于自己的理想。在婚活最初的阶段，最重要的是先见面，没有人在这个阶段就要求对方理解自己。一开始就希望对方能接受自己独特的魅力，相信一开始就能遇到理解自己的对象，这么想的人当下已受理想主义束缚。

在实际见面之前，每一次通信的内容都像范本文章一样毫无特色可言。架认为那是理所当然的事，也没必要在这个阶段过度宣传自己。这就跟学生时代考试一样，纯粹是懂不懂诀窍的问题。如果不想为了配合诀窍抛弃自己的特色，一开始就不适合来参加婚活。

明明是希望别人从中发现自己价值的婚活，到最后却只能以无法展现自我特色的方式进行，说来也真是讽刺。话虽如此，这也是没办法的事。

“那位太强调个人特色导致婚活不顺利的是女性吗？还是男性？”

“咦？”

“你刚才说的那个。”

自己在说的明明是关于互传短信的事，不是强调个人特色的事吧。尽管心里这么想，架还是回答：“是女性。”

“那个女生对自己的服装发型都有自己的坚持，爱好也很多，要她写内容可有可无的短信大概很难吧。与其随便写些奉承对方的话，她大概一心想着得写出有趣的文章才行。这有什么问题吗？”

“不，没什么问题。只是，来我这里的也常有这样的人。”

婚姻介绍所应该是直接介绍对象的地方，照理说不用经历互传短信的烦琐过程吧。架不明就里地歪了歪头，小野里继续说：

“婚活不顺利的时候，找个不让自己受伤的借口也是很重要的事哦。像是归咎于自己太有特色，内在太有料才会把对方吓跑啦，或是因为自己资产太多，对方担心嫁进来太辛苦所以才拒绝啦，也有人说因为自己是女人却学历太高，所以男人才会却步的哦。”

小野里再度闪着孩子气的目光对架说明。

“还有，明明对长相很有自信，却担心因为长得太好看，对方会以为自己有其他交往对象，也有这样的人呢。有钱也好，有个人特色也好，长得美也好，这些本来都不该是缺点，婚活不顺利的时候，人们却将不顺归咎于这些对方无法理解的优点，因为这样自己才不会受伤。”

她语气平淡，架却觉得自己好像听了一番精辟的言论，一时之间不知该说什么。大概过去从未想过类似的事吧，不由得自我反省起来，为了掩饰自己的窘迫便问了句：

“很多吗？那样的人，很多吗？”

“是啊，尤其最近更是增加了不少。”

小野里一边道谢，一边将架的手机还给他。架收下手机，苦笑着回答：“还以为会被骂呢。”

“还以为像小野里女士这样经营婚姻介绍所的人，会说用APP这种东西进行婚活是邪门歪道。”

“没这回事。看到出现这些崭新的方式，我也觉得很有趣。”

“听说这原本不是专门开发来找结婚或恋爱对象用的，一开始是为了方便在海外结交朋友而开发的。一些经常外派的工程师想在陌生土地上交朋友，所以开发了这套系统。”

“那个，我想应该是骗人的。”小野里又若无其事地说了惊人言论。

架不知道惊讶了多少次，默默看着她，小野里依然面带微笑。

“总不能说这本来就是为了不正经的目的开发的吧，只好编个好听的故事啰。话说回来，把想寻找结婚或恋爱对象这种事视为‘不正经’的大环境也有待商榷就是了。”

“……您说的是。被您这么一说，我也有这种感觉。”

和这个人说话时，感觉身心都像被剥光全裸着。架脑海中浮现“身经百战”这句成语。

“乡下的大婶媒婆”——架为自己当初有过这种想法感到羞耻。难道只是自己见识浅薄，其实世间大多数的“媒婆”都像这个人一样颇具威严吗？听她说话就像被资深算命师铁口直断命运，也因为她就是这么有魄力，教人忍不住把自己的事和盘托出，真可怕。

真实也曾坐在这个人面前，把自己的命运交到她手上吗？坐在现在架坐的这张椅子上，像面对专业的心理咨询师或对教会神父告解那样，坦白说出自己内心的想法？眼前这个人感觉就是这么权威。

“你想知道什么？”

凝视架的眼睛，小野里夫人问。

“我介绍给真实小姐的只有两位男士。”

小野里直截了当地说。听到这句话，架不由得看了小野里夫人一眼。见架一时之间说不出话，小野里夫人又问："怎么了？"

"不……按照真实母亲的说法，我还以为她在这边相亲的对象有很多。"

"她母亲是怎么跟你说的呢？"

"她说真实小姐还在前桥时，对婚活感到非常疲倦，说她总共认识了十个人左右。"

虽说阳子口中的人数应该包括真实到婚姻介绍所前，自己靠朋友介绍等方式找的对象在内，通过这里介绍认识的只有两人似乎也没什么好奇怪。只是，架仍难免感到一阵错愕。

听了架的说明，小野里用手遮住嘴巴，优雅地笑了。

"哎呀，是这样吗？很像坂庭太太会说的话呢。做妈妈的啊，看到女儿那么努力，都会替她担心万一不顺利怎么办。"

"她还说，真实那阵子过得很痛苦。"

"可是啊，西泽先生。我不认为真实小姐实际约会过那么多人。包括我这里介绍的在内，进展不顺利的对象顶多四五人吧。"

"咦？"

"不止真实小姐，很多人都会说自己认识了十几个人还不顺利，说自己累了——这么说的人其实顶多只认识四五个人就心生厌倦，这样的人还不少。大家都太夸大了，四舍五入就是十嘛，好像只要说出这个数字，就能突显自己已经很努力了，也会自我满足。"

"可是，我实际上真的见过这么多人。认真婚活了一阵子，见过的对象甚至超过十人。"

“是吗？那你就属于真的很辛苦那一类啰。”

说完这句犀利的话后，小野里看架的眼神迅速恢复了温和。她一脸若无其事的样子继续说：

“我介绍给真实小姐的，分别是住在前桥市和高崎市的两位男士，两人身家都很清白，这我可以保证。帮真实小姐介绍对象是六年前的事了，其中一位男士现在已经和别的女士结婚，组建家庭了。”

“那另外一位呢？”

“虽然还没结婚，但那位应该不会是真实小姐的跟踪狂。刚才我跟他通过电话，装作不经意的样子确认过，不觉得他有值得一提的异状。”

架无言望向小野里夫人。她的语气和表情虽然柔和，那种不由分说的气势依然坚如磐石。听她提到“跟踪狂”三个字时，架知道要进入正题了。他问：

“您的意思是说，这边介绍给真实小姐的男士，现在都和她一点关系也没有？”

“对。虽然你只能相信我说的，但两位男士现在都有自己的生活。我介绍他们给真实小姐是六年前的事，和这次的事应该毫不相关。”

这个人今天就是为了讲这句话才和架见面的吧。在这狭隘又悠闲的乡下地方，无论如何都得避免自己经营的婚姻介绍所扯上闲言碎语。小野里夫人说她已经打过电话和对方确认，行动之迅速也令架吃惊。不过，站在架的立场，他怎能就此打道回府。

“虽然会给对方添麻烦，可否请您帮我引见那两位男士？”

现在的架已经找不到其他和真实有关的线索。但是，小野里二话不说摇摇头。

“这太难了。如果你有什么想跟那两位确认的话请跟我说，由我来联系他们。”

小野里凝视架的眼睛。她眯起双眼，再次强调：“看起来，真实小姐到我这里来之前也认识过别人，你要不要先去找找其他有可能的对象，否则一直耗在我这里也是浪费时间。除了我这里之外，你还没调查过其他地方吧？”

“……对。”

架只能点头。虽然他还不想放弃，但小野里口中“两人”这个数字却赋予了她说服力。如果经由她介绍的只有两个人，真实的跟踪狂确实更可能来自其他朋友介绍的对象，或是她自己在职场上认识的人。

“真实小姐来这里的时候，是否曾对小野里夫人提过与之前婚活相关的事？”

小野里默不作声，只是盯着架看。架只好无奈地说：“我什么都不知道。”

“就连她在群马婚活的事，我都是今天才得知。关于她在这里时的一切，我几乎什么都不知道。真的一点头绪都没有。如果她曾对小野里夫人说过什么，不管什么都好，可以请您告诉我吗？”

小野里夫人拥有不可思议的魅力，会让人想跟她说自己的事，架认为找她商量事情的人一定不少。这里又是婚姻介绍所，来的人很容易就会提起自己过往的恋爱经历。

话虽如此，真实来这里咨询已经是六年前的事了。跟介绍的对象进展不顺利，真实本身又是不起眼的类型。为那么多人介绍过婚事的小野里对当时的事还能记住多少也是个问题。

架正这么想时，小野里缓缓抬起视线望向架。

“真实小姐的状况是，最初来这里寻求介绍的不是她本人，是她母亲。来的当天就登记了，第一个介绍给她的男士还是她母亲选的。”

“来登记的是她母亲，连对象都是母亲选的？”

架不由得脱口而出。似乎预期到他会有这种反应，小野里点点头。

“这不是什么稀奇的事啊。尤其是近几年，这种家长增加了不少。甚至也有因为担心孩子，双方家长先代替本人见面的情形噢。”

“咦？”

架一发出惊呼，小野里就带着优雅的微笑问他：“觉得很奇怪吗？”

“不……不好意思，是有一点。”

架设身处地，想象真实的父母和自己的母亲事先见面的情形，别说有点奇怪了，根本就是非常奇怪。当事人的父母介入到这种地步，而且还是跟恋爱相关的事，用奇怪已经无法形容，简直是诡异。

如果是自己绝对不愿意。跟谁结婚是自己的事，架绝不希望父母来干预。

像是对架这种反应习以为常了，小野里挂着淡淡的笑容继续说道：

“每个人的观念可能不一样，但结婚这种事，说起来本是两个家庭之间的事，认为父母出面很正常的人也不少。”

“他们来登记之前，已经取得孩子的同意了吗？啊，我说的不是真实的例子，只是想知道一般状况。”

架脑中想象一群无视孩子不想结婚的意愿，自告奋勇地帮孩子找相亲对象的家长。这次，小野里回答：“各种状况都有。”

“其中当然也有家长先来登记，然后再跟孩子说的例子。不过，最后要不要跟对方见面还是得看当事人的意愿，身为介绍人是不能强迫他们的。”

“介绍对象的时候，双方是不是要交换个人资料？”

“对。”

这么说来，至少阳子应该看过介绍给真实的对象的个人资料。虽然不知道资料是否还在她手边，或许可以从中找出对方是谁。

不确定她是否察觉了架的想法，小野里没有说话。架问她：

“那个人资料总该是当事人自己写的吧？在父母的要求下。”

架自己只参加过网站和APP上的婚活，没有委托媒人介绍相亲的经验，在他的想象中，那份个人资料应该和找工作时写的履历表差不多吧。不料，小野里摇头说道：

“个人资料表登记时就要填写，大部分都是家长写的。真实小姐那时也一样。”

小野里语气淡然，听着那若无其事的声音，架微微吃了一惊。

虽然他勉强忍住惊呼，内心仍不免仰天长啸:“家长写的？”

为了找结婚对象而填写的个人资料，若只是学历或家族成员之类的也就算了，优缺点也由家长来写吗？怎么想都很不对劲。换成是架，他敢肯定母亲写下的优缺点一定和自己认知的不一样。呈现在父母面前的只是一部分的自己。比方说，自己过去拈花惹草的异性关系，母亲根本毫不知情，很可能在儿子的个人资料表的优点栏上写下“诚恳”“老实”等个性，这就和架对自己的评价有差异了。

真实的情况又是如何呢？虽然真实和阳子母女感情不差，即便如此，架并不认为阳子能客观地填写女儿的个人资料表。

“她就那样拿母亲帮她填写的个人资料表找对象吗？没提出重新写的要求？”

“没有特别提出过。真实小姐那时还不到三十岁，是个年轻漂亮的小姐，希望和她见面的人很多。第一个见面的是她的母亲选择的对象，对方有意继续交往，真实小姐却说想再认识别人。第二次就请她来我这里，由她本人直接从我列出的候选男士中选出第二位见面的对象。”

“这个自己选择见面的对象，后来她也拒绝了吗？”

“是的。她说不是对方条件不好，而是她觉得自己配不上人家，只是作为结婚对象考虑时，对方似乎‘不是对的人’。”

不是对的人。

听到这句话时，架感到内心涌现一股似曾相识的痛楚。架自己也在一次又一次的婚活中因为“找不到对的人”而痛苦不堪。不知是否看穿架的心思，小野里笑着说:

“对真实小姐来说，她的‘对的人’就是西泽先生你吧。所以，我一直很想见见你。”

“……我也希望是这样。”

然而，自己现在连真实在哪里都不知道。

“关于来这里咨询前的事，她有提过什么吗？还没委托介绍所帮忙介绍，自己找寻结婚对象时的事。”

“她说过一直无缘遇到好对象。不过，每次她来时都有母亲作陪，就算过去有过交往对象，可能也无法一五一十说出来吧。”

“这倒是……”

架同意她的说法。小野里的表情微微一暗。

“没帮上什么忙，真是非常抱歉。”

“请问，您认为真实小姐为什么要进行婚活呢？”

“为什么是指什么？”

“没有啦，我是想，听小野里夫人的意思，比起她本人，好像她母亲更热衷婚活。”

这或许也不是什么稀奇的事。因为担心年近三十的女儿嫁不出去，阳子才会先来造访婚姻介绍所。

架在意的点是，从这些描述中看不到自己认识的那个真实。阳子来婚姻介绍所报名前，有先征询真实的意见吗？如果真实事前知情的话，就架对真实的了解，她就算不是自己来，至少也会第一次就跟她妈妈一起来。毕竟要结婚的不是别人，是她自己啊。

“那些瞒着小孩自己跑来报名的父母，没有想过万一小孩已经有交往对象了该怎么办吗？”

想象那样的父母争相来报名的样子，不由得有些好笑。小野里的表情却依然认真。

“或许也有这种状况，但来我这里的家长，对这方面的事都很有自信。大家都说自己的孩子绝对没有对象，要是有的话不知道该有多好。”

“可是，那些儿子女儿都是二十几或三十几岁的人吧，总会有些事瞒着父母。”

姑且不论因为太心急而偷跑来的父母有什么问题，假设父母真能掌握这年纪孩子的生活大小事，某种意义来说才真教人毛骨悚然。孩子又不是中学生，都是老大不小的成年人了啊。

“每个人的亲子关系都不太一样嘛。”

小野里的表情依然不为所动。她说的不是个人感想，只是一般观点，也不做多余评论，压根不想和架争论什么。

再说……架想到一件事。

真实的恋爱——关于她的过往，说不定只有架知道。关于那件事，真实恐怕没有告诉过任何人。

“来这里之前，她自己也尝试找过结婚对象吗？”

架换了个问法，这次小野里静静地抬起视线。

“就小野里夫人看来，真实小姐来这里之前，通过婚活认识的对象似乎也没有很多。由于光靠自己找对象还是不顺利，她没有别的办法才来这里咨询的吧。虽说一开始提议的人可能是她母亲。”

这么一说，小野里不知为何扑哧一笑。那反应之大令架颇为意外，看了她一眼。小野里捂着嘴说：“不好意思。”

“大家果然都把婚姻介绍所看成‘没有别的办法才来的地方’呢。”

“啊？”

这句话惹恼她了吗，架其实没注意到自己那么说。

更何况，不止架这么想，大多数人都这么认为吧。想结婚而开始采取行动时，一般人都会先从自己能做到的范围下手，不是找朋友介绍，就是参加联谊或注册 APP、网站之类的。

只有在上述各种婚活都不顺利时，没有别的办法了，才会来婚姻介绍所付一笔不算便宜的报名费，当作找对象的最后手段。这种正式的婚姻介绍相亲压力比较大，加上有像小野里这样的外人介入，跨出这步前的心理门槛总是比较高。

漫长的婚活过程中，架并不是完全没想过找婚姻介绍所。

“不好意思，我自己在找结婚对象时也曾想过，万一靠自己怎么样都找不到的话，最后再拜托婚姻介绍所，总会有办法找到对象的吧。这种寻求婚姻介绍所协助的想法或许有不负责任的地方……”

“‘请记住，婚姻介绍所不是最后一个办法。’”

“咦？”

“我啊，经常看年轻人爱读的杂志，尤其喜欢看里面的结婚或婚活特集。”

“是。”架心想，这个人会这么做一点也不意外。她肯定不会自恃于已有的知识，会不厌其烦地搜集现代年轻人的想法观念。正因如此，才能拥有跟得上时代的想法与敏锐度。

“我刚才说的那句话，就是在杂志上看到的。所以，其实不是我说的，只是觉得写得很好，我就记下来了。”

“意思是说，即使到了婚姻介绍所还找不到对象，也不要放弃希望吗？”

既然不是最后的办法，就表示还有希望吧？

架心想，她想说的，大概是这类鼓励人继续寻找结婚对象的言论。不料，小野里摇了摇头。

“不是的。那本杂志非常实用，刊载的婚活特集文章也写得很客观。对于婚姻介绍所的描述相当实际。文章里建议大家，打算开始寻找结婚对象时，第一天就该去婚姻介绍所登记。尤其是女性有生产适龄期的问题，男士们多半希望能找二十几岁的对象。比起三十几岁的女性，我这里可以介绍给二十几岁女性的男士人数就多了很多。文章中也建议，要是真心想结婚的话，立刻就该行动。我完全赞成。”

小野里望向架。

“婚姻介绍所不是最后的办法，应该是**最初的办法**才对。”

和她脸上稳重的微笑形成对比的，是说这句话时的傲慢语气。

“伤脑筋的是，大家都误会了。等自己用尽千方百计都找不到对象，才来哭着找我们介绍时，已经不知道浪费了多少时间。为什么不在那之前就来找我呢？要是再年轻一点，这边也能帮忙多想一点办法啊。这种令人心有不甘的例子真的非常多呢。”

犀利地说完这番话后，小野里的表情依然温和，装傻似的歪了歪头。

“我是不是说得太过分啦？就当我开玩笑好了。”

你才不是在开玩笑呢。架心想。

这个人——是个生意人。

介绍结婚对象时，一般人多半注重情绪层面，这个人却并非光凭善意做这件事。从她身上，可以感受到专业人士的自傲。

架一阵战栗。她想说的或许是这个——不要瞧不起婚活。

“真实小姐的情况又是如何呢？”架重新振作，再次提问，“小野里夫人的想法我现在明白了。只是，真实也认为这里对她来说是最后的办法吗？”

“虽不中亦不远了吧。尤其她母亲更是这么想。”

“可是，她在这里还是没顺利找到对象。”

“没能帮上忙我也很抱歉。起初啊，我以为她的婚事一定很快就能谈妥。婚姻市场中，二十几岁的女士向来最受欢迎。不过，来我介绍所登记的男士里也有不少四十几岁的，所以就算真实小姐到了三十几岁还在找对象，我也还能介绍给她很多人。”

“可是，介绍了两个人之后，您就没有再帮她介绍了是吗？”

“是她本人说累了，想暂时休息一下。结果，她就再也没来过。”

小野里说的“休息”两字也刺中了架的心。

架自己在对婚活感到疲惫时也曾想过好几次。想暂时休息一下，暂时不要想关于结婚的事。实际上婚活不是工作，当然可以休息。

然而，事到如今回想起来，正是这“可以休息”的想法让婚活变成漫长又痛苦的过程。不是“放弃”，而是“休息”。因为“可以休息”，所以“无法放弃”。但是光靠休息又无法改善状况，痛苦也就一直持续。

小野里这边情形如何他不清楚，大多数需要按月缴会费的婚姻介绍所都是“休息的时候只需缴不到一半的月费”。那金额让人宁可“休息”也不“退会”，所以永远没有结束的一天。

“就小野里夫人看来，婚活顺利的人和不顺利的人有什么差别？”

这个问题和跟踪狂无关，只是架很想问。认识真实，和她订婚后，感觉婚活时那种没有出口的痛苦逐渐远去了。但是站在小野里面前，架又回想起来。

听到别人通过婚活结婚的成功经验时，架总在想，自己和他们有什么不一样。婚姻介绍所也去了，APP也用了，还是有这么多人无法马上遇到结婚对象。

到小野里这里来时，真实是否也是这其中之一？

“婚活顺利的人，都是知道自己想要什么的人，也是看得清自己今后生活愿景的人。”

听着小野里的话，脑中忽然浮现亚优的身影。

清楚听见她明确表示“想结婚”的声音，同时想起脸书上穿婚纱的她的模样。架瞬间明白了小野里口中的“愿景”。从前的架看不到未来的样貌，无法想象自己为人夫、为人父以及更远之后的事。当时，这些对他而言不切实际。

小野里再度使用了年轻人常用的词汇——愿景，架对这点已经毫不讶异了。

“尤其是女性，结婚的下一步就是生孩子，愿景越明确的人越好。”

“您认为真实小姐也没有愿景吗？”

“至少，她来我这里时看不出来。现在应该不一样了吧。”

小野里眯起眼睛。

“比起想着自己要的是什么而决定结婚，她给我的感觉是反正年纪也到了，身边的人也都说该结婚，那**应该就是这么回事**了吧，所以才来这里。刚才西泽先生说她母亲比她更热衷婚活，这点或许没说错。生孩子的事、养老的事、继续单身下去有多可怕，等等，比起当事人，通常都是做家长的操心得不得了。所以才会比当事人更积极，也才会在一旁煽风点火。”

小野里扬起嘴角微笑，点点头。

“听家长那么一说，当事人也觉得好像是这样，这才开始积极寻找结婚对象。这是出于恐惧与不安，为了顺应社会而采取的行动，不是出于当事人的意愿。但是，出于这种动机开始婚活，最后顺利结婚了，我觉得那也很好。要不然的话，这些人大概不会结婚吧。”

“是这样吗？”

小野里的语气有些不怀好意，架皱起眉头说：

“又不是每个人都非结婚不可。不想结婚的人有不结婚的自由，我只是碰巧想结婚，如果有人不想走这条路又有何妨？”

然而，这么说的同时，架察觉到另外一个问题。语气转弱了些：

“还是说，这里和东京不一样，这种想法在这里并不适用？”

只有生活形态多样化的大都会才能允许这种想法，真实生活在这片土地上时，或许无法这么轻易获得认同。各种与婚活相关的讨论中也常提及，因为不结婚导致在社会上失去容身之处的状况，大都会与小地方的程度大不相同。

不料，小野里却摇了摇头。

“和住东京或群马无关。刚才我也说过，无论选择单身还是结婚，当事人的意愿打从一开始就**不存在**。”

“咦？”

“包括真实小姐在内，大部分听父母的话进行婚活的人都是这样。他们其实不想结婚，只想一直维持原样，这才是他们的真心话。都三十岁了，有稳定的工作，爱好和人际关系也差不多固定，无论女性还是男性都安于现状，觉得目前的生活安适。但他们又没有勇气选择保持现状。他们甚至连决定自己‘不婚活，保持独身’的意愿都没有。”

架无言以对。小野里继续说:“所以，就算是被父母催促也好，什么都好，硬是强迫自己跳上新的人生舞台也不错。未经深思熟虑就结婚生子没什么不好啊。当然，我说这话不是想否定那些自己选择不结婚的人，这个跟那个是两回事。”

“……您的意思是真实小姐没有主见吗？只因父母说了，她就来这里。”

架忽然察觉，真实情况应该不是这样吧。

“可是，如果照您所说，那她应该在跟第一个对象见面时就决定结婚了吧。毕竟那个人是她母亲看了个人资料后选择的对象。可是，她出于自己的意愿拒绝了。”

说不定，真实心里其实很讨厌阳子做那些事——不知为何，架希望真实这么想。为什么自己会这么希望呢，架想不通。

只是，若说架认识的真实是那种对父母言听计从，没有自己意见的女性，好像也没有说错。

“我开这个介绍所很多年了，早年正如你所说，很多人只见过一个对象就决定结婚了。大多数人在那之前连交往对象都没有过，只会想着‘啊，原来这个人就是我的对象’，就这么接受并结婚了。不像现在的人重视恋爱期，那时的人比较像是先结婚然后再慢慢成为夫妻。”

小野里眼中还有一丝不怀好意的感觉，她呵呵一笑。

“可是，或许因为现在是个信息发达的社会，人人都想先谈恋爱后结婚，这种倾向比较强烈。对方不是自己想找的人，不是对的人——如果不像电视剧或从别人那里听来的恋爱那样，就算自己再怎么缺乏恋爱经验，也会认定眼前的对象不是对的人。偏偏这种人被指出理想过高时又很爱否认。他们会说，我的理想怎么会高，只是这次的对象不适合而已，我绝对没有奢望太多，我有自知之明，才不敢开太高的条件呢。嘴上说得非常谦虚，其实是在赌气。”

“不过啊，”小野里以窥探的视线望向架，“大家一方面表现谦虚，给自己打低分，一方面其实都很自恋噢。不想受伤害，不想改变——明明自己没有奢求太多，只想抓住小小的幸福，为什么连这都没办法？大家都会这么说。都肯乖乖听父母的话相亲了，对恋爱对象的喜好却不愿妥协。真实小姐说不定也是这样吧。”

架依然不说话，只是看着小野里。

“你的眼光是不是太高了？”这句话在架婚活时也经常听身边的人说。的确，自己每次都这么想：我又没有奢望太多，只是没遇到合适对象而已。

“……不一样是吗？”

架情不自禁挤出声音。小野里无言抬起视线，架摇了摇头。

“寻找恋爱对象和婚活，是两码事吗？”

小野里默默笑起来。来到这里之后，这是在她脸上看到最温柔的笑容，脸上写着“你怎么现在才明白”，似乎打从心底感到可笑。

“你知道《傲慢与偏见》这本小说吗？”

“听过书名，只是不好意思，内容没读过。”

没记错的话，是曾拍成电影的小说。架可能是在电影上映时听过这个名字吧。小野里接着说：

“那是英国一位叫简·奥斯汀的作家写的小说，读了这本书就会非常清楚十八世纪末到十九世纪初英国乡下的结婚观。很多人说这本书是恋爱小说中的名著，因为书中的想法是恋爱到最后一定得结婚，所以我倒认为应该说这本书是‘终极的结婚小说’。”

“噢……”架歪了歪头，不明白她为何忽然提这个。小野里露出微笑，像在捉弄疑惑的架。

“当时的人就算谈恋爱也要顾及身份地位。身份地位高的男人自尊心高，拉不下脸，女人看男人时又带有偏见。在这样的状况下，因为傲慢与偏见的关系，主角们的恋爱与结婚一直无法顺利进展。原书名的‘傲慢’，也就是日语中的‘自尊心’。”

“是。”

“相对的，我总认为现代人无法顺利结婚的原因，则出于‘傲慢与善良’。”

小野里这么说。这句话的语气虽然淡然，却在架身中莫名地萦绕不去。

“现代日本，人与人之间已经没有明显的阶级差异，但每个人都太重视自己的价值观，每个人都很傲慢。另一方面，活得越善良的人越听从父母的话，任由别人决定自己的事，成为没有自我的人。傲慢和善良这两种矛盾的特质经常同时存在同一个人身上，现在就是这样一个不可思议的时代。”

“那种善良如果过了头，或许就成了不谙世事，也可以说是无知。”

小野里望着架，看起来像通过他望着另一个人。她的这句话，仿佛是说给架和他身后无数人听的。

“很抱歉没帮上什么忙。”

不能透露介绍给真实的是什么样的人——既然她都这么说了，在小野里这里大概问不出更多有用的信息了吧。

特地跑了这一趟，结果还是这样，架虽然有点懊恼，仍自然而然地摇了摇头。

“不会，”他主动道谢，“非常谢谢您，很庆幸能跟您交谈。”

来这一趟并非一无所获。

虽然还找不到跟踪狂的真实身份，即便如此，架心中已可隐约描绘出生活在群马时的真实。当时的她，和自己认识的未婚妻真实有点不同。

“婚活时一定会听到的那句‘不是对的人’，到底是什么意思呢？”

走出“良缘成就小野里”，穿上鞋子，最后再次转向小野里夫人时，架问了这个问题。这原本是不经意冒出的想法，架不假思索地问出口。

小野里看着架，架苦笑道：“今天和小野里夫人的谈话中，这句话出现了好多次。事实上，我自己在婚活时也曾为这种感觉所苦。认识的对象条件无话可说，我却因为觉得‘不是对的人’而难以下定决心，有些已结婚的朋友却说‘没有什么对不对的人啦’。”

“不是对的人”是句困惑人心的话。只要有“对的感觉”就能做出决定，偏偏就是没有那种感觉，无论身边的人怎么劝，自己怎么说服自己，就是决定不了结婚对象。

在群马时，真实也和架一样，曾为这种感觉所苦吗？

“关于‘不是对的人’这个问题，我也可以解释。”

小野里忽然这么说，架睁大了眼睛。

“怎么说呢？”

那种感觉到底是什么呢？小野里正面迎上架的视线。将手优雅地放在和服腰带下方，这位老妇人又笑了。

“所谓‘不是对的人’，就是说这句话的人给自己定的价格。”

吸进来的一口气就这样停住，架望向小野里。她接着说：

“说价格可能难听了点，也可以换成分数。说这话的人下意识给自己打了分数，若遇上的对象不及自己的分数，他就会说对方‘不是对的人’。意思是——我的价值没那么低，得来个价值更高的对象才配得上我。”

架说不出话，只是望着小野里。

“嘴上说着自己想要的只是小小的幸福，但大家给自己定的价格可都蛮高的。对的人、不对的人，这种感觉就像把对方当成镜子，映出的是每个人的自我评价。”

身体某处感到一阵战栗。架想起曾几何时，那些女性损友说的话。

——想跟那个女的结婚的心情啊，现在，百分之几？

——你好渣噢。我现在问你百分之几的这个数字，其实就是架给真实打的分数噢。对架来说，这个女生就是只有七十分的女朋友。你现在说的就是这意思。

——不然我问你，换成亚优的话，架应该会打一百分或一百二十分吧？

或许因为小野里用了“价格”这种说法，那些数字的意义一下沉重了起来。难道是和架给自己定的价格起了共鸣吗？

刚才听到的“傲慢”这个词，也再次戳进架的内心。

“所以啊，我才一直想见你一面。”

小野里夫人如是说。她站在比较高的玄关，从头到脚打量已走下玄关穿好鞋子的架。脸上浮现的是只能以优雅形容的笑容，架的手臂和背上却起了一片鸡皮疙瘩。

“真实小姐和我介绍给她的两个对象都没能顺利结婚。我一直在想，这样的她判断适合自己的是什么样的对象呢？真实小姐给自己定的价格是多少呢？所以，我一定得见你一面，西泽先生。”

离开“良缘成就小野里”后，架联系了真实的父母。

两人似乎没回家，就近找了个地方打发时间。

“我们是不是再回去拜访一次小野里夫人比较好？”

阳子在电话那头这么问。架说“不了”后，约好在家中碰面，请他们直接回家。

回到真实老家后，两人——尤其是阳子——以小心翼翼的眼神望向架。

“怎么样了？”

不只是担心真实，相较之下，阳子更担心架对小野里夫人做出失礼的举动。从这句问话里听得出这样的意思。架摇摇头。

“小野里夫人说，她介绍的那两位男士现在和真实应该都没关系。连联系方式都不肯跟我说。”

架刻意提了“两位”，阳子和正治都没太大反应。或许阳子说的“十人”真的是出于对女儿的同情才灌水的数字。内心微微升起一股去了小野里那里一趟却无功而返的焦躁。架看着阳子说：

“小野里夫人介绍了两个对象给真实啊？”

“对。”

“妈之前说了十个人，我还以为她在那里认识的人数更多呢。我的朋友中有经人介绍和几十个人见面的，听说这也不是什么稀奇的事。”

架忍不住把自己的婚活状况加进去这么说。阳子皱起眉头喊道：

“哎——那么多！男人认识几十个对象或许没什么，女孩子家怎么能认识几十个人这么多！”

阳子一副难以理解的样子，架看着她，不再说什么。因为架很清楚，阳子真心这么认为。

男人就没关系，因为是女孩子所以不行——小野里在接待阳子时，当然也看透了她的这种观念吧。

和小野里夫人见面后，由于受她的想法左右，架的内心大为动摇。小野里对结婚这件事的做法和想法都严厉到几乎可以用斯巴达式来形容。遇到不把婚活当一回事的人时，尽管表面上不动声色地接待，脸上也挂着那只能用优雅来形容的笑容，她的内心肯定是瞧不起对方的吧。

“可以问您一件事吗？”

“什么？”

“委托小野里夫人介绍的费用大概是多少？”

阳子瞬间安静下来，窘迫地望向丈夫，夫妻俩面面相觑。

架曾听说，现在正式介绍相亲对象的服务比以前减少很多，拜托这种地方介绍对象时，通常得花上好几十万。所谓正式介绍相亲对象的地方，指的应该就是小野里夫人这种婚姻介绍所吧。

阳子显得有点尴尬，回答得不清不楚：“小野里夫人那里算很有良心了，登记费只要两万左右，配对成功的酬劳……还是该说介绍费好呢，也算便宜，只要婚事谈成后再付一定的金额就可以了。”

“那是多少呢？”

“……三十万。有认识的人说，女儿在那里谈成了婚事，但听说规矩是除了三十万之外，还要另外包十万当谢礼。”

那就是四十万了。听到这个金额，架暗自叹了口气。想起小野里那淡定的表情，再次认识到她真是个狠角色。

架转向阳子说：“我已经拜托小野里夫人，请她如果又想起什么再联系我，话是这么说，大概不用抱太大期待。所以，我想拜托妈一件事。”

“什么事？”

“那家婚姻介绍所介绍的人的个人资料表，妈或爸当时应该看过。现在手边还有副本之类的吗？”

听架这么一说，阳子和正治再次面面相觑。

“如果还在手边的话，可以让我看看吗？”

小野里既然不愿意提供那也没办法，只好自己采取行动了。

真实现在去了哪里？小野里介绍认识的对象到底是不是跟踪狂？这些问题当然也要厘清。但是不光如此，架察觉到自己正被困在一种难以言喻的情绪中。

真实小姐和我介绍给她的两个对象都没能顺利结婚。我一直在想，这样的她判断适合自己的是什么样的对象呢？真实小姐给自己定的价格是多少呢？

听了小野里这番话后，架心里不禁疑惑。

真实在这里思考了什么，又是为什么选择了自己呢？

明明交往了两年，架对此依然毫无头绪。她为架定的价格——或者说分数，究竟是多少呢？即使他思考过自己为她打的分数，却从未反过来想过她的答案。

第三章

想起真实时，脑海里第一个浮现的词汇是“好孩子”。

之前曾发生过这么一件事。架邀真实一起去客户开的酒吧，自己离开位子时，真实和其他客人聊了起来。晚上九点过后酒吧里喝高了的客人很多，一群看似五十几岁的上班族围着真实不知在说些什么。

和架那些年龄相仿的朋友在一起时总显得格格不入的真实，不知为何常遇到上了年纪的人跟她搭讪，不分男女。或许她那头看起来从没染过的黑发和乖巧文静的外貌让长辈感到安心吧。事实上，真实也很擅长倾听。

这样啊。哇，好厉害呀。”

真实这么接话，对方也很高兴地说：“嗯，对啊，那就这样啦。”

挥着手从位子上站起来。看来那群人刚结完账正要离开。

回到位子上，架问："你们刚才在聊什么？"真实露出羞赧的笑容回答："聊了啤酒的话题。"

"他们说这间酒吧有别的地方喝不到的英国当地啤酒，还说很好喝，问我知不知道。推荐我一定要试试看。"

"噢噢。"架脑海里浮现几个自己进口的啤酒品牌，之前也让真实喝过。

"你有说那是我代理的吗？"

"咦？"

"你有没有跟他们说，那是你男朋友公司进口的啤酒？"

这么一问，真实显得有点为难。

"我没说。那是架辛苦工作的成果，我不想讲得好像都是我的功劳似的。当然，听到他们那么说我很高兴，也很想跟他们炫耀一下，可是……"

"可是？"

"……我忍住了。"

说这话时那羞涩的笑容太可爱，架搂住真实，在嘈杂的酒吧里吻了她。

"如果是我，大概忍不住吧。只要一有炫耀的机会，一定会跟别人说你是我女朋友。"

"哎？我这种女朋友有什么值得炫耀的吗？"

交往将近两年了，就连这种程度的轻吻，真实都还会害羞。这也是架喜欢她的地方。

那天是真实的生日。在去酒吧前，架先大方地带她去了称得上高级餐厅的法国料理店。已经去过几次的架问:“很好吃吧？”真实先是回答:“嗯！非常好吃。”接着又低下头说:“可是……总觉得对爸妈过意不去。”

“爸妈一定没来过这么好吃的餐厅，只有我吃到，觉得好愧疚。”

在酒吧里想起这句话，架轻轻抱住真实。

“真实是个好孩子。”

对坚持自己“不值得炫耀”的她这么一说，真实就又为难地说:“没有啦，没有啦。”她总是这么谦虚。

那难为情的笑容，架一直觉得很不错。

架从群马回来的隔周，接到了一通电话。

看到陌生号码的来电，他心想可能是真实打来的，于是接了电话。

“忽然打给你真抱歉，是架吗？”那头传来一个有礼貌的声音，“是我，希实，真实的姐姐。”

“哦……”架瞬间差点无法呼吸，希实的声音和真实那么像。带着轻微的失望，架回了一句:“好久不见了。”

电话那头的希实说:“真实的事……我从爸妈那里听说了。想问有没有什么帮得上忙的地方，所以问了他们你的手机号码。擅自打来真是不好意思，你在工作？”

“不，没关系。谢谢你。”

“怎么会这样？跟踪狂什么的，真实她……”

怎么会失踪？怎么会被掳走？

希实没接着往下说，是因为不知道该怎么说才好吧。听得出她大受打击，但是和母亲阳子不同，希实的语气在某种程度来说还算冷静。

希实在东京都内的证券公司工作，和当设计师的丈夫育有一个三岁的女儿。记得她生完小孩后已重回职场，大概是利用工作间隙打的电话吧。话筒里的声音听来有些嘈杂，她应该在室外。

和真实交往不久，她就介绍住在小岩的姐姐姐夫和外甥女给架认识了。相较于订婚后才去前桥拜访她的父母，或许因为姐姐一家也住东京，架已受邀去过希实家好几次。

希实的五官长相虽与母亲阳子相似，但个性和阳子或真实都不像。说话不拖泥带水，性格开朗，架第一次看到她就很有好感。从她做家务时的利落身手以及对待女儿的样子看来，工作上想必也是个女强人。从未看过希实像阳子那样情绪化，也和低调内向的真实不一样。

真实失踪已经超过两星期了。

“不好意思，我应该早点联系姐姐的。”

“别这么说，我不介意啦。真实还没跟你联系吗？”

“是啊，她的手机也一直没开机。”

“听说警察判断犯罪可能性很低，不愿意继续调查？”

“对。”架一边回答一边心想，真的该早点跟她联系才对。

“那个跟踪狂好像是真实还住在前桥时拒绝过的对象。姐姐，你对这个人有印象吗？”

没记错的话，当时希实已经搬离前桥了。不过，如果真实想找人聊恋爱的事，比起母亲阳子，她应该宁可找姐姐希实吧。

“我妈也这样说，问我有没有听真实说过什么。”

阳子和架大概有一样的想法。就连架也看得出真实她们姐妹俩感情很好。

“我反而问了我妈。建议真实相亲的是她，当时认识的人里有没有可疑的对象。我妈否认了。”

“妈说是正经地方介绍的对象，不可能出问题。不只如此，连当时相亲对象的联系方式都不知道。”架说。

阳子他们看过一次真实相亲对象的个人资料表，资料表说不定还在手边。

那天架这么问时，阳子与正治面面相觑。很快，阳子口中吐出一个名字。

金居先生。

住在前桥市内，任职于市区电子机械制造厂的工程师。之前在东京的知名电子机械制造厂工作，后来搬回老家工作。阳子也说出了企业的名字，只不过她说的不是此人在前桥任职的公司，而是之前任职的知名企业。

“在小野里夫人那里看了个人资料表，我就决定选这个人了。其实她给了我五个候选人，我把资料带回来和爸爸商量过才决定的。没记错的话，全名是金居智之。至于个人资料表，很抱歉，已经不在我手边了。”

“真实拿走了。”

阳子勉强挤出声音这么说。

“起初是我保管的没错。那时，我也没想太多就拿给朋友看，说这是我们家真实下次相亲的对象。结果真实很生气，大声质问我为什么要擅自拿给别人看，然后就把资料表拿走了。那孩子个性上是有比较敏感的地方啦。”

“话说回来，个人资料表上只有大头照和名字，没有联系方式和详细地址。就算资料表还在我们手边，大概也无法和对方取得联系。”像是帮妻子说话似的，一直很少发言的正治开了口。

阳子接着又说：“见了面之后，对方很中意真实，说还想继续往来。不过，见了三次面左右吧，真实就对我说：‘对不起，妈妈，我可以拒绝吗？’”

她还哭了。

阳子这么说。

“她哭着跟我道了好几次歉，一直说‘妈妈对不起’。”

阳子的语气变得惆怅起来，又说了一次“那孩子的个性就是认真又敏感”。

“因为是我看中的对象，她觉得自己辜负了父母的期待，心里一定很难受吧。我也算是有错，可能把她逼得太紧了。所以我跟她说，那下一个对象你自己选，就让她自己选了。”

“结果你看了后来那个对象的个人资料表，还不是嫌东嫌西，跟真实说了一堆有的没的。”正治不经意地说。虽然从语气听来，他只是随口一提，听到这句话的瞬间，阳子却脸色大变，大声反驳：“我哪有嫌弃！”

“我只是一看就知道真实没有好好想，随便选了一个人而已。光看照片确实是那孩子喜欢的类型，但上面写着他在自家牙科医院当牙医助手。既然是父亲开的医院，那就跟自营业没两样，嫁过去也是很辛苦。再说，真正优秀的人一定会努力当上牙医继承家里的医院，这个人又不是。看个人资料表就是要看这些，那孩子都不看清楚怎么行。”

阳子愤愤不平。看着这样的她，架心想，她丈夫说的没错，她当时一定挑了对方很多毛病。嘴上说“让真实自己选”，一旦真实做出了选择，她又意见很多。还有一件事，架不能不提。

架也是自营业。

“原来您认为嫁给自营业很辛苦啊？”这句挖苦的话到嘴边没说出口，硬生生吞了回去。阳子大概也察觉自己失言，尴尬地摇了摇头说：

“因为我对真实自己选的对象不太中意，对方是什么样的人，我比选金居先生的时候更没概念。也不知道真实何时拒绝人家的。真实从高中就念香和女子，对方父母也看过真实的个人资料表，一定全家都很中意真实吧。我听小野里夫人说，真实拒绝对方后，他父母还联系了小野里夫人，说是无论如何都想继续交往，问她能不能想想办法呢。”

提到真实时，阳子语气里带有某种自豪感。架花了一点时间才听懂“香和女子”这个陌生的词汇，那是前桥这边的女子大学，真实的母校。

为什么会突然提起这个，架一时之间脑袋转不过来。看到架反应迟钝的样子，阳子又说："抱歉啊，架。"

"你一定不想听那孩子以前的这些事吧。那孩子的婚事就是这么不顺利，所以她带架来的时候，我们真的好高兴——谁想到事情会变成这样。"

阳子哽咽了，正治静静地叹了口气。

"我猜，那孩子之所以说要去东京，大概是因为在小野里夫人那里找对象不顺利吧。"

声音里透着疲态，正治语带自嘲地说："我们都很反对。明明可以住在家里通勤，又没什么特殊原因，为什么要搬去东京？住在家里不用缴房租水电费，还可以存钱，搬出去根本就是浪费。"

"还记得她说要辞掉工作时，我听了差点没晕倒。"阳子接着说。她脸色一沉，大概想起了当时的事。

"人家好不容易介绍了县政府的工作给她，到底有什么非辞不可的理由，我跟她爸爸一样想不通。明明我早就决定负起照顾真实的责任，直到她从这个家里嫁出去为止。"

阳子目光涣散。

"她要是能待在这边，我也不用那么担心。谁知道她竟然只跟姐姐商量就擅自……我什么都不知道，那孩子就全部擅自决定，连搬家的准备都做好了。姐姐和真实什么都没跟我说。"

阳子说完，换正治急着补充："当然，以结果来说，去了东京才有幸认识架，不过……"

真实之所以失踪，说不定是因为离开父母身边的缘故。

尽管正治没有说得这么白，但他们两人或多或少都有这个意思。

明明跟踪狂是真实在前桥认识的，就算住在父母身边，还是有可能发生一样的事。然而，他们两人就是不讲道理地这么想。一方面说服自己真实遇到架是好事一桩，一方面还是对整件事感到后悔。在他们的想法中，真实终究应该住在身边，和这里的男人结婚才对。

看着憔悴不堪的两人，架内心涌起的不是同情也不是歉意，而是强烈的焦躁。

这两人——未免太傲慢了吧。

真实已经超过三十岁，是个不折不扣的成年人了。对这样的她自己做出的选择，他们两人不但说三道四，还认为不应该让她脱离他们的掌控，这样的父母未免太傲慢了吧。

“明明我早就决定负起照顾真实的责任，直到她从这个家里嫁出去为止。”

阳子毫不犹豫地说出这句话，听得架背脊发凉。

所谓“早就决定”，充其量只是阳子自己的决定。要不要离家生活是真实的自由，那不是阳子能决定的事。

“直到嫁出去为止”这几个字也下意识地流露出阳子的傲慢。要是真实到时候没结婚的话，你们打算怎么办？以女儿一定会嫁人为前提不让她自立，这种事到底有什么意义？

架心想，我才想不通呢。

不过，他并不打算现在和未婚妻的父母争论这个，他不想把关系搞坏。只是老实说，架很想这么问：

你们是不是不想让女儿自立？

“妈。”终究忍住没有那么问，架只是静静地开口。阳子抬起头。

“您说真实在县政府的工作，是小野里夫人的先生介绍的吗？”

架听真实说过，她之前在县政府担任临时员工，她也说这份工作是通过父亲认识的议员介绍的。

“是啊，”阳子点头，疑惑地望着架，“那又怎么了？”

“没有啦，只是在想是怎样的工作。”

在从真实口中听到之前，架从来没听过“临时员工”这个词。由字面可知不是正式员工，原本以为是为了某项特定工作，只雇用一段时期的意思，后来听她解释，倒比较接近一次签约一两年的约聘或派遣员工。

既然如此，阳子何必对这份工作如此执着，就算真实想辞职也没理由反对吧？架还是这么想。

两件事合起来看，“直到嫁出去为止”这话就有玄机了。这表示阳子原本希望女儿结婚前无论如何都要留在父母身边，在县政府这种“正经的职场”工作。

那天要从前桥的坂庭家离开前，阳子忽然说：

“架的大学不是有个球场在那边吗？”

听到“球场”时，架一时之间还没意会过来。架的母校确实是以盛行体育而闻名的大学。因为架自己参加的是玩乐性质的轻松社团，对于全力投注在运动上的其他学生或母校在这方面的名声，架向来认为与自己无关，也很少放在心上。

看架没有太大反应，阳子一副心急的样子继续说：

“有没有？在前桥的疗养所旁边啊。你们学校的学生常在那边举行宿营。那个球场旁边就是真实读的香和女子大学附属高中。”

不明白话题为何扯到这里，架只能不置可否地回了声“噢”。

阳子抬头看架:“所以，你一开始也是因为这样才对真实产生好感的吧？我跟她爸爸就说过，你是不是大学时来过球场，知道旁边的香和，认识那孩子的时候因此产生了亲近感？”

“不是这样吗？”阳子望着架问。

架这次真的无言以对，含糊不清地给了“是……啦”的答案。

这两人——真是完全活在自己的世界中啊。

自己看到的信息就是一切，拼命从自己所知的信息中找出关联性，丝毫没有察觉除了这些事物之外还有别的价值观及世界，也没兴趣知道。

井底之蛙——架想起这句成语。他们就像这样，活在非常狭隘的常识与认知中。

在从前桥回东京的车上，架疲惫地吁了一口气。想起真实，她一定活得很痛苦吧。

阳子和正治一直活在他们狭隘的常识与认知中，今后也要继续这样活下去是他们的事。可是，仅以“因为是父母”为由，就得被迫接受和他们相同的生活方式，对真实来说一定很痛苦。

架想起阳子不假思索吐出“金居先生”名字的事。即使想知道的人是架，但惊人的是，阳子只看过一次个人资料表，却到现在还正确记得女儿相亲对象的名字。她为什么记得这么清楚？因为对阳子而言，帮女儿挑选相亲对象就是生活中非常重要的事。

阳子把女儿相亲对象的个人资料拿给朋友看过，说不定她也曾嚷嚷着“这是我们家真实的未婚夫”，把架的照片拿给各种不相干的人看过，只是架不知道而已。

是因为这样吗？架好想问真实。

从前桥到东京的高速公路开始塞车，隔着静止的车窗望出去，路旁栅栏另一端是广阔的田园风光。

是因为这样，真实才离开前桥的吗？因为她想脱离这样的父母，获得自由。

星期六下午，希实带着女儿一起来到架位于三鹰的老家。

身穿明亮的天蓝色毛衣和白色牛仔裤，即使带着小孩，脚上还是穿着低跟包跟鞋。希实很适合这身打扮，整个人就像杂志里常见的时髦妈妈。跟在她身边的三岁女儿桐歌穿着和母亲毛衣同色系的小洋装，提着小包包，踩着小碎步。

看到她这副模样，架的母亲迫不及待地从屋里跑向两人，眼睛看着桐歌说：

“哎呀，好可爱。你叫什么名字？”

母亲刻意用了对小孩说话时的尖细嗓音，桐歌大概是怕生吧，扭扭捏捏地回答不出来。希实代替她说“我是桐歌”，她才跟着口齿不清地模仿母亲说“我是桐歌”。

因为事关自己的妹妹，希实在电话里表示越快见面越好，和架约了最近的一个假日见面，说这样女儿可以交给先生照顾。没想到，希实的先生临时有工作，没法照顾女儿了。希实打电话到架公司问可否带女儿同行，或者干脆改天。架的母亲正好在一旁听到他们的对话，自告奋勇地说：“那来我们家吧，小朋友我来照顾。”

“我做了布丁，可以让她吃吗？”

母亲一边兴冲冲地凑上前观察桐歌，一边这么问希实。一听到“布丁”两个字，桐歌的表情也变了，欲言又止地朝希实望去。希实点点头说：“可以啊，请婆婆拿给你吃——谢谢您。”边这么说着，边转向架的母亲：“妹妹的事害您担心了，真的非常抱歉。”

“别这么说，我们固然担心，亲家们和姐姐你也很担心吧。”

母亲摇摇头，带着桐歌走向厨房。原本还犹豫是否真该交给母亲照顾，看她一副很会应付小孩的样子，架才松了一口气。

架不认为母亲特别喜欢小孩子，她也从来没表现过想抱孙子的意愿。但是，说不定其实不是这样。到了这把年纪，架越来越常这么想。

“太感谢了，架妈妈人真好。平常我都请先生照顾，但他今天临时有工作，真抱歉。”

“不会啦，我才不好意思。”架赶紧这么说。想起好一阵子没见到希实的丈夫了，便问道：“刚志兄最近好吗？”

“嗯，他很想跟架见面，也很担心真实的事。”

虽说是双薪家庭，看到假日愿意代替妻子照顾小孩的男人，架还是觉得了不起。刚志一定是个好爸爸、好先生。若是站在同样立场，自己也做得到吗？以前听到这类事情时，架从来不会设身处地地想。

毕竟是未婚妻的事，架不太想让母亲听到谈话内容。幸好，母亲似乎想到了这一点，端茶给架和希实后，自己就带着桐歌去有檐廊的小和室了。屋子里传来母亲说“婆婆有东西想给桐歌看，你喜欢绘本吗？”的声音。

看到这一幕，希实大概松了口气，再次环顾室内说：“好棒的房子。”

“这房子很旧了，大倒是挺大的。”

这栋房子是架上小学前盖的。父亲与母亲找来熟识的建筑师，一边讨论一边打造出理想的房屋。架在这里住到大学毕业才搬出去。父亲过世后，现在只剩母亲一个人住。到目前为止，架从未考虑和母亲一起住。一方面他不觉得母亲想一起住，最重要的是，母亲除了工作外，也很享受和朋友旅行或学习才艺的乐趣，自己又有不少爱好，未必会想和儿子媳妇一起住。

“真实的事让架这么担心，真是抱歉。”

“电话里也说过，关于那个跟踪真实的男人，目前几乎什么线索都没有。我也去了她以前委托的婚姻介绍所，对方说不可能是当时介绍认识的对象。”

和希实通电话时，已经大致说明过情况。架接着问希实：“姐姐你本来就知道真实以前婚活的事吗？”

“该怎么说呢……”不知为何，希实显得有点尴尬，“所谓婚活的定义是什么？”

“咦？”

“想交男朋友所以参加联谊也算吗？”

“我想想噢……嗯，应该算吧。”

回答时架心想，被这么一问才发现自己也不太懂。硬要说的话，总觉得要看当事人的决心和想法，才能判断到底算不算投入婚活。或者，也可以说是取决于认真程度吧。

希实苦笑。

“真实个性老实，虽然也曾受朋友同事之邀参加联谊，但爸妈要她去相亲时，才算得上是她第一次投入婚活吧。我不认为她真的认识了很多人，当然更别说交往。”

“婚姻介绍所的人也这么说。”

“你指的是小野里夫人？”

“你认识吗？”

“就是帮真实找工作的县议员太太对吧？我听妈妈和真实说过。”

希实轻声叹口气，喃喃低语：“抱歉啊。”

“架应该也察觉了吧，我妈有点放不开小孩的毛病。尤其是真实，都走入社会了还和她住在一起，她对真实的感情也比较强烈。如果我妈对你说了什么失礼的话，那真的很抱歉。”

“没有到失礼的地步啦。”

虽然阳子没有对架做什么，但听了她说的话，内心确实有种挥之不去的不认同感。希实毕竟是阳子的女儿，架还在犹豫该不该直说时，她已经先开口：

“可能一直住在乡下的关系，她放了太多注意力在真实身上了。所以，我妈对真实也管得太多。”

“从以前就这样吗？可是，妈对姐姐你好像就没有这种感觉。”

“我很小就开始排斥我妈这种做法，差不多上了高中之后，她就不太干预我的事了。或许是因为这样，她对真实的干预才会越来越过火——虽然她们自己可能不认为那是干预。”

“**她们**自己是指……”

“我妈和真实。”希实说得直截了当，“真实和我不一样，她很贴心，真的是个乖孩子。”

“真实就任由妈那样干预她的事吗？我实在不认为真实是这样的人。”

架想起小野里说的话——没有自己的主见，连要婚活还是不结婚都无法靠自己做出选择的人。阳子则这么说——我会负起照顾真实的责任，直到她从这个家里嫁出去为止。

“因为，这种说法听起来就像在说真实自己什么都不会，但是明明没有这种事啊。”

架这么一说，希实脸上就浮起淡淡笑容。不知为何，她竟然回答“谢谢”。

“我真的很庆幸真实遇上了你。不过啊，做父母的好像就是会没来由地担忧，理所当然认为能为子女做越多越好。”

“为什么说‘好像’？”

架这么问，希实耸了耸肩，摇摇头说：“我以前被这么说过。”

“每次我要妈别老插手真实的事时，她都会这么说，‘做父母的担心小孩是天经地义的事，这是父母的爱，也是父母的使命’。她打从心底相信自己是对的。还说‘等你也当妈就知道了’。虽然真实口头上也会小小反驳或表达微弱的抗议——”

希实脸上流露出无奈的神情。

“但是基本上，她更不愿意让父母难过，往往到最后还是按妈妈的话去做。有时跟我抱怨完妈妈，结论却是‘我也能理解妈妈的心情’。她对很多事都让步了，高中和大学也是，乖乖读了妈妈指定的学校。”

“啊……”架想起阳子提起真实母校时自豪的神情。

“真实读的香和女子大学，在地方上很有名吗？”

架这么问，希实立刻皱起眉头，先是一声长叹，接着又喃喃地说“抱歉啊”。

“我妈说了什么吗？或许她口中说得像是地方上的千金大学，但是老实说，架你根本没听过那所学校吧？”

“是啊。”

“真实从小成绩就不太好，原本想报考我读的那所高中，结果被老师打击，说她不可能考上，于是我妈就叫她去考香和。虽然香和在地方上知名度挺高的，但不是什么难考的学校。”

“听说都是些大家闺秀在读，是这样吗？”

架这么一说，希实显得更尴尬，叹了口气道：“说来真的很可笑。”

“以前我们那里的人都说香和女子毕业的女孩是‘最佳媳妇候选人’。从初中就开始读香和的女孩被称为‘纯金’，高中开始读的被称为‘18K 金’，大学才进入香和就读的被称为‘镀金’。”

“哎，是噢——！”

架从来没听过这种事，不知为何，希实露出歉疚的表情。

“你听了可能只觉得好笑，但是对我妈来说，送真实进那种学校，自己的身份地位好像也高人一等似的。感觉就像是‘我家女儿虽然不是纯金，至少是18K金，跟那些镀金的人不一样’。”

“她喜欢为自己编故事。”希实苦笑，“站在别人的角度看，那种事根本可有可无，但她为了替自己的故事增添可读性，就会不停添油加醋。明明是因为考不上公立学校才选了香和，到最后故事的版本却变成家里打从一开始就打算让真实读香和，原本初中就想送她去了，只因为真实舍不得小学同学，拆散她们太可怜了，才改成从高中开始读。”

“自己的故事……问题是，这不是她的故事，是女儿的故事吧？”

“真的，你说得对。”希实无奈地点头，也承认得很干脆。

“所谓‘最佳媳妇候选人’的说法，地方上的人现在也还这么认为吗？”架问。

“嗯，还有挺多人这么想的。像是地方上的企业，到现在还会保留推荐就职的名额给香和毕业的女生。”

“推荐就职？”

这又是个对架而言相当陌生的词汇。希实望着架说：

“看，在按照一般程序努力找工作的人眼中或许会很不以为然，但乡下地方常有这种事。和推荐入学的意思一样，地方上的传统企业常有保留给附近私立大学或短期大学毕业生的就职名额，一年通常会录取几个——尤其是在男性员工占多数、专业技术或研究人员特别多的公司，香和毕业的女员工几乎都是直接进去，然后嫁给同事。”

“是噢。”

听起来像上个时代的事，但也不得不承认这制度设计得真好。希实脸色沉了下来。

“所以，香和女大的毕业生中，有很多人根本没正式找过工作。真实走的虽然不是推荐就职的路，但其实工作也是父母帮她找的。虽说是临时员工，县政府的工作毕竟称得上铁饭碗，对我爸妈来说肯定是求之不得的好事。”

“找工作的时候，真实自己没有特别想做的工作吗？”

“我想应该没有。当然她也会担心毕业后找不到工作，既然父母都帮自己找到了，大概抱着赚到的心情，没想太多吧——其实我是反对这么做的。”

希实对上架的视线，耸了耸肩。

“什么样的职场都好，我希望真实能靠自己的力量好好谋职。我也跟她说不要只是做临时约聘，找一份能长久持续的正职工作比较好。可是，那时又被我妈念叨了——难得人家愿意介绍，你在旁边胡说八道什么？就算自己辛苦谋职也未必能找到这么好的工作，相比之下，不费吹灰之力就获得的工作当然比较好。然后又是那句‘等你自己也当妈了就知道’。”

大概是想起了当时的情景吧。希实接着说:“我倒是认为她该吃点苦头比较好。从高中直升大学，真实在那之前从来没受过什么挫折。”

从架的角度看来，明明是妹妹毕业后的工作，却是妈妈和姐姐在她背后争论不休，光是这样就够奇怪了。不过这件事正说明了真实在家中的处境。

“关于跟踪狂的事……”希实忽然转回正题，看着架说。

“真实读的是女校，在大学里应该很难遇到交往对象。所以我想，对方不是大学时代打工认识的人，就是走入社会后工作上往来过的人。我会再联系当时跟真实比较好的朋友、同事，问问看她们有没有想到可能的人。要是可以联系到对方，我再通知你。”

“谢谢你。”

“还有，小野里夫人和我妈虽然不承认，但我也觉得相亲认识的人可能性很大。”

说着，希实轻轻吸了一口气：“老实说，真实之所以去相亲，可能是我害的。”

“咦？”

“我跟真实聊天时听她说过，自从我结婚之后，妈妈开始经常问真实有没有好对象。因为异性相关的话题在我们家原本是禁忌，她却突然说起这些，真实好像很错愕。”

“你们家真的向来忌讳提到异性话题吗？”

“嗯，该怎么说好呢。这有点难解释，我妈似乎很向往那种可以和女儿聊喜欢的男生或恋爱话题的母女关系，我爸则是从前就很古板。只是，和单纯的‘男朋友’不同，一旦扯到‘结婚’，整件事就突然产生了社会性不是吗？感觉比较像是因为我结婚了，恋爱这话题才在我家突然解禁。”

“原来是这样啊。”

“嗯。问题是，当主题一从恋爱变成结婚，父母忽然就抛开难为情，说起这件事不尴尬了，也不太顾忌什么。就我看来，比起偷偷摸摸跟男生交往的年代，一讲到结婚，话题就少了点粉红气息，反而有点无聊。”

希实笑了笑，又正色说道：“真实向我抱怨，说妈忽然讲这些她也不知道怎么办，又遇不到好对象。职场的人际关系早已固定，不太可能从里面找到可以谈恋爱的对象。但是，只要一听妈妈说‘你今后该怎么办’，她又觉得很受伤。不是不想结婚，只是没有好对象，又不是故意不交男朋友，却要被妈妈责备：‘难道你打算一直一个人这样过下去？’连自己都对未来感到茫然了，还要听妈妈说这种话，让她很焦虑。”

“那时真实应该超过二十五岁了？”

“差不多二十八九岁吧？或许也有即将迈入三十的焦虑，但妈妈讲话未免太直接了吧，我听了都傻眼。只是现在回想起来，那时最焦虑的大概是妈，而且她日子过得太无聊了。”

“无聊？”

“顺利帮真实找到工作后，眼看爸爸就快要退休，无事可做的她闲得发慌，看到身边朋友都在炫耀孙子，一定又更焦虑了吧。自从开始帮真实安排相亲对象，妈妈才又突然变得活力十足。”

已经找到工作，生活也步入轨道的女儿再次需要自己照顾，阳子一定很开心。

这种事听得让人意兴阑珊。似乎看穿架这样的心思，希实摇了摇头说：

“不过，不止我妈这样，我在公司也常听到类似的事。父母一退休就忽然寄相亲对象的照片给女儿，这种事很常见。父母一闲下来，操心儿女婚事就成了一种休闲娱乐——听到我这么说，他们大概会生气就是了。没有自觉才是最麻烦的地方。”

“你实际上跟妈这样说过，她也生气了吗？”

架这么一问，原本絮絮叨叨的希实忽然沉默下来，看着架。

从刚才的话中，听得出希实向来站在反对阳子干预真实的立场，也为此一再指责母亲。

“嗯，”希实点头，“她总是说‘因为我会担心’。可是，难道拿担心当借口就做什么都没关系吗？真实就算抱怨，最后还不是把妈妈说的话照单全收，看到她这样我也很不爽，所以那时，我就跟真实说了。”

“说什么？”

“我跟她说，那你去叫妈负起责任啊。”

希实眼中蒙上一层阴霾。架问：“责任？”，她又点点头：

“像考高中或找工作时那样，也叫妈负起责任帮你找结婚对象不就好了吗？我这么说了——就我看来，正是因为父母什么都要抢着帮真实做选择，才会导致她现在自己做不了任何决定。从前的人就是这样，所以相亲这种行业才会盛行。可是现在相亲制度逐渐瓦解，这种父母和小孩才开始发现原本的做法行不通。所以我就跟真实说了——既然你要这么说，就去叫妈负起责任。”

“真实生气了吗？”

这番话听得架坐立难安，希实这是绕着圈子在挖苦真实啊。然而——这时，希实的表情终于完全沉下来。

“没想到……”她接着说，“听我那样说了不久，有天真实联系我，说‘照姐姐说的试着跟妈商量了。妈有点惊讶，不过也说那她知道了，会帮我找，没有多说什么’。”

架惊讶得无言以对。

希实无奈地望向远方。

“我真是吓了一大跳。没想到真实竟然真的去拜托妈妈，我就忍不住说了，我说你这样真的好吗？”

架也这么想。真实根本没发现姐姐在挖苦她。她的人生从来不习惯自己做决定，这时也听从了姐姐的决定，跑去拜托母亲。

“真实或许疑惑她就是听我的话去做，为什么还要被我质疑吧。一副困惑的样子对我说，‘姐，你怎么突然这么说？’”

“真实大概以为真的应该那么做吧。”

“或许吧。可是就在那时，我有点受不了了。”

老实说，对于希实的“受不了了”，架也感到不以为然。但这不能怪她。就连架都无法理解真实当时的想法。

“恋爱或结婚是自己的事，我无论如何都不想让父母决定，所以才会自己做出各种选择，自认一路都在反抗父母。然而，真实却一点都不排斥这种事，尽管她是自己的妹妹，我还是觉得有点可怕。”

“因为这样，真实才去相亲的吗……”

架想起小野里的话——没有自己的主见，不知道自己想要什么的人。

按照架的直觉，阳子比真实更热衷相亲，这个直觉果然没错。然而，真实也不排斥这种状况。那时的真实毫无主见，只活在周遭的意见下。

或许身陷的是相同的苦境，架的婚活和真实的婚活性质却是完全不同。

“出于这种动机开始婚活，最后顺利结婚了，我觉得那也很好。”

耳边响起小野里的声音。她似乎早就将一切看得一清二楚，架不由得再次起了一身鸡皮疙瘩。

希实重重叹了一口气。

“真实找妈妈商量找结婚对象的事，好像让妈很高兴。她还特地联系我说真实很听话，小野里夫人也说这么漂亮又年轻的小姐很快就能找到对象。看到妈妈这样，我实在是有点……该怎么说呢，看不下去。”

希实轻轻深呼吸。

“女儿长大后自己选择对象带回家介绍给她，好让她能跟周围的人炫耀自己女儿交了男朋友。妈本来向往自己成为这种类型的母亲，那时价值观却再度扭曲，不停把事情往对自己有利的方向解释，开始到处跟别人说，我们家真实读的是女子大学，又没有加入那种动不动就把异性挂在嘴上的小团体，真的是最适合读香和的大家闺秀，偏偏现在这种时代对这种类型的女孩子反而不利。但是我们真实就是有主见，不会跟着周遭随波逐流。”

“也就是说，她又开始‘给自己编故事’了对吧？”

架这句话里隐含了对阳子的嘲讽，希实落寞地微笑了。

“没错，我曾对妈妈说，真实没有男朋友可能跟读女校有关。那时妈妈很生气，反驳我说女校还是很多学生有男朋友啊，不管有没有自己搬出去住，很多人也都结婚了啊。我猜，她打死也不愿承认自己帮女儿选的学校害女儿结不了婚。可是，照她这种逻辑，继续说下去只会陷入死胡同。”

“死胡同？”

“嗯。照她这逻辑继续说下去，结论不就变成真实结不了婚的原因只是她不受异性欢迎吗？既然同样环境的女孩都能结婚，剩下的原因就只有真实魅力不足了。”

不受异性欢迎——这句话听来单纯，但也正因单纯所以残酷。

架一时之间说不出话，希实轻轻摇头。

“可是，这又是我妈最不愿意承认的一点。于是她说，真实只是运气不好——她绝对不愿承认女儿不够好，更何况是不受异性欢迎，打死她都不愿意这么想。”

阳子非常偏袒女儿。因为是自己的女儿，会这么想也是理所当然。然而，架内心产生了一股有别于在前桥时的不认同感，这种感觉不断膨胀。

真实或许也觉得那样很好，对父母为自己决定结婚对象的人生毫不抵抗。但是，架却无法认同这个，甚至可以说为此感到不快。总觉得，真实的人生都被这种狭隘的价值观践踏了。

为了不让她受苦，为了让她走更好走的路。架也明白阳子是真心这么想。但还是忍不住觉得，就算是为了她好，这不也是支配吗？

一方面依赖相亲这种古老的方法，一方面又抛不掉“受不受异性欢迎”这种现代价值观。被这样的母亲从背后推着，或者说被这样的母亲牵着手，真实开始了她的婚活。

“所以，当真实真的照我说的请妈妈帮她安排相亲时，我就放弃了。”希实说。

“与其说生妈妈的气，不如说我对当时的真实感到火大。妈妈固然离不开小孩，但那说不定是真实想要的结果。要说妈妈想控制真实也没错，但真实又何尝不想凡事都听妈妈的。用共依存来形容或许太夸张，但我确实从她们身上感受到类似的东西，也就是那时，我终于发现自己做什么都没用。”

“这么说来，真实开始相亲婚活之后，姐姐就不再给真实意见了吗？也没听她说过相亲对象的事？”

“很遗憾，事情就是这样。我心想真实如果能就此结婚，那就恭喜她吧，老实说，我已经不想再和这些事扯上关系，随她们高兴，想怎样就怎样好了。真实大概也察觉到我这种心境，后来就不再主动找我说什么。”

希实再次沉重地叹了一口气。

“虽然那次相亲结果也不顺利就是了。”

“好像是这样。”

“虽然听了父母的话去相亲，对恋爱对象的条件倒是不肯退让。明明自己下不了决定，却又坚持开出奢侈的条件，世间婚活不顺利的人，基本原因或许都出在这里。到最后，就是得遇上像架这样的帅哥，真实才认为自己遇到对的人了吧。”

“请别这么说。”

不是开玩笑，架真心不想听到这种话。

“是不是对的人”这种感觉，代表着真实为自己设定的价格，并将之投射在架身上。想起小野里的分析，架又产生了那种全身起鸡皮疙瘩的感觉。

“抱歉抱歉。”希实故作轻松地向架道歉，再次正色说：

“不止我妈，真实一定也很喜欢为自己编故事。她太想找一个能理解自己这种过去与理想的对象，反过来说，遇到故事性不够强的人时，她就立刻跟对方疏远。”

“小野里夫人也这么说——大家给自己打的分数都很高。”

这么一说，希实就露出好奇的表情。架继续说明：

“小野里夫人的说法是，相亲不顺利的人，是因为认为对方配不上自己，所以无法接受对方。不可思议的是，这种人一方面说自己不挑，其实标准都相当高。即使对方实际上收入比自己高或社会地位比自己高，他们还是会这么想。”

“这种情形应该是对方外表不够好，或是社交能力不够高吧。因为大家都只会用自己条件好的部分跟对方比啊，就算自己的收入比对方差，或是外表没有对方好看，眼中还是只看得到自己比对方好的条件。这种行为说来傲慢，人性不就是这样吗？”

希实不假思索地说，架沉默了下来。就某方面而言，希实说的或许是真理。最重要的是，架自己在婚活中确实是这样看待对方的。

“自从真实开始相亲后，跟我联系的都是妈妈。打了好几次电话来，说什么她觉得对方条件很不错，不懂真实为何拒绝，要我去问真实到底哪里不行，还要我说服她接受。”

“那你真的那么做了吗？”

“没有啊。刚才不也说了吗，我不想再和这些事扯上关系。”

希实说得斩钉截铁。

“光是听我妈讲话就觉得好烦。真实差不多只跟两个人相亲过吧？听到我妈一下嫌弃对方不是从好大学毕业，一下说人家好像不善交际，听得我一阵火大，心想她到底以为自己女儿条件有多好。”

“你说的是第二次相亲时，真实自己选的对象吗？当牙医助手的那个？”

阳子抱怨过对方明明是牙医的儿子却当不成牙医，只能当助手。那时一听到，架也确实傻眼，心想她怎能满不在乎地把这种话说出口。

希实点点头。

“应该是。或许因为对方不是她选的，所以不太合她的意，总之，妈就是不喜欢那个对象。真实的学历和职业明明就也没什么了不起，不知为何妈老是充满自信地说‘我们家是正经人家，所以就应该怎样怎样……’我结婚那时也是。”

“这样啊？”

希实的丈夫刚志，即使在架的眼中也是个好丈夫、好爸爸。事业发展顺利，夫妻感情和睦。希实又叹了一口气。

“光他是自由接项目的设计师这点就被判出局了。我不知道被问过几次‘真的没问题吗？’烦都烦死了。我看爸妈连自己担心的是什么都搞不清楚吧，只因为不是他们决定的事就不分青红皂白地担心，一点也不信任女儿。”

“为什么无法信任呢？我或许没资格说这话，但是就我看来，姐姐自己的工作也做得很好，完全没有需要担心的地方啊。”

希实是个独立自主的成年人。真要说的话，架反而觉得局限在乡下价值观中的真实父母更不可靠。对此无法理解的架这么一问，希实便微笑回答：

“因为他们从没信任过我。在自己眼睛看得到的范围内，女儿的事情全部一把抓在手里，不让当事人自己决定。一遇到不在自己常识范围内的事，他们就会感到不安了吧。我和真实不一样，高中大学都没照父母吩咐去做，也全部遭到他们反对。大学因为读的是外县市的学校，一开始他们也说担心，原本不准我去，后来才被我说服。”

“不过你不要误会，”希实说，声音平静且温柔，“我爸妈不是学历至上的人，也没有学历歧视，平常他们都教我们不要用学历判断别人好坏。只是，当事情一和女儿的结婚对象有关时，那又得另当别论了。”

“这我好像能明白。”

“听到真实相亲不顺利时，我就在想，真实和我妈为什么那么傲慢。”

傲慢。

除了从小野里夫人口中听过之外，这也是架自己最近常想起的词汇。认为过去的自己傲慢，也认为挡住真实未来的阳子和正治傲慢。

然而，看在希实眼中，原来连妹妹真实也是傲慢的人吗？

“她们真的以为自己那么有价值吗？到底根据什么才会这么想？这份自信对我来说简直是个谜。就像你们会这样想，别人家也一样会啊。看看，在你们眼里没什么大不了的男人，在他家可是父母自豪的儿子，人家也会偏袒自己的儿子啊。”

家族的壳是很厚的。

即使希实没说出口，架也知道她想说什么。每个家庭都喜欢编自己的故事，太清楚自己家的状况，正因如此，对陌生对象的家庭就无法接受。

“差不多也是那时起，妈开始会说‘真希望真实也能找到像刚志这么好的对象’，听得我超火大，心想你怎么有脸说这种话。还说什么姐姐和刚志一开始也是朋友嘛，大学时代认识的——也不想想当初她是怎么反对我读的大学以及和刚志交往，好像突然把这些全部忘记似的，用那种高高在上的语气说话。父母就是绝对不会承认自己做错的人，凡事只想自己。”

“连姐姐以前都是这样啊。”

这次轮到架叹气了。希实说的没错，阳子确实只会挑对自己有利的话说。但是，就算当着她的面指出这一点，阳子大概还是不会自觉改正。她没有恶意，只是少根筋。

“真实听爸妈的话去相亲时，我想起了一件事。”

架沉默着，等她继续往下说。

“大学时代，真实的朋友和其他大学的男生交往，那两人分别约了自己的朋友一起去滑雪旅行，类似几对情侣一起约会的感觉，打算一群人去住便宜民宿。”

“是。”

“他们介绍给真实的男伴长得很帅，真实也觉得有谱，就很想去参加，跑来问我怎么办。又是跟男生出去玩，又要外宿，家里一定不会答应。”

“这不是常有的事吗？”

瞒着父母和朋友外宿，这种事很常见。就算读的是女子大学，真实当然也会有这类认识异性的机会，都已经是那么久以前的事了，架当然不会吃醋，反而觉得很有趣。希实点点头说“嗯”。

“我也有过类似的经验，所以我就跟她说了。我说，那有什么关系，别让家里知道有男生不就好了？就说一群女生去滑雪旅行，之后也别让爸妈看到照片，需要的话，我也可以帮忙作证啊。真实听了之后跟我道谢，说那她决定去旅行。”

“嗯。”

“可是过了一阵子，一直没看到真实去旅行，就这样冬去春来。我问她说，旅行的事怎么样了，结果她说后来没去。”

“咦？”

架望向希实，只见她露出无奈的表情，微微苦笑。

“她说自己受不了对父母说谎，快到出发前跟爸妈坦承有男生同行，结果就去不成了。我想，她大概是承受不了罪恶感吧。”

架想起真实的脸。架认识的真实已经三十多岁，当然和当年的她已经有点不一样。只是，架也经常在看着真实时想起“好孩子”这个词。没错，就像希实描述的一样。

“老实说，我傻眼了。哪有人这么笨的啊？那种事，只要自己不讲绝对不会被曝光，她未免太不懂得如何求生了吧？技巧太差了。”

“真实从以前就很老实呢。”

“嗯。但是，并不是凡事老实就有利。要一个一路这么长大的女孩在毫无恋爱经验的状况下自己找到结婚对象，想也知道是不可能的事。”

脑中跳出小野里提到“傲慢”时的另一个词——“善良”。

架脑中的另一段记忆发出共鸣。

那是和真实一起去吃饭时的记忆。带她去高级法国料理店用餐时，她说了“对爸妈过意不去”。听到她这么说时，架内心浮现的想法是“真是个好孩子”。

但是，如果把这件事告诉希实，她又会怎么说呢？姐姐说不定只会联想到真实大学时代连说谎外宿都不会的事，引发和当时相同的感想。

真实是个非常善良的女孩。

“人家不是常说‘掌上明珠’吗？真实的状况或许就是这样。我们家也不是什么大户人家，家里却只灌输我们‘当个老实好孩子’的价值观，在社会上生存需要的恶意和心机从来没人教过。”

希实望向远处。架忽然产生想帮真实辩护的冲动，开口便问：

“姐姐没想过要教真实那些吗？”

“我？”希实一脸诧异摇了摇头，“怎么可能。”

“既然如此……”

既然如此，就不能只怪父母让真实成为“掌上明珠”了吧。架还想继续说，却被希实不客气地打断：

“恶意哪是别人教了就会懂的东西？只有曾经被恶意波及的人，才能在无能为力中领悟出应付恶意的方法。认为这种事用教的就会懂，这想法本身就太愚昧了。”

架没有说话。希实无奈地叹了一口气：“不过……是啊。”

“不管是找结婚对象或谈恋爱，在那之前都没有累积足够经验的话，就算想动也动不起来。这种事不是靠人家教就学得会的，真实自己大概也发现了吧。”

“没人教过”。这句话沉甸甸地落在架心上。

学习恶意与心机——父母将这些负面情感全都剔除，为她铺了一条走起来毫不费力的路。真实确实一直走在这样的路上。

或许不止有真实是这样。

架想起婚活中认识的好几个女生，她们又是如何呢？

架自己的事情绝对想自己决定，也想过自由的人生。但是，世上或许有人只适合听从别人的话、活在别人的标准中，他们可能只知道也只擅长这种生存方式。尤其是越老实越温柔的人，可能越是如此。

“现代人无法顺利结婚的原因在于‘傲慢与善良’。”

再次想起小野里夫人说的话。活得越善良的人越遵守父母的教诲，什么事都交给别人决定，没有自我。傲慢和善良这两种矛盾的特质经常同时存在于同一个人身上。

而那种善良如果过了头，或许就成了不谙世事，也可以说是无知。

“我动不动就被我妈说‘等你也当妈了就知道’，实际上当妈之后，我确实明白了很多事。”

希实的声音宛如独白。

“只是，就算能理解母亲的担心，并不代表能够原谅。正好相反。正因为理解了那种担心，对于以消除自己的不安为优先，不愿信任小孩，不愿耐心等待小孩自己做决定的母亲，我反而越来越不能谅解，也绝对不愿对自己的孩子那么做。”

屋内传来桐歌和架的母亲说话的声音，听起来她们已经消除戒备，彼此笑得很开心。

“相亲到最后阶段，真实发生了什么事，很遗憾，因为那阵子我不太听她说话，所以一点也不清楚。只是有一天，真实忽然打电话给我，说她想搬出前桥老家，来东京自己生活，还说想听听我的意见。”

“我也很好奇这一点，”架朝希实探身，“为什么真实会忽然辞掉工作，来东京一个人生活？”

“我听了很惊讶，也问了她原因。她说早就想试试一个人生活了。”

“可是，光是因为这样她就辞掉工作搬来东京吗？应该有什么事触动她想这么做吧？”

“我不知道。所以我才说，如果有什么的话，可能发生在职场上。说不定职场上出了什么事，让她不想待在原来的地方工作。与其说想离家，不如说她想辞掉工作，从零开始。”

希实皱起眉头。

“这么一想，跟踪真实的人很有可能就是职场上认识的人。或许和那个人之间发生了什么，让她想离开群马。”

“那个……你刚才说或许可以问问真实在群马工作时认识的人的

联系方式，我可以正式拜托姐姐去做这件事吗？”

架双手撑在桌面上，正面凝视希实：

“拜托你了。听你刚才的描述，真实简直像从群马逃到东京似的。我在想，不知道能不能跟她之前的同事或当时认识的人谈谈。”

“我明白了。要是能问出什么就好。”

希实深吸一口气。

“这方面的事，真实真的什么都没告诉我。那时，我听到妹妹有生以来第一次主动说她‘想离开家里’，因为实在太赞成了，满心只想协助她做这件事。尽管知道一定有什么触动她这么做的原因，但当时我一心只想着要支持真实独立，也就忘了深入追问。她找我商量过后，我就开始帮她找房子和搬家。她好像和妈大吵了一架。”

架想起找不动产公司打开真实租屋处的房门时，才发现担保人不是父母而是希实的事。原来背后还有这段过往。

“来东京后，妈妈还继续插手真实的事吗？照刚才的话，总觉得真实搬出老家后，妈应该会追来东京找她。”

“起初我也这样担心过，不过好像没有。真实如果还住在前桥，在妈眼睛看得到的范围内，或许她就会操心。一旦物理上拉开距离，妈妈的注意力就被其他事情吸引走了。所以，强行搬出老家的决定很重要。只是……”

“只是什么？”

“真实搬来东京后不久，妈妈打电话给我，她说：‘就连搬家也要靠姐姐帮忙，这下真实终于明白光靠她自己一个人什么都做不了了吧。’我真的无言以对，妈妈果然希望真实只要当个什么都不会的孩子就好，也不想想她都三十几岁了。”

“什么都不会……那只是爸妈让真实这么以为的吧？”

在前桥时架也频频产生这种感觉。真实的爸妈不希望孩子独立自主，希望她留在父母身边，希望能一直照顾她。这些想法架无论如何都无法理解。就算他们这么说，做父母的总有一天会退休，失去收入，也会比孩子先死去。留下希实口中“没有求生能力”“不懂生存技巧”的孩子。

到那时她该如何是好——想到这里，架恍然大悟。原来如此，所以他们才会开始提结婚的事，为了替真实寻找下一个避风港。

“事实上，搬到东京后，真实整个人都变了，活得神采奕奕。或许和住在老家不一样，房租水电都要自己付，生活起来很辛苦，但我想她也因此建立了自信。找结婚对象也是，不是听妈妈的话去做，而是靠自己努力，实际上也和架相遇了。”

“的确，真实是个好女孩，之前婚事一直不顺利才让人觉得奇怪呢。”

架这么一说，希实就歪了歪头，露出复杂又隐晦的笑容。“是吗？”她这么问。

“虽然很高兴听到你这么说，但事实应该相反吧？”

“相反？”

“对。不是‘这么好的女孩为何结不了婚’，以真实的状况来说，正因为她是个好女孩所以才结不了婚。”

架心头一惊，仿佛有某种尖锐的东西刺入心中。

希实说的不是架，她说的是真实。可是，架却大受打击。原因不明。只是忽然涌上一股难以言喻的惆怅——同时，内心深处有种恍然大悟的感觉。

“正因为是个好女孩，学生时代循规蹈矩，为了不让父母担心，连男朋友也没交，从未累积恋爱经验，长大成人后才忽然发现自己动弹不得。在备受家人呵护的环境下成长的她对陌生人怀有恐惧，害怕受伤。即使谈了恋爱，为了继续做个好女孩，连一点心机都不会耍，不懂怎么与他人竞争，无法脱颖而出。”

耳边忽然响起一个声音。

“反而觉得她这么努力让人很有好感，一想到她是为了架这么做的，也觉得很有勇气。只是啊，她的手法太拙劣了啦，觉得有点可惜而已。因为，她做那种事铁定会被我们看透的啊。”

在大原家，看到真实站起来想帮大原太太的忙和帮忙哄小孩时，美奈子这么说过。

“父母心目中的‘好孩子’，往后的人生未必能过得很顺利。”

希实这么说。架也只能点头。

“的确如此……现实中，比起老实诚恳的人，轻佻花心的人更比较受欢迎，结了婚又离婚的人也有。”

在婚活过程中，这种人架看多了。不仅限于女性，婚活认识的对象对架的评价往往是“社交性强”。每次听到她们说“之前认识的人都太老实了，聊不起来”，架都暗自心想，原来老实又不善社交的男人这么多啊。老实与诚恳明明是对结婚对象的赞美之词，现实却是这两种特质在婚活一开始时往往就造成阻碍。

所谓的轻佻，或许可以换个角度说是人生经验丰富。反过来说，老实又不善社交的男人就没有这种特质了。最重要的是，老实人没有心机，不懂算计，男人和女人都一样。

傲慢与善良。

傲慢在婚活中会造成怎样的障碍，架自己已有深切体会。但是，本该被誉为美德的善良也会这样，这就教人难以忍受了。

实在太难受了。架心想。

“真实回来之后，请别太责怪她。”

和架谈完之后，希实带着桐歌走出大门，又轻声这么对架说。架一时之间不知如何回应，只能看着希实。架的母亲已经在玄关和她们道别，这时并不在旁边。

希实露出为难的表情，浅浅一笑。

“就算真实因为某种原因，现在真的和那个跟踪狂在一起……”

架知道希实想说什么。他想，原来如此。

真实的姐姐也怀疑妹妹和男人一起失踪是出于自己的意愿。事实上，警方也这样暗示过架。

今天和希实这么谈下来，架一方面因她的冷静而得救，一方面也觉得哪里不太对劲。对于真实下落不明的事，她就算表现得再急切一点也不奇怪。原来如此，或许正因希实想到了那个可能性，担心的程度也就没有那么严重了。

“我没有信心不责怪她……”

倘若事情真如希实所说，架的心情难以言喻。那个男人此时此刻还和真实在一起，一想到这个，架就担心得要发狂。更别说真实是自愿消失了。架死也不愿意这么想。

希实露出落寞的微笑。

“架的心情我很明白，我也担心真实。但是，如果那是真实自己做出的决定，我多多少少还是希望尊重那孩子的意愿。”

虽然不是父母，做姐姐的也一样溺爱妹妹。

一旁的桐歌眨着一双大眼抬头看希实，好像很困的样子。希实说“抱歉啊”。

“说了奇怪的话，真抱歉。”

目送希实母女离开后，回到家里，母亲正在收拾她们喝过的茶和果汁。手上拿着空的布丁容器，和架小时候用过的一样。架心想，这东西竟然还在家里，不由得佩服起母亲的爱物惜物。

“桐歌妹妹她们回去了？”母亲这么问。

“对啊，今天谢谢妈。”这时，架终于忍不住问：

“妈。”

“嗯？”

“我和真实结婚之后，妈会希望我们一起住在这个家吗？”

拥有许多爱好的母亲，或许根本不想过忙于照顾孙子或顾虑儿子媳妇的生活吧。原本架一直这么想。但是，手上不停收拾东西，看也不看架一眼的母亲回答：

“总有一天当然希望可以这样啊。上次我也这么跟真实说了。”

“跟真实说了？”

架第一次听说。母亲的语气却很自然。

“又不是什么严重的事。我只是说，和我一起照顾小孩一定比较轻松，想搬来的话随时可以搬回来啊。”

架深吸一口气，就这样屏住呼吸。难以置信。

架母亲竟然对真实说了这种话。就算她说“不是什么严重的事”，这听起来不就是在催促抱孙和同住吗？架自己连要不要生小孩的事都还没好好跟真实谈过。

“这又怎么了吗？”母亲望着架，眼神说明了她真的没有别的意思。察觉自己口干舌燥，架问：“那真实怎么说？”

“她说好啊，有妈妈在放心多了。”

“妈，不管是一起住还是孙子的事，你怎么什么都没跟我说过。”

情不自禁脱口而出，母亲依然一副没什么大不了的样子嘟哝：“我没说过吗？”

架无言以对。留下客厅里的母亲，独自离开。

架走到刚才母亲陪桐歌一起玩的和室，独自待在里面。这间房间平常很少使用，总觉得现在还残留几分小孩玩闹过后的开朗氛围。淡淡的斜阳从靠檐廊那侧的玻璃窗照进来。

就连自以为很了解的母亲，架都有搞不清楚的地方，更别说是真实了。自己真的敢说认识真正的她吗？

真实提出想离开群马，是在小野里那边第二次相亲并拒绝对方之后的事。对方是真实自己选的，外表符合她喜好的牙医助手。

会是他吗？架暗忖。

一冒出这个念头，心就像被人揪紧似的，掠过一阵焦躁的痛楚。

真实现在也和这个人在一起吗？据她的说法是没有交往过，什么都没发生过的对象。真实是出于自己的意愿和这个人一起失踪的吗？

关于真实的过往，有件事只有架知道。

这应该是连家人，包括真实的母亲与姐姐都没听说过的事。

——我是第一次。

和真实交往一阵子之后，第一次在她家过夜时，真实这么说。

二人开始交往后，除了她之外架已经没有其他特定约会对象，彼此又都是成年人了，关系发展到这个地步也是顺理成章的事。

淋浴之后，上床裸裎相对，抱在怀中的真实身体硬得像石头。和柔软的肌肤与温暖的体温相反，因为紧张的关系，她的手臂、背部和脚底绷得就像一根棍子。

真实在发抖。

在那之前，她只是默默承受架的亲吻，躺在架怀中毫不抵抗，这时却像终于忍受不住似的，突然说出那句话。

那带着哭腔的虚弱嗓音，让架情不自禁发出短促的惊呼。真实双手捂住自己的脸，即使在只有橘色灯泡照明的昏暗房间，仍能清楚看出她满脸通红。

真实伸手遮住眼睛，手臂下的嘴唇紧咬着。

架一听就知道，那不是单纯为了讨好男人说的话。说完那句话的真实紧张得快要哭出来，在羞耻心与说是屈辱感也不为过的情感折磨下，她似乎很想当场逃离。从紧咬着嘴唇的模样也能看出，说完那句话后她立刻就后悔了。真实不愿让架看到她的表情。

因为难为情。

因为太难为情，恨不得自己现在马上消失。感觉得出她强烈地这么想。

三十三岁。想到她的年龄，架第一个浮现的念头是“不会吧”，随即后悔自己这么想。

架能理解。

真实大概原本也没打算说吧。想当作没有这回事，让一切自然发生。但是，最后还是忍不住说了。

不是谎言也不是演技。真实现在非常恐惧。

“真实。”架轻喊她的名字。

真实依然捂着脸。

“真实，转过来看我。”

耐着性子继续呼唤。亲吻，和过去一样亲吻她。为了清除她的紧张，亲吻她遮住脸庞的手，亲吻露出来的脸颊，抚摸她的头发。

不知道呼唤了几次，真实才总算放下手臂。双眼湿润，呼吸急促紊乱。无言哭泣的真实以微弱的声音说“对不起”。那是像过度换气一样断断续续的声音。

“为什么道歉？”

“说了这种话，让你压力很大吧，对不起，我——”

“没关系。”

不想再让她继续说下去。

架用亲吻堵住她还没说出口的话，不由分说地探入舌头，以至今最粗鲁的方式。真实轻声惊呼，声音旋即消失在喘息中。接下来，架忘我地向她索求，真实也不再说话。

仿佛在做最后的抵抗，真实的手臂、腿、腹部、背部瞬间用力挡住架的手臂。然而，在连舌头都要为之融化的执拗亲吻与爱抚下，她的身体终于渐渐放松。

好久没像这样拼了命地拥抱谁了。

并非因为她是处女而兴奋，只是不想让她再那么痛了。

真实的呼吸声逐渐变成不知所措的呻吟。

“架，我……”

把脸埋进想说什么的真实耳边，进入她僵硬封闭的身体之前，架在她耳边反复低喃“我喜欢你”。我喜欢你，所以不要哭。

听了架的话，真实哭了起来。虽然原本就流着眼泪，直到此时才发现自己正在哭泣，真实突然哭出声音。就在这时，她的情感破裂了。

因紧张和恐惧而僵硬的身体一旦打开就变得非常柔软，毫无抵抗地接受了架。架凑上前问脸颊微微抽搐的真实会不会痛，她立刻抓住架的手臂，把脸藏进其中。

真实抓得架手臂发疼，发出混合哭泣与呻吟的喘息，终于开口：

“我也喜欢架，不要停。”

架想起待在父母身边时的真实。

她和跟踪狂没有交往过，和对方之间什么都没有，就只是被告白然后拒绝了。这话应该是真的。

自己是真实的第一个恋人，对此，架从未怀疑过。然而，他会不会在不知不觉中对这件事太有自信了呢？

就算这样，那也不代表真实没有别的男人。她的人生未必没有其他故事。

隔周，架接到意想不到的人打来的电话。

上班时间，私人用的手机振动。一看到是以市外区码开头的陌生电话号码，架忽然有个预感，匆匆接起电话。

“这是西泽先生的电话没错吧？”

电话那头传来优雅的声音，令人不由得挺直背脊，一阵紧张。想起上次在前桥和这个人见面，站在她面前说话时，感觉就像站在法官面前等待判决。

“好久不见，忽然联系不好意思。现在方便说话吗？”

是小野里夫人。

她的声音虽然轻柔，但架早已明白那只是表面的温和。他回答了“是”，听得出自己寒暄的声音有些沙哑。

“说是可以见面。”

小野里一上来就这么说。架“咦”了一声，她又继续：

“真实小姐的相亲对象，她来我这里时介绍给她的第一位男士。听我说了事情之后，对方表示可以和西泽先生见面。他的名字叫金居智之。”

脑中同时响起阳子说“金居先生”时的声音。那个由阳子做出选择，阳子比真实还中意的电子机械制造厂工程师。

不让人稍微喘息，小野里接着又说:“他现在住在前桥，已经结婚了。不过，如果您能过来一趟的话，他说见面也没关系。怎么样？您要来前桥一趟吗？”

架不明白小野里为什么忽然愿意帮忙牵这条线，或许觉得很有趣吧。想到小野里那高深莫测的优雅微笑，这也不是不可能的事。

不过，就算是那样也无妨。

“我想和他见一面。”架回答。

第四章

不知道是哪个人，架花了点时间才找到。

星期天的午餐时间，对方指定的意大利餐厅生意兴隆，或许那是这附近很受欢迎的餐厅吧。有结伴前来的年轻女性，有让小孩坐在婴儿椅上的夫妻，也有带着祖父母来用餐的一家三代，各个年龄层的客人都有的店内已经客满。打开门，首先映入眼帘的是按照顺序登记名字的表格，旁边就是等待区，这里也挤满了人。

店内弥漫着橄榄油与大蒜的香气。

对方指定碰面的地点，真的是这间店吗？环顾店内，看到一个男士从座位上半站起身子，对站在门口的架轻轻点头。架凭直觉猜测就是他了吧。

“请问您是金居先生吗？”

走到靠窗的这个位子向对方询问，对方立刻点头：“啊，是的，我是。您是西泽先生吧？”

说这句话时，“吧”的声音轻了点，听起来很像“您是西泽先生呗？”不过，和年轻人没家教的语气略有不同，对方给人一种比较憨厚随性的感觉。

“不好意思，我想找这附近最好吃的店，跟我老婆商量之后，她也说不然就这里吧。没仔细考虑就选了这里，现在才发现好像不太适合谈话。”

“不会的，没关系。让您久等了，我才不好意思。”

其实架是按照约定时间准时抵达，不过还是这么道歉了。金居摇着头说“没有关系啦”。

“这里星期天不接受预约，所以我才先过来。”

“原来是这样啊，真抱歉。再说，三月正值年度结算的时期，您工作一定也很忙吧。”

架客气地回应，金居爽朗地摇摇头。

“不会不会，我今天休假，也没什么要紧事。”

从店内拥挤的程度看来，金居肯定很早就来了。架微微低下头，在金居对面的位置坐下，一边趁机偷瞄金居的表情。

出乎意料——这是第一眼看到他时的直接想法。

听说金居曾在东京知名电子机械制造商当工程师时，架下意识想到的是戴眼镜、穿西装，体型比一般人更纤细的形象。然而，眼前的金居智之体格魁梧，与其说是理工男，不如说他是个运动员更有说服力。

肌肤晒得黝黑，像个少年似的头戴棒球帽。身上穿的T恤和罩在T恤上的格子衬衫看来都不太新，站起来时还看到牛仔裤屁股口袋破了个洞，皮夹一角从洞里露出来。仔细想想，星期天怎么可能穿西装，话虽如此，第一印象还是出乎意料。

架心想，这个人应该不太注重外表也不太关注流行吧。相较之下，今早自己出门前特地选了看上去最新的一件有领外套。不知为何，架对这样的自己反而感到难为情。

要去见女友过去拒绝的对象，而且是面对面坐下来谈。这种前所未有的经历让架觉得不可思议。金居是没被她选择的对象，自己才是被选中的那一方，若说没有优越感是骗人的。尽管没有明确的角力心态，但也难免涌现不想输的想法，架会拿出衣橱里最好的外套，恐怕也是出于这种心态。

“难得的假日，真是不好意思。”

“不会啦。您一定也很折腾吧？今天是从东京过来的吗？”

“对，今天早上。”

“开车吗？”

“是。”

“这样啊，毕竟乘电车的话得多绕一大圈，还要转车也很麻烦。来前桥的话，还是开车比较方便。”

金居的语气单纯坦率，架终于放松紧绷的身体。这么一来，他才发现自己相当紧张。

“要吃什么？”

金居说着，熟练地出示菜单。架客气地接过。就连这种时候，在看主餐前还是先确认了葡萄酒和啤酒等酒水部分，只能说是职业病了。不知是否注意到架的动作，金居问："虽然时间还早，要喝两杯吗？"

抬起头一看，金居露出爽朗的笑容，比了个举杯畅饮的手势。他说这话的语气也不带言外之意，就是想到什么说什么的感觉。

"您等一下不会不方便的话。"

"不了，很可惜我等一下还要开车。"

"啊，对。说的也是。我才刚问过就忘了，真抱歉。您距离比较远，不像我可以找代驾帮忙开回家。"

接着金居又自言自语："但我也不可能大白天就喝到要找代驾就是了。"听他这么一说，架忍不住笑出来。

"这间餐厅看起来很不错，不能喝两杯太可惜了。早知道就不该开车来。"

"这里的比萨啦，意大利面啦，都很好吃。要是晚上来的话，还有生火腿之类的下酒菜。"

"您平常都和家人一起来吗？"

"是啊。平常都和老婆小孩一起来。这里有儿童专用座椅，也会帮忙准备儿童餐具，很为带小孩上门的客人着想。"

第一次见面，而且对方还是自己一度考虑交往对象的现任未婚夫。这种事对金居来说应该很荒谬，也可以想象他的心情有多复杂。然而，从刚才到现在，金居表现出的言行举止没有一丝勉强。他一定是个真正有度量的人——个性可能还有点迟钝。不过，架对他的迟钝很有好感。相较之下，因为真实选择了自己就产生优越感，为了和对方较劲，连服装都那么在意的自己格局实在太小。别说和架较劲了，打从一开始金居就没把架当成敌人，大概连想都没想到架会把自己视为对手。

“今天的事，尊夫人也知道吗？”

点完餐，架问道。金居这次依然爽朗地点头。

“知道。应该说，小野里夫人联系时，最先建议我来和西泽先生见面的就是我老婆。”

“夫人那么说吗？”

“是啊。她说跟踪狂这种事很严重，要是有任何被怀疑的可能，不如干脆见个面澄清一下比较好。反正，只要看一眼就知道我们家和这件事毫无关联，家里也没有多余空间藏一个人。有需要的话，也可以来家里看个清楚。”

金居模仿妻子的语气，苦笑着说。

“不是我说，我家真的很小。生了小孩之后空间更是狭窄。现在正在讨论要搬家还是干脆盖自己的房子，这方面的事我全都丢给老婆决定，最近还因此被骂了呢。”

尽管一脸拿太太没辙的表情，说这话的金居显然是乐在其中。架向他道歉：“不好意思。”

就算金居的太太没这么说，架也已经明白。

不是他——他不是真实的跟踪狂。

来到这里，见到金居的那个瞬间，架就这么认为了。

应该不是他。

这么一来，和真实有关的线索又断了，一切将回到起点。失望的感觉瞬间掠过心头，但松了一口气的感觉却更强烈。一方面架拼了命想得到线索，另一方面又害怕得知真实真的陷入危急之中。说来丢脸，见到金居之后，他散发的开朗氛围着实令架安心了不少。

架身边没有金居这种类型的男性。同时，架也明白这种类型的男性在真实出生成长的乡下地方是会受到周遭喜爱，适合在这里生存的类型。

——或者，和都市或乡下无关。他这种迟钝少根筋，与人相处时不钻牛角尖的个性其实是一种天赋。拥有金居这种天赋的人适合组建家庭，架很清楚这个人一定拥有一个幸福的家庭。正因为那是自己没有的，所以架心生羡慕，但也无话可说。

“让尊夫人担心真的非常抱歉。我不是怀疑金居先生，不可能怀疑。只是实在是一点线索也没有，想着跟您谈过之后，说不定能有什么收获。抱着求助的心情，才会拜托小野里夫人请您跟我见面。”

再次正面凝视金居。

“我们这边发生的事，您大致上听小野里夫人说了吧？”

“听说了，”金居深呼吸，表情瞬间凝重起来，“我吓了一大跳。认识真实已经是很久以前的事，那之后也没再见过面。一直以为她还住在前桥，没想到再听到消息竟然是说她遇上跟踪狂，而且她现在已经不住在这了，真是意想不到。”

不愧是金居，依然是有话直说的语气。提起真实失踪的事时，众人都会小心遣词用字，和金居的直白形成明显对比。不过，他的语气并不惹人厌。正因没有无谓的顾虑，听起来反而顺耳。

“我也报警了。但是警方说，在不知道跟踪狂身份的情况下，警察也无法采取行动。我认识真实是她搬到东京以后的事了，关于她之前在家乡发生的事什么都不知道。想麻烦金居先生回想一下认识时的经过，如果其中有任何可能和事件相关的线索，无论多小的事也没关系，希望您能告诉我。”

“话是这么说，我认识真实已经是很久以前的事了，总共也只见过三次左右吧。”

金居这么说不是嫌麻烦推托，他的语气甚至透露着歉意。

“撇除这点不说，不管怎么样，当时都是以可能交往为前提见面的，彼此也会尽可能不提过去的恋爱。真实是这样，我当然也是。”

说到这里，金居像察觉什么似的低声惊呼，再次望向架。

“不好意思，我从刚才就一直喊她真实，好像跟她很熟似的。其实是因为当初见面时就这样称呼了，反而想不起她姓什么。小野里夫人打电话来时久违地想起她的姓，现在又忘了……请问，真实姓什么来着？”

“坂庭。坂庭真实。不过，没关系的，当时怎么称呼就怎么称呼。”

架这么一说，金居耸了耸肩，又说了一次“不好意思”。

“认识真实时，我才刚回到前桥，老实说，生活里一下子发生了很多事，我自己也手忙脚乱。”

“听说那之前，您在东京的公司任职？”

“对。虽然老家在这边，但我大学就去东京了。”

“您在东京工作了几年啊？哦，不是啦，因为我也曾跨行跳槽。”

为了顺利开启对方的话匣子，架主动提起自己的事。

“以我自己的状况来说，换工作时已经超过三十岁了，当时还真有点不安。”

“哦……我啊，其实在前公司没有待很久。我原本就走入社会比较晚，因为读的是理工科，系上继续攻读研究所的人很多，我也就自然而然接着念了，研究所毕业才找工作。”

这么说来，他的最高学历就是硕士。从他草草带过的语气判断，金居应该毕业于相当知名的大学。无论是婚活过程或工作上，架偶尔会遇到像他这样隐瞒学历的人。不但没有把学历拿来炫耀，高学历反而像是一件尴尬的事。对于正在找结婚对象的女性来说，她们担心的或许是高学历吓跑对方。不过，金居的状况纯粹来自良好的教养。

对金居的说话方式抱持好感的同时，架也因此想通了一件事，内心波涛起伏。

真实的母亲相中的，大概正是金居的学历吧。

金居有些坐立难安，伸手调整了一下头上棒球帽的帽檐，笑着说：

“虽然只工作了一段时间，但我觉得自己不适合东京那家公司。现在回想起来，可能只是忽然从学生成为社会人，心情还没调适过来吧。总之，我就是一直在烦恼自己是否该待在那家公司。当时的我不懂，其实不管在哪里工作都很辛苦。”

“不过啊。”这么说着，金居露出严肃的表情。

“那年正好遇上地震。”

“地震？”

“对，东日本大地震——在东京工作时发生了这么不得了的事，我开始觉得‘现在不是做这种事的时候’。”

“那种感觉……我大概懂。”

那次地震被称为前所未有的大灾难。即使每天看着东北海啸的画面，听着最新受灾状况，待在交通瘫痪状况隔天就获得解决的东京，那年不管是谁都会有这种感觉吧。即使只是一如往常过着一成不变的生活，还是难免怀有罪恶感。那种感觉，至今仍鲜明地烙印在架心中。

“那金居先生是因为地震的影响才把工作辞掉回前桥的吗？”

担心老家状况，决定回故乡生活。这样的事在当时并不罕见。即使是在东京出生成长的架也能体会那样的心情。不料，金居摇了摇头。和提起学历时一样，脸上浮现因为难为情而想隐瞒的尴尬表情。

“不，其实我没有马上回老家。那时，我一鼓作气跑到东北去了。在南相马市待了差不多一年吧，和地方上的人们一起搬运残骸瓦砾或清除污泥。”

架睁大双眼。

“您的意思是去当了义工吗？”

“嗯，对。”

“不惜辞掉工作？”

“应该是说，结果看来或许是这样，但该怎么说才好呢，我并不是为了当义工才辞掉工作的。刚才也说过，原本就觉得不适合那家公司，只是正好就在那时发生了地震。如果只是为了当义工，我应该不会辞掉工作。”

服务生端上附沙拉的意大利面。“吃吧。”金居说。

“义工有各式各样的人，其中也有不少人沉迷其中。说‘沉迷’可能用词不当，但是必须承认，用铲子搬运污泥，直到粗棉手套和橡胶长筒靴都不堪使用，埋头做这些事的时候，完全摒除脑中杂念，感觉仿佛能够永远做下去。说到做义工，或许会被认为是想得到别人的感谢才去做，其实倒也不是。当然啦，受到感谢时也会很高兴就是了。”

可能实际上真的被谁讨论过或问过这种事吧。金居草草带过，露出不知所措的微笑。

“真的不是有什么了不起的志向或出于正义感才去做这件事。幸好之前工作还存了一点钱，当义工那段期间也有免费的地方住，该怎么说呢……现在回想起来，我当时应该是处于某种中毒状态吧。”

“中毒……状态？”

“这样说听起来或许有点奇怪，但我那时过得很充实。在那边和一群义工一起生活虽然也有不方便的地方，但气氛就像学生时代的宿营，身边多了一群伙伴，和地方上的人也渐渐建立了感情。我因为在职场上没能得到这些，总觉得在那里找到了容身之处，现在也还和当时的伙伴及地方上的人保持联系。我想，这种人与人之间的维系，今后也将成为我的财富。只是如今想想，可能还是因为经历了那么严重的震灾，精神状态和平常不太一样。”

金居再次露出尴尬的微笑。

“即使我的动机是这样，实际上污泥确实清干净了，我的行动算是派上用场，也有为此感到高兴的人，这样也可说是好事一桩吧。”

“……我觉得很了不起。”

架谨慎地选择词汇，最后还是只说得出这一句话。

那场震灾后，肯定有很多人开始思考自己能做什么。架就是其中之一。只不过，若细想自己实际上究竟做了什么，几乎没有具体行动的记忆。依然待在东京，顶多捐了点钱和配合做了一些呼吁。地震至今这么多年，连一次也没前往过灾区。大多数人只是想想的事，金居却采取了实际行动。以他的个性确实是会这么做的吧，架从和他的谈话中看得出来。面对如此具有行动力的他，无论架说什么，听起来都毫无分量可言。

“是吗……？”金居苦笑着问。

在他心中或许仍留有当时无法厘清的心情。“那我开动了。”金居拿起叉子，将刚送上桌还冒着热气的意大利面卷起来送入口中。架也跟着望向自己的盘子。

金居忽然抬起头，一边吃一边接着说：

“不过呢，这样的生活过了差不多一年左右，老家的爸妈火大了。问我辞掉好不容易找到的工作，到底想要怎么样。老爸破口大骂，老妈一看到我就哭。到了那时候，我也开始觉得没必要继续留在东京，心想搬回老家也是不错的选择。这么想着，姑且先回来看看，结果，回来第二个星期就被安排去面试现在的公司。因为我老爸认识公司董事，想办法把我塞进去了。”

“换句话说，就是靠关系录取的啦。”金居以自嘲的语气这么说。这番话让架想起前阵子从真实姐姐那里听到的“推荐就职”。不是出于自己意愿选择工作，仿佛众人分食一块事先准备好的大饼一般，大家平分就业市场上的职位。这种想法在这里似乎天经地义。

真实毕业的那所女子大学据说有通过推荐方式进入地方企业的保障名额，以这个渠道就职的女孩多半直接成为未来同事的媳妇人选。在某种阴错阳差下，真实和金居说不定根本不用相亲，直接就在他现在的公司自然相遇了。光是从这点也能感觉出乡下地方生活圈的狭窄。

“去小野里夫人那里相亲，说来也差不多是这样，”金居说，“回到老家，开始工作不久，父母忽然开口要我去相亲。在那之前，我从未考虑过结婚的事。只是听说对方看了我的照片和履历之后非常中意，想说不然就见个面吧。”

“去婚姻介绍所登记前，令尊令堂没有先跟您商量这件事吗？完全没有？”

“婚姻介绍所……？哦，说的也是，小野里夫人那里也算是一种婚姻介绍所。”

金居苦笑道：“我没把那里想得太正式。”架心想，以他的个性确实会这么想。

“小野里夫人人很好呢。”

听着金居天真的声音，架以微笑打马虎眼，再喝口水掩饰。

相信小野里只是好心牵线，认为人与人之间存在无条件的善意，恐怕也是生长在这块土地上的人特有的感觉。委托小野里介绍需要登记费，介绍成功还要支付酬劳的事，金居的父母可能根本没有告诉他。真实也是。

“搬回老家不久，爸妈就问过我有没有女朋友了。一回答没有，事情就在我不知不觉中进行下去。之前父亲说找工作的履历表要用，我就给了他一张大头照，那张照片也被擅自拿去当相亲照。知道这件事时我真是吓死了。”

“好扯哦。”

“很扯对吧？真希望他们饶了我。”

金居虽然苦笑，语气还是很开朗。

“我爸妈一副自以为了不起的样子，说我只有在这里才找得到对象。可是我又不是没交过女朋友，他们什么都不懂就那么说，真是气死人了。”

“也难怪你会生气。”

为了不让场面太过严肃，架以轻松的语气搭腔。金居半开玩笑地看着架的眼睛问“是不是？”

看到这样的金居，架暗自心想，他也是一样啊。在父母看不到的地方经历了各种事，也曾有过恋人，然而一旦回到父母身边，还是会被当成小孩。在父母心目中，他就是个连相亲都得靠父母筹划，自己一个人连谈恋爱都不会的小孩。

“因为他们从没信任过。”

不经意地，架想起真实姐姐的话。

认为自己必须帮孩子做决定，必须帮孩子采取行动，否则孩子就什么都办不到。父母之所以如此认定，未尝不是因为他们既老实又善良。他们无法想象自己的孩子融入社会、独当一面或发挥社交能力的模样。

“只是啊，既然相亲的事都进行下去了，对方又说中意我，那就去见个面吧。当时见的对象就是真实。”

“西泽先生。”金居的声音多了点郑重的感觉。看着架的眼睛，他接着说：

“我想，真实应该不太喜欢我。”

“不，怎么这么说呢？”

架不假思索地回应，金居轻轻挥了挥手。

“没关系，没关系。虽然听到的说法是对方很中意我，实际一见面就知道，真实对相亲的事不太起劲。当时我心里就想，咦，怎么不太对。后来又见了几次面，结果还是被她拒绝了。大概是见了面之后发现我和她想象中的不一样吧。”

中意金居而选择他的不是真实，是真实的母亲。虽然不知道金居知不知道这个，站在他的立场想必相当错愕。自己只是被父母催促才相亲，更何况听说的是“对方颇中意自己”，实际见了面真实却态度冷淡，他一定很不是滋味。

“当时你觉得她怎么样？”

犹豫一番后，架还是问了。金居回答：

“她很文静，不知道是紧张的关系，还是原本就这种个性。只是后来想想，大概是觉得无聊吧，她应该对我不太满意。”

可想而知不是一段太好的回忆，金居说来语气依旧淡然平静。只是，与其说他努力这么表现，倒不如说跟真实的关系原本就只像擦肩而过的路人，他也真的对这件事不在意。

“所以，基本上见面时都是我在说话，另外还去了小杉购物中心看电影，好像也开车兜风过一次？不过，真实条件很不错，我当时也觉得可以继续交往下去。”

金居苦笑着说。

“差不多约会三次之后，她就说，‘还是没办法，抱歉’。我才知道，啊，原来人家根本不中意我啊。也曾想过既然如此何不一开始就明说呢，男人毕竟还是比较迟钝一点。”

“这样啊。”差点脱口道歉，架硬生生吞了一口气。

光听阳子描述，还以为金居的态度更积极，其实他似乎没把事情看得那么重。从这件事上也能看出阳子过度一头热，她是把自己的愿望强加在事实上了。

架问金居：“您和真实第一次见面就是单独见面吗？还是有父母陪同？”

“是单独见面。说到相亲，给人的印象多半是在料亭或饭店之类的地方，先由父母或媒人陪同，之后才是让年轻人自己聊聊吧。不过，现在好像已经不是这样了，当时我也有点意外。”

“和她见面时的事，您还有什么其他印象吗？任何小事都可以。”

“嗯……您的意思是可能和跟踪狂有关的事吗？”

尽管语气悠哉，金居很清楚架想问什么。“我想想看……”这么嘟哝着，继续用叉子卷起意大利面。

坐在对面的架也继续吃起意大利面，看着金居默默思考的样子，心想希望大概不大吧。

真实和金居相亲后才遇到那个跟踪狂的可能性很高。别的不说，那都多久以前的事了，不记得也是理所当然的。不料，金居忽然说

“啊，对了”，抬起头，微微歪着头说，“可能完全无关也说不定，真的只是一点小事。”

“当然没关系，请问是什么事呢？”

“那时我跟真实一起去小杉购物中心看电影，看完后去喝茶，碰巧在那里遇到真实的朋友。不是男生，是女生朋友。对方和丈夫两个人一起，好像怀孕了吧，肚子很大。”

“是。”

“那个女生叫住真实，两人说了一些‘好久不见’‘最近都在干什么’之类的话。我还记得对方看了看我，问真实我是她男朋友吗，真实说不是，只是认识的人。”

“然后啊，”金居继续说，“那个女生和她丈夫离开后，我问真实那人是她朋友吗，真实却说是朋友，但不是很喜欢的朋友。还记得当时我对这答案感到很意外。”

金居眼中流露困惑的神色。

“在那之前，我跟真实在一起时一直觉得她是个乖乖女，没想到她会这样说自己的朋友。我和真实那时几乎可以说是不熟，她却对我说得这么直白，这让我吓了一跳。”

感觉得出和真实的这番对话，让金居对真实的好感打了折扣。

连这种程度都无法接受，可见这个人纯良的程度。不过，架对这样的他颇有好感。反观自己早已习惯学生时代至今那些女性友人的口无遮拦，金居纯朴的反应不由得令架莞尔。

话说回来，得知真实曾说出那种话，架本身也不太能接受这件事。不是说不能有讨厌的朋友，只是毫不掩饰地对约会对象说出这种话，这实在不像真实的作风。

“若说还有印象的，大概就是这件事了吧，”金居的语气充满歉意，“没帮上忙真不好意思。”

“您说的小杉购物中心，是这附近那家购物商场吗？”

“对，那是一间很大的购物商场，里面还有电影院，我家出门购物时大概都去那里。”

金居总算露出安心的表情。

“今天也是，其实我老婆带小孩去那边买东西了。那里的儿童商品也很齐全。”

“您和尊夫人也是在小野里夫人那里认识的吗？”

和真实的相亲失败后，小野里是否又介绍了其他对象给他呢？架这么问，金居却摇摇头。

“不是的，后来我就没在小野里夫人那里认识其他人了。不过，也可以说是真实的事推了我一把。”

“推了你一把？”

“对啊。在那之前我从来没考虑过结婚，当然总有一天一定是会结的，只是没有具体思考过。可是，被真实拒绝后，我才发现自己得积极一点才行。像是公家机关主办的青年联谊或市政府主办的婚活派对之类的，过去我从来不感兴趣，那之后才开始积极参加，因此认识了我太太。”

各地的地方政府现在积极推动青年联谊的事，架也听说过。

公家机关主办的青年联谊，架在刚开始婚活时参加过几次。参加人数虽然多，但也因此无法深入交谈，架自己在那里认识的人都没有进一步交往。金居能在那种地方找到终身伴侣，只能说是奇迹了吧。

“您参加过很多次吗？”

“咦？”

“婚活派对啊，青年联谊之类的活动。”

架忍不住这么问。出乎意料的是，金居回答说次数不多。

“青年联谊和婚活派对各参加一次。和我老婆是通过婚活派对认识的，不过，活动当天我根本没看到她。”

“没看到她？”

“我参加的那场婚活派对，主办单位制作了参加者名册。因为当天人数众多，无法和每个人说上话，所以就制作了类似介绍所有参加者的名册发给大家。里面有照片和履历等等。”

“是噢！”

架忍不住发出惊呼。在这越来越注重个人信息的时代，这种少根筋的做法还真是罕见。话说回来，事前应该取得参加者的同意才是。反过来说，现代人的婚活之所以觉得束手束脚，或许正是太遵守这种时代礼仪的缘故。

金居微笑着说：“我回家后根本忘了这名册的存在，是我老婆参加完活动后，回家重新看了名册才注意到我。她说当时心想，原来还有这个人啊，对我很好奇，就联系了主办单位，问是否能跟我取得联系。”

“好厉害！”

架再度发出惊呼。正因为自己也参加过婚活，知道这种行动力有多难得。这才真是值得赞赏的行为。

金居既难为情又喜滋滋地继续说:“她和我取得联系后，我们决定两人单独见面，一开始就很谈得来。我心想，啊，这个女生很不错，所以就主动向她提出以结婚为前提进行交往的请求。”

金居越说越难为情，再次浮现那个尴尬的羞赧表情，即便如此，仍难掩声音里的炫耀语气。

“正好那时候，我因为工作关系必须换部门。要是换了部门，可能得调到外县市，因为公司在新潟和长野都有工厂。所以，我想在那之前和她正式展开交往，就提出了那样的请求，结果……”

“是。”

“结果她很爽快地说，要是以结婚为前提交往，最后还是分手，两人年纪也都不小了，到时岂不是更难受吗？我喜欢金居先生，金居先生也想结婚，与其交往，不如干脆结婚吧。”

架倒抽了一口气。

这次连“好厉害”三个字都说不出口了，感受到言语无法形容的震撼，脑中浮现的，依然是小野里夫人说的话。

当架问她，“婚活顺利的人和不顺利的人有什么差别”时，她是这么回答的。

“婚活顺利的人，都是知道自己想要什么的人。也是看得到自己今后生活愿景的人。”

金居的太太正是这样的人。

后来嫁给金居的这位女性，当时就看到了自己未来生活的愿景。

同时，架也这么想——在现年三十九岁，已经知道婚活是怎么一回事的自己眼中，金居太太真的值得尊敬。但要是更早以前，比方说，还在和亚优交往时三十二岁的自己，若是听到金居太太这番话，又会怎么想呢？或许会用“女人真可怕”来形容她的积极态度吧。过去的自己就是如此傲慢，竟然认为自己有资格使用这种词汇形容对结婚采取积极行动的女人。

当时的金居不晓得几岁呢？但是，和年龄无关，以他的个性，即使听到女人说这样的话，一定也不会做负面解释。

无论学历或工作经历，金居作为结婚对象的条件绝对不差，甚至应该算是好的。但是，他口中的“像我这种人”也不是故作谦逊之词。他总是不过度评价自己，当别人对自己示好时，也懂得心怀感激。世上就是有他这种人。和当时无法把亚优视为独一无二的架不同，金居懂得珍惜眼前的对象，怀着感恩的心情视对方为自己的唯一。在评价对方时，用的不是自己强项的高标准，反而是用最低的标准衡量对方。现在架已经很明白，在婚活中顺利找到对象的，都是能做到这点的人。

所谓“找到对的人”，或许应该是这样才对。

正因为把对方的价值想得比自己高，才能对对方的话语及心意心存感激。此时的架很难不想起过去的自己，那个不懂感恩的自己。

“我大受感动，所以主动向她正式求婚，告诉她如果是这样的话，我也希望能和她结婚。只是，万一我真的换部门，可能得离开群马，她也有她的工作，之前也是考虑到这点才没有求婚。结果她说‘我愿意’。”

“夫人那时几岁啊？”

架挣扎许久，终于把这问题问出口。金居看着他说：

“应该是二十六吧？她小我六岁。”

这么算来，当时的金居是三十二岁。金居的妻子小他六岁——这件事也令架大受打击，亚优最早对架提起结婚的事时，彼此正好就是那个年纪。

为什么呢？架百思不得其解。

为什么看得见人生愿景的他们，在那么年轻时就能把结婚的事放在脑中，主动寻找对象呢？既不是被父母催促，也不是看到身边的人纷纷结婚的缘故。为什么他们懂得**在该着急的时候好好着急**呢。他们和我们——和我及真实有什么不同？

有人教过他们应该那么做吗？

“那哪是别人教了就会懂的东西。”

架想起最近好像听谁这么说过。聊到恶意和心机要怎么学会时，真实的姐姐希实这么说过。那种事必须靠亲身体验才能从中领悟。

从某种意义上来说，或许希实说的没错。人生的愿景自己如果不动脑想，肯定无法看见。不过，有些人就算看不见，也能在父母安排或随波逐流中过日子就是了。

“婚礼办得挺仓促的。”

金居接着说。一边说话一边找间隙进食的他，已经把自己那份意大利面吃光了。相较之下，几乎只负责听的架却还剩下超过一半。

“隔年，我真的被调到长野的工厂，所以在那之前，我们先在老家办了正式婚礼。”

“太太把工作辞掉了吗？”

“她原本在信用金库上班，那里的上司在婚宴上致词时还酸了我几句，说她好不容易工作都上手了，眼看就要出人头地却被我娶走，给公司造成严重的损失。”

这么说来，她不是约聘人员，而是正职员工啰。能在乡下地方的信用金库找到正职是多么不简单的一件事，连架也想象得到。虽说婚礼上的致词多少有点夸大其词，无法确定她是否真的那么优秀。但是，能让上司在公众场合说出这种话，至少可以肯定她深受上司和同事信赖。

那是真实身边不曾发生的事。

不是推荐就职，就是靠人介绍，顺水推舟地靠父母找到工作，连结婚对象都靠父母帮忙找。和真实的状况不同，像金居妻子这样的例子，架在自己身边看过许多。架能清楚感觉到，金居的妻子参加婚活是出于自己的意愿，后来更主动争取和金居认识的机会。

架一直认为真实在群马的婚活和自己在东京的婚活不一样。现在看来，这或许不是群马与东京的差异。毕竟金居的妻子无论婚活与就职，都和生活在大都会的架身边的人类似。

“其实我们结婚后，就这样在长野住了好一段时间，回前桥才不到两年。所以，这段时间这边发生的事我真的完全不知道，真实的事也想不出有什么可能的线索。”

“我明白了。”

架点点头。和金居这番谈话下来，架渐渐感觉到自己找错人了，今天等于是浪费了他的时间，这令架坐立不安起来。小野里说的没错，金居和真实一点关系也没有。他活在与真实和架不同的世界，过着自己的生活。

“今天真的非常不好意思，耽误了您的时间。”

架这么道歉，金居便急忙挥着手说：“不会不会。”接着，他瞄了一眼架的表情。

“这么说来，您应该不会再怀疑我了吧？知道我不是真实的跟踪狂……”

“当然当然，刚才也说过，我打从一开始就不是抱着怀疑的想法跟您联系。真的非常抱歉。”

“不会，只要您能理解就好……啊，真是太好了。”

金居打从心底松了一口气，从他说的每一句话都能听出他为人善良。他的正直和给人的好感，不知为何也刺激着架，令架无地自容。这不是金居的问题，是架自己的问题。正因自己没能拥有金居的那份正直，才会产生自我厌恶的心情。

架的意大利面盘子里，最旁边的芝士已经开始变硬。冷掉的意大利面几乎吃不出味道。

说服客气推辞的金居，架伸手拿起账单，打算支付两人份的餐费。站在收银台边排队等结账时，金居朝玻璃门外望去，“啊”了一声。

午餐时间已过，店内不再人声鼎沸。金居视线前方是玻璃门外宽敞的停车场，里面停的车也比刚到时少很多了。一位带着两个小孩的女性站在那里，大的孩子大约四五岁，小的差不多两岁。

那是一位身材纤瘦，个子不高的美女。穿着宽松的棉质上衣和长裙，给人稍嫌稚嫩的印象。不过，若想成是带着两个小孩的母亲，这点倒也不明显了。两个孩子站在她身旁，对店内用力挥手。

金居也朝门外挥手。

“是我老婆和小孩。真是的，都说好我会去购物中心接他们的，真拿她没办法。不好意思啊。”

“两个都是男孩吗？好活泼。”

“第三个是女儿，预产期在夏天。哎呀，养小孩不容易啊。”

经他这么一说，架才仔细打量金居的妻子，相对于纤细的四肢，肚子确实有点大。会穿那么宽松的衣服，大概也是怀孕的缘故吧。金居太太似乎察觉了架的视线，朝这边点头致意。架也点头回应，对金居说：

“您快过去吧，这里我来就好。”

“咦？”

“我来结账就好，您先请吧。今天真的非常感谢您。”

“这样啊？不好意思啊，那就恭敬不如从命了。”

金居一脸抱歉地说“多谢招待”，然后望向架。

“希望能快点找到真实。”

“谢谢您。”

金居朝店外走去。门上的铜铃发出丁零丁零的清脆声响。同时响起的是孩子们喊爸爸的声音。架转头一看，他们面前正好停着看似金居妻子驾驶的小型车。车牌上镶着的应该是孩子们喜欢的迪士尼造型外框。

不经意感觉到视线，架转移目光，金居的妻子正看着自己。

站在抱起孩子的丈夫身边，她紧盯着架的脸，像是想确认什么。

时间大概不到五秒吧。一瞬间，就只是短短一瞬间，她的眼底似乎浮现嘲弄的目光——这应该不是架的错觉。

拿着账单的右手手指微微弯起，强忍视线不再朝金居父子望去，架转向眼前的收银台。

金居的妻子——她大概是为了看架一眼，才特地开车过来接丈夫的吧。和今天早上为了见金居而特地选择有领子的外套，打算一较长短的架怀有相同的心情。不过，她较劲的对象不是架，而是架身后那个过去曾经甩掉丈夫的女人——真实。

她无法不来看架一眼，通过这一眼确认现在自己的幸福。架的心情虽然复杂，但不是不能理解她的想法。

她那位豪爽的丈夫，可能根本没有察觉刚才那一眼。对她来说，恐怕这样就够了。一顿饭下来，架只有徒劳无功的感受。

感觉好累。面对金居太太嘲弄的视线，与其说是不愉快，愧疚的心情反而更强烈。很想告诉她，你不用这么剑拔弩张也没关系的——反倒是架自己，陷入输给了她的自虐情绪之中。

结完账，走到停车场，已经不见金居一家人的身影。

回到车上，原本打算立刻回东京，却不由自主打开导航搜寻。输入“小杉购物中心”，立刻出现位于前桥的地址，选定地点后按下，显示距离这里只要十分钟车程。

不知道自己为什么想这么做，回过神时，已经驱车前往小杉购物中心了。

正如金居所言，小杉购物中心是一间很大的购物商场。在写着

“KOSUGI”（小杉）的大广告牌下，还有大小差不多的优衣库、星巴克及电影院等招牌。开到附近一看，架就有点后悔了。开不进停车场的车沿着建筑物排成一圈，占满了一条车道。该不该进去呢？架犹豫了一会儿，反正也没其他事好做，就跟着其他车一起排队吧。

以停车场为目的地，车阵缓缓前进。朝车窗外望去，可以看见停车场入口和购物中心入口附近的情形。排在这里的大多是小型车或可以容纳多人的家庭式厢型车。看到和金居太太车上一样的迪士尼造型车牌框，那一瞬间他差点以为他们还在，不过不是。仔细一看，停车场内还有许多和金居太太的车类似的小型车，这样的车在这里一点也不稀奇。

不是为了做什么才来这里。架等了大约十分钟，终于将车停在离购物中心建筑相当远的地方，走进购物中心内。一走进去才想到，现在是星期天的下午啊，果然很有星期天下午的感觉。

购物中心到处都是携家带眷的人，气氛热闹。

这一带的居民不管是购物还是看电影都来这里。

换句话说，约会应该也是来这里了。然而，环顾整个商场，却很少看见年轻情侣。有夫妻，也有看似高中生或大学生的清纯小情侣，却几乎没看到类似当年一起来的金居与真实的相亲男女，或跟还在进行婚活时的架差不多年纪的情侣。书店也好，美食区也好，星巴克也好，就算一时之间看到男女成对的组合，随他们的视线望去总会看到跌跌撞撞的小孩，或是看到女方包包上挂着孕妇的识别牌。或许因为带着这种目的寻找，架总觉得这里怀孕女性和贴心陪在身边的男性组合特别多。

相亲的人都在哪里呢？

感觉就像这栋购物中心硬性规定大家在经历童年时代与学生时代后，都得毫无异议在此组建家庭似的。仿佛一种无言的压力。真实就是在这样的土地上生活到三十出头的吗？

既没有想买的东西，也没有想做的事，只是随意漫步商场中。女性服饰橱窗展示的衣服，和真实常穿的风格类似。差不多每两间店就会有一间摆出跟金居太太身上那条长裙类似的裙子。换句话说，就是没有什么特色。几乎毫无特色可言的服饰卖场，也不是品位低俗，就只是没特色。

架想起金居身上那条看似穿了很久，裤袋都破了的牛仔裤。金居再怎么说也称不上有时尚品位，甚至在某些女性眼中，应该是会觉得老土而不想接近的类型。然而，这样的他在回到妻儿身边时，他们看起来是非常协调的一家人。

这座购物中心里充满许多像金居家一样的家庭。在这群人之中，架找了条长椅坐下。

旁边就是手扶电梯。那里既不会出现真实的跟踪狂，也看不到真实或她过去和金居一起来时遇见的“不太喜欢的朋友”。明知如此，架还是注视着不断循环的电梯输送带。

乡下地方的大型购物中心也好，里面贩售的衣服也好，穿着那些毫无特色衣服的一家人也好，吵闹的小孩子也好，这一切对过去的架来说，或许都是想敬而远之的事物。他也可能认为这一切与自己一点关系都没有，丝毫不放在心上。

但是，现在的架不这么想了。

现在的他想的是——好想和真实一起来。

好想和你一起融入这些毫无特色、携家带眷的人群中。

不知道在那里坐了多久。

拿起手机查看，大原不知何时发来了短信。内容是对架的担心，也不落痕迹地询问找寻真实的进展如何。是一条非常体贴的短信。

另外有一条语音留言。不是电子邮件也不是 LINE（通信软件），而是语音留言，在这时代可以说是挺罕见的事。说不定是真实打来的，架不由得暗自期待。不过，打开一听，原来是麻布的婚宴会场米朗洁花园。

对方表示，关于婚礼和婚宴的预约，希望能尽快回复确认。架深深叹了一口气，无言地把手机从耳边拿开。

真实失踪至今已经快两个月了。

距离九月的婚宴还有半年。婚宴场地的预约要不要取消，架还没找任何人商量过。距离婚宴日期三个月内取消的话就要扣百分之二十的违约金。这个期限渐渐逼近了。

预计举行婚礼和婚宴的日期及场地，架与真实皆已告知双方父母。要是没找到真实，当然不可能举行婚礼。然而，如果现在取消预约，不就等于承认真实不会在那之前回来了吗？这点架无论如何都不想接受。

万一正如希实所说，真实和跟踪狂离开是出于她自己的意愿，那么就算她人回来了，或许还是无法举行婚礼。自己可能只是紧抓着渺茫的希望不放罢了。

提不起劲回电给婚宴场地。就这样，他终于能够承认。

“终于能够承认”的心情涌现。

真实失踪那天，架内心浮现的第一个念头。

这件事至今没有告诉过任何人。

“又要从头来过了吗？”他情不自禁地浮现了这样的念头。

真实失踪，去报警，正式确定她下落不明的那一刻，这就是架心头涌现的真实感想。

大原不也说过吗——明明好不容易才下定决心的啊。

这句话正确得可悲，就算粉身碎骨也无法否认。和亚优分手后，先是一直忘不了她，之后又经历了痛苦的婚活过程，终于说服自己和真实交往，但交往两年还是无法下定决心结婚。像金居太太那样跳过交往过程直接结婚成为家人的事，架连想都没想过。他甚至还想出结婚前先尝试同居的方法，多设定了一段悬在半空不上不下的时间，就是无法下定决心。

然而，发生跟踪狂的事后，架第一次产生想保护她的心情，无法放她孤单一个人。好不容易想跟真实结婚了，好不容易能够这么想了。

事到如今终于能够承认，之所以能下定决心，是因为自己也想和购物中心里这许多家庭拥有一样的幸福，想和真实成为那样的一家人。

一念至此，心就猛烈地发抖。为什么会发抖也不知道。年近四十的大男人了，真是窝囊——尽管这么告诉自己，喉头还是涌上一团热气，险些发出声音。在流泪之前先哭出声音，这种哭法架第一次经历。用手捂住眼睛，不想被任何人看见。

真实失踪那天，架最先浮现的想法不是担心真实的安危，也不是无法原谅跟踪狂。仓皇中，他第一个想到的是自己。

又要从头来过了吗?

好不容易才找到真实这个对象，认为自己能和这女孩共同组建家庭，又得再度失去了吗?

为了找寻新的对象，又要再次投入看不到尽头的婚活，从头开始找起，重复那些一来一往的过程了吗？光想就害怕。一方面担心真实，一方面无法直视自己的孤独与不安。

究竟是为了什么寻找真实的下落？说不定不是为了真实，而是为了自己。

喜欢一个人明明是一件单纯的事，为什么这么为难。好不容易喜欢上了，如果不执着于这段情感上，实在不认为自己找得到下一个人，所以才会这样搜寻真实的下落吧。人说恋爱的本质应是喜悦与欢乐，为什么自己却这么痛苦，只觉得内心受到折磨?

眼前的手扶电梯不断转动，承载了那么多人，自己在寻找的那唯一仅有的人却不在这里。明明不可能出现在这里，架却无法离开长椅，只是不断眺望电梯输送带。仿佛在此等待真实如奇迹一般出现。

第五章

真实过去工作的群马县政府是一栋气派的建筑。

高高耸立的县府大楼隔壁是另一栋近代化的县议会议事堂建筑，旁边的停车场不时有汽车忙碌地驶进驶出。隔着一条宽敞道路的另一侧则有另一块地，上面矗立几栋宛如电影布景般的复古建筑。那些应该也是公家机关吧。想来，与县政府相关的行政机构大概都聚集在这一带。

三十三层楼高的县政府大楼最上层似乎有个瞭望台，游览车的随车导游高举与公家行政机关氛围格格不入的旗子，正带领一群观光客朝电梯方向走去。架听到观光客里有人说汉语，没想到这种地方也会有外国观光客，不免有些吃惊。

正逢午休时间，从县政府出来用餐的员工也不少，人人行色匆匆。

混在分成几组等待电梯的团体观光客之间，架也乘上了电梯。瞭望台楼下那一层好像有餐厅，不少人是要乘电梯去那里。

瞭望台很大。

在瞭望台上漫无目的地走动，走到最近的窗边一看，底下有一条河流过。还看得见一处占地很广的公园。

公园里樱花绽放。

平常很少注意到的樱花树，只有在花季盛开时才突然释放存在感。现在的架即使看到花开也不太雀跃，因为这只提醒了他，真实失踪的冬天已经过去，下一个季节来临了。他在内心隐约想着，原来这里的樱花开得比东京迟啊。赏花季节的公园果然拥挤，连从这边看过去都能感受到赏花人群的活力。

看着下方发呆时，背后传来打招呼的声音。

“是西泽先生吗？”

听到一个细细的声音以不太确信的语气叫自己的名字，架回头一看，眼前站着一位女性。

“是的。”注视着眼前的女性，架轻轻吸了一口气。

“是有阪小姐吗？”

“我是。”

她这才松了一口气似的点点头。

“不好意思，劳烦您到这种地方来，还连时间都配合我。”

“别这么说，是我先拜托您的，我的工作时间比较自由，所以请别介意。”

“原本是想跟您约下班后的时间，可是我孩子还小，下班后得马上去幼儿园接小孩，真是不好意思。”

架听说有阪惠和真实同年，外表看起来却像大真实好几岁。脸上化着很淡的淡妆，穿的是色彩单调的衣服。布料光泽的白色衬衫外披着深蓝色的羊毛衫，下半身搭配细条纹的深蓝西装裤。乍看之下以为是制服，想想应该是特地选了看起来像制服的服装。发型也很朴素，只用素色发夹束起马尾而已。

这位女性在真实过去工作的县政府上班。是希实查到并联系上她，再介绍给架的。她同时也是真实的初中同学。

架对她深深低下头。

“我才不好意思，您有小孩一定很忙，还抽时间跟我见面，真是抱歉。”

“现在是午休时间，没问题的。我也跟办公室同事说好等一下可能会晚一点回去。”

真实也是给人沉稳印象的女人，眼前的有阪惠更是加倍稳重，或许是因为有家庭的缘故。“我们坐下来聊吧。”在她的催促下，两人在瞭望台找了张长椅坐下。

大多数观光客都站在窗边瞭望景色，没有人坐在椅子上。

“那条河是利根川吗？”架这么问，惠点点头。

“是的。有时下过雨后水量暴增，从这里看过去还会觉得可怕。还有，那边是赤城山。从这边看的话是利根川看得比较清楚，如果想看山，就要从相反方向看。”

架只听过利根川，对赤城山这名字就感到陌生了。虽然陌生，但也只能说“这座山很美呢”。听架这么一说，惠再度点头。

“赤城山、榛名山和妙义山，这三座山在我们这边是小学运动会时分组用的名字。东京的学校可能都分成白队和红队吧，我们这里则是叫赤城团、妙义团，等等。”

一边以有些急促的语气说明，惠一边朝山的方向望去。接着又说：

“其实昭和厅舍楼下有咖啡店，约在那里的话至少可以喝个茶。只是很多县政府员工这个时段都会在那边休息，只好跟您约在这里，连杯茶也没法招待，早知道我应该买点什么带来才对。”

“没关系，请别介意。”

“瞭望台观光客多，员工倒是不太会来。我平常也几乎不来这里。其实景色很美，不来才是可惜。”

她口中的“昭和厅舍”应该就是旁边那些具有复古氛围的建筑物了吧。心想差不多该言归正传，架坐直身体，她果然开口问：

“听说真实失踪了，是真的吗？”

惠压低了声音。架点头说“是”。想来，希实已经把大致的情形跟她说过了。

惠倒抽了一口气，低呼“真不敢相信”，声音低得有如喃喃自语。架问：

“您最近有和真实联系吗？”

“联系得不是很勤……但我知道她要和西泽先生结婚的事。没记错的话，婚礼预计九月举行吧？真实说要在东京办，还邀请我去参加。”

惠小心翼翼地看着架，那视线令他如坐针毡。架强装平静再问：

“她大概是几月跟您联系的呢？”

“大概是一月中旬。她说已经辞掉当时的工作，结婚前还有一点自由时间，回前桥时再约我见面。”

这么说来，她们的联系就真的是真实失踪前不久的事了。惠抬起头，看着架的脸：

“我也常听她说起西泽先生。结婚的事，她非常开心——到底发生了什么事？虽然从希实姐那里听说了，我还是不敢相信。”

“她遇上了跟踪狂。”

架这么一说，惠的表情顿时变得僵硬。她以生硬的语气说“我听说了”。架继续说：

“我没有见过那个跟踪狂，所以不知道是哪里的什么人，不过真实说过是在群马时认识的。她现在很可能跟那个跟踪狂在一起。”

“平安无事吗？”惠的声音听起来像被冻住一般僵硬。

“我不知道。”架这么回答，也只能这么回答，这事实令他心痛。“警方说除非知道对方是谁，否则不会采取行动。”

架凝视着惠。

“我猜想跟踪狂应该是她在这边认识的人。真实不是忽然辞掉工作独自搬到东京居住吗？说不定是为了从那男人身边逃离。我认为，她在这里工作时可能发生过什么事。”

“真实忽然辞职时，我也吓了一跳。更何况，如果是在这边一个人搬出来住也就算了，竟然还搬到东京去。”

“关于那么做的原因，她有提过什么吗？”

“感觉不像有什么特别原因。真要说的话，都是些正面积极的理由。像是我也差不多该自立了，人家不是说三十而立吗之类的。”

“三十……？”

“人一过三十岁就会自然产生这种心境吧。实际上她搬出去时可能是三十一或三十二岁，但或许在那之前就一直有这想法了。我还以为她是在东京找到正职工作了呢。”

三十而立啊——轻易就能想象真实以谦虚的口吻说这句话的样子。架又开口：

“想请教一个问题。请问，县政府的临时员工是能长期任职的吗？可以待好几年？”

“啊，可能是‘临时’两个字听起来像短期工作，其实很多人都做很久。虽然是一年一签的约聘，只要跟职场上的人互相信赖就能每年续约。真实过去是这样，我也是。”

希实联系架的时候说，有个真实的初中同班同学也在县政府工作，可以介绍给架认识。当时她也提到对方和真实一样，都是县政府的临时员工。

“我因为生小孩的关系离职过一次，现在孩子状况比较稳定了，所以又回来当临时员工。”

“原来还可以这样啊。”

“大概是因为我原本就在这里工作，主管信任我的经验吧。说来也很感恩。”

“您初中和真实同班对吧？”

“对啊，不过毕业后就没有联系了。在这里遇到时我们都很惊讶，直说世界真小。”

惠继续说：“其实我们录取的部门不同，那时是碰巧遇到。真实还在这里工作的时候，我们常一起吃午餐，晚上也常一起去喝两杯。”

惠轻轻吸口气。

“我想，真实对异性应该不算太积极，甚至可以说不太急。”

“……我想也是。”

架根据自己的印象，情不自禁这么说了，惠这时才第一次露出微笑。

“这样说吧，她对联谊之类的事好像不太习惯。县政府组织庞大，我也曾被拜托过主办联谊聚餐之类的事，原本以为她一定会参加，真实却说‘这种活动，我还是算了’，让我挺意外的。心想她又没有男朋友，为什么不参加。所以我就跟她说，参加这种活动也算是经营人际关系，还是邀请了她，她就回答‘我不适合这种事，看到像我这样的人在场，参加的男生也会失望吧’。”

“她竟然这么说吗？”

这种说法未免把自己贬得太低了吧。惠苦笑着说：

“尤其一开始的时候特别明显。我想她是个性太老实了。工作一阵子之后，渐渐也灵活了，做人才圆滑了点。不过我猜，学生时代的她对异性应该也不太积极。”

“你们不聊异性的话题吗？”

“会聊啊——真实她不是去相亲了吗？”

因为不确定架知道多少，惠小心翼翼地试探，刻意用轻松的语气这么说。架点点头说："这事我听她爸妈说了。"

"她会找我商量相亲对象的事，像是'最近跟这个人见面了，你觉得如何？'之类的。"

"具体来说，她都说些什么？"

"都不是什么好听的话。像是来相亲的人第一次见面就像小孩子一样戴顶棒球帽，牛仔裤口袋里的钱包还连着别在裤腰上的链子，总觉得这种家伙不怎样……大概都是这类的话。"

这说的应该是金居吧。虽然不确定是不是和架见面时戴的那一顶，一听到戴棒球帽，架脑中就浮现金居的样子。

"真实还说对方品位低得难以置信，身上穿的棉质上衣图案很奇怪，为什么不穿素色的，不然就穿优衣库也可以。偏偏他好像有什么奇怪的讲究，这点也让真实看不顺眼。她还说，听说对方是个工程师，但完全看不出来，应该和自己合不来吧。"

架也知道女人在批评不在场的人时能把话说得多不留情面，只是没想到，原来真实也不例外。

说了一长串的惠，此时才露出有点不好意思的表情，可能觉得自己太多嘴了。

"另外一个是看了照片觉得不错，见面才发现对方是完全说不上话的类型，真实也很遗憾的样子。"

"这是第二个相亲对象吗？"

"应该是。真实总共跟几个人相亲过？"

"据我所知，是两个人。"

"那应该是了。"

“完全说不上话的类型是什么状况？”

“听说聊天完全无法进行。该说对方是怕生吗？不管真实说什么，他只回答一两句，然后聊天就此结束。对方不主动提问，也不会自己制造话题。即使如此，他还是表示想继续见面，让真实很傻眼。”

“这样啊……”

听到这个，架知道自己内心松了一口气。虽然真实对那个男人没有好评，但毕竟当初是她先看上对方的长相，主动选择了第二个相亲对象，架一直把对方视为假想敌。不得不承认，架一直想这么说服自己——就算真实现在跟这个人在一起，一定也不是出于她自己的意愿。

“没记错的话，这第二个相亲对象好像是高崎人？”架问。

惠接着说：“对，记得她也说过，这也是一开始会选择他的原因之一。真实说自己从出生到成长都没离开过前桥，找个高崎人也不错。”

“有那么不一样吗？”

老实说，对架而言根本不明白哪里不同。不管是前桥或高崎，不都在群马县内吗？

这么一问，惠就笑了。

“是啊。相较起来，前桥这边有县政府和大学，城市的氛围比较死板；高崎那里有新干线通过，给人商业城市的印象。两地的人也都视彼此为对手，甚至可以在县内的书店找到《前桥对上高崎》之类的书呢。”

就算内心寻求改变，结婚对象还是只考虑住在同一个县的人，这挺像真实会做的事。不过，与其说是架认识的真实，更像她父母及姐姐口中的真实。希冀生活能有某种改变，想脱离父母的干预，寻求自由，却又害怕离家太远，所以就算要结婚，最好还是找同县的人。

正因如此，架重新意识到，这样的真实会说出想自己一个人生活，搬到遥远的东京，对她而言必定下了很大的决心。

惠拉回话题。

“我想，真实的相亲应该不太顺利。对方似乎很满意真实，但按照真实的说法，和对方就是名副其实的‘没话聊’。”

“这样啊……”

架一边点着头，一边感觉胃底隐隐抽痛。

想起那个性格豪爽，令架留下好感的金居带着妻子离开时的身影，以及金居太太凝视自己时那抹嘲弄的视线。

“没话聊”的人们。

真实或许真的对眼前的女性友人这么说了。嫌相亲对象服装品位差，社交能力弱，连话都谈不来。说她无法想象自己跟那种人结婚。

但是，事实是有别的女性选择了那样的金居，认为他条件好，想成为他的妻子。比真实年轻、有行动力，在职场上深受上司青睐的女性，人家可是选择了金居。

真实或许没有好好把对方看在眼里。

尽管遗憾，架仍没法不这么想。只因为对方打扮老土，光凭这一点就认定对方不适合自己，认定自己和对方没话聊。都已经这么认定了，要她再进一步去看对方的优点，恐怕打从一开始就是不可能的事。不去看对方的优点，而是拼命找寻可以用来拒绝对方的缺点，找出说服自己不选择对方的原因——架在自己的婚活过程中也常这么做。现在的他已经非常清楚这有多傲慢，然而，假设今后架要再次参加婚活，他也不敢保证自己会不会重蹈覆辙。

缺乏恋爱经验与人生经验的真实，追求的到底是什么样的结婚对象？

为什么经过那段婚活后，真实选择了架？

“我虽然没见过对方，但也觉得真实在相亲时遇到的人确实很有可能是跟踪狂。”

“真实当时还有提过关于其他男人的事吗？”

如果是相亲的对象，架也调查过了。可是，按照真实的说法，跟踪狂是她还在群马时曾追求但遭她拒绝的人。

“除了相亲之外，比方说，职场上有没有人向她告白，但被她拒绝了。真实提过类似这样的事吗？”

“或许有吧，我不确定……真实跟我聊到恋爱话题时，其实不太提及特定对象。包括相亲的事在内，她更常挂在嘴上的是‘都遇不到好对象’，她烦恼的主要是‘要去哪里才能找到好对象’。”

“她也常这样问我，”惠又苦笑着说，“她总是说，好羡慕小惠跟先生是自由恋爱。身边虽然很多朋友说结了婚就失去自由，小惠家倒是没这方面的问题。被她这么说，我也不知道该怎么回应。”

“有阪小姐很早就结婚了吗？”

“也不知道这样算不算早……”惠露出难为情的微笑，“我刚才也提到，是在跟县政府其他部门共同举行的聚餐上认识了我先生，二十五岁时结婚的，应该和一般人差不多吧。真实也来参加过婚礼，婚宴就在那边举行。”

惠站起来，朝窗外指去。架跟着起身，顺着她手指的方向望去，看见一栋像是饭店的建筑物。旁边还有一栋看似教堂的圆屋顶建筑，大概是这一带的老字号饭店吧。

架不经意间想起真实读的女子大学推荐就职的事，接受推荐找到工作的女孩，进入职场后就成为同事的“最佳媳妇候选人”。县政府正职员工和来当临时员工的年轻女性结婚，或许也是类似的状况。惠在生完小孩后还能回到原本的职场工作，和他先生是县政府正职员工应该不无关系。

架想起希实的话。

“结论不就变成真实结不了婚的原因只是因为她不受异性欢迎吗？既然同样环境的女孩都能结婚，剩下的原因就只有真实魅力不足了。”

惠和丈夫的相遇在她那个年纪是顺理成章的事。反观真实，不习惯联谊之类的场合，因为害怕受伤，就先用“像我这种人”之类的话贬低自己，为的是做好被甩受伤时的心理准备。于是，这样的真实在那个年纪落后同龄女孩，无法像惠一样**遇到对的人**。

“我也鼓励她说，那些说自己结婚就失去自由的人，说不定结了婚都很幸福，也因此感到安心啊。对了，当时就是在瞭望台这里说的。”

“哎？”

“虽然我不常来，真实倒是偶尔会来这里想事情。只要有一点休息时间就会来，有一次我们碰巧在这里遇到，那时她也跟我商量了恋爱结婚的事。”

惠朝远方的山望去。她看的是刚才那三座山的哪一座，架分不出来。

“我也曾干脆跟她说，已婚的朋友们说结婚一点也不快乐，会失去自由什么的，这些话只是在体恤单身的朋友，其实没必要当真。因为我自己就是这样。”

惠唐突地这么说，眼神再次飘向窗外。

“结婚后固然少了自由，边养育小孩边工作也确实很辛苦，但生活因此稳定了啊。最重要的是，结婚虽然少了自由，有时这样反而轻松。和朋友的聚餐或自己的爱好，随着年龄增长往往无法持续。我先生在育儿和家务上算是愿意帮忙的，但这种话当着别人的面说有点难为情，有些人还会以为我在炫耀。有时是因为这样，我才故意说婚姻的坏话。”

她应该是个诚实的人吧。从她的语气里，架感受到不同于真实的认真。

瞭望台安静下来，刚才成群的观光客不知何时已离开，不见踪影。

“这种话我平常也不会说。但是，真实就是会把人家说的那些照单全收——人家都说结婚很辛苦，不结也不会怎么样吧。她未经深思就这样接受了。所以我才跟她说实话。”

真实的那股憨直，架也很清楚。正因为个性憨直，只要别人铺了路，她就会往上走。没有自我，无法自己决定。

“只因为相亲不顺，她就说‘我是不是欠缺喜欢人的情感’，我跟她说没这回事，要是来了个帅哥，你还不是马上喜欢上人家。她就笑着说‘好像是耶’。”

惠刻意瞥了架一眼。架不知该做何反应，只能回答“这样啊”。

“严格说起来，真实的相亲之所以不顺利，是因为她都在清库存商品的花车里找对象吧？我这么对她说了。清库存商品的花车里或许也有机会挖到宝，但你为何不去摆满正常标价的新商品的架上看看呢，想要的东西那边才是应有尽有，你应该过去看看才对。我这样跟她说。”

惠说得若无其事，架却听得差点喘不过气。默默望着她，惠依然满不在乎地继续：

“直接就走相亲路线，还不认识就两人单独见面，真实就是去了这种地方才会遇不到好对象。换作是她排斥的联谊聚餐，吃一顿饭能和好几个人交流，从交流中也可以看得出对方的待人接物，这样不是比较好吗？我是这样建议她啦。”

“真实怎么回答？”

“她说好啊，那我再去那种地方找找看。”

惠浑然不觉自己说的话有多残忍。老实说——别说当时的真实，眼前的架听了就先自尊受伤。

清库存商品的花车。

和卖新书或新专辑的地方不一样。

惠学生时代应该有几次恋爱经验，毕业后又自然遇见现在的对象并且顺利结婚，这样的她说那种话肯定没有恶意。但是她不明白，从以前就缺乏恋爱经验、无法采取行动的真实，其实也是花车上的库存商品之一。真实不是抱着好玩的心态跑来挑拣花车商品的顾客，她自己就是花车上的商品。

架也是。尽管年轻时有过在联谊中与异性交流的经验，也颇受异性欢迎，不是没有和异性交往过。但是曾几何时，情况已经不是那样了。

惠或许是抱着“我朋友才不是花车商品”的意思说这种话，她所谓的库存商品指的应该是真实相亲遇到的那些“没话聊的对象”。然而，看在旁观者眼中，真实就是库存商品之一。如果没有爸妈在后面推，她就无法前进。

架想起小野里夫人说“婚姻介绍所不该是最后的办法”。但是在惠的心目中，婚姻介绍所就是用来清库存的地方。正因世间多数人的想法都像她一样，小野里夫人才会如此愤慨。

惠抬起头，看着架说:“所以，听到她要跟西泽先生结婚的时候，我也很高兴。那时真实看起来好幸福，我想她去东京确实是正确的抉择。”

架默不作声，心情复杂。

站在人变少的瞭望台窗前，想象过去真实和惠站在这里的样子。比现在年轻、不成熟、幼稚的真实一边俯瞰下方，一边对朋友诉说恋爱烦恼的模样。

“她去东京前，跟几个初中同学最后约了见面。那时也不觉得她是为了什么事才要离开这里，感觉不到那种气氛。其中一个朋友开玩笑说‘别丢下我’，真实还笑着说‘抱歉抱歉’。”

“那个说‘别丢下我’的朋友，和真实特别要好吗？”

“嗯……不是特别常碰面，但应该算是吧，因为她高中也和真实同校，该怎么说呢，她们的小团体很团结。”

惠微微苦笑。

“你知道吗？真实她们高中的集体意识很强。”

“是香和女子高中吧？”

“通过大学的推荐就职名额，很多人毕业后又进了同个职场，从初中到高中都是死党的人，一直到走入社会后继续跟死党当同事，这样的例子很多。真实虽然不一样，但大家聚集在一起时，她们学校的人感情就是明显好。”

“别丢下我”这句话，是在什么情况下，怀着什么心情说出口的呢？

“那位朋友未婚吗？”

架忍不住这么问。惠的脸上瞬间露出失言的表情，一会儿之后才点头说“对”。语带犹豫，她又接着说：

“真实她啊……跟那个朋友道别后曾对我说‘她怎么毫不掩饰地讲出真心话，这样真的好吗？别听她好像在开玩笑，其实她是认真的吧……’这样讲或许不太好听，说这话时的真实显得很高兴。”

真实应该是沉浸在她小小世界里的优越感之中了吧。至少旁观者惠眼中是这么认为，架也很清楚这一点。惠又接着说：

“所以……我认为真实去东京，单纯只是为了追求生活中的期待或变化。不像是为了逃离跟踪狂或什么讨厌的人事物。”

“可以请问您一件事吗？”

架这么说，惠抬起头。架想起前阵子听说的事。

“听说真实和第一个相亲的对象去小杉购物中心看电影时，好像在那里遇到了朋友。那时那个朋友似乎正怀着身孕，和她先生走在一起。差不多是五六年前的事。那位朋友会不会是你们的共同友人？您想得到可能是谁吗？”

问这个并没有什么深意，只是真实在那个地方出现时的线索实在太少，便抱着姑且一试的念头提出来问问看。架继续说：

“对方问了她‘是你男朋友吗’，真实回答‘不是啦，只是认识的人’，大概是这样的对话。”

“会是谁呢？五六年前的话，那个时候生小孩的朋友会是谁呢……”

“真实好像说那是‘不太喜欢的朋友’。对几乎是初次见面的相亲对象说这种话，我总觉得不太像真实会做的事。”

架这么一说的瞬间，惠低声“啊”了一声，问架：“对方长得很可爱吗？”

“是不是有点艳丽的感觉，眼睛大大的……”

“我没有直接见到，细节就不清楚了。”

架制止想继续描述对方特征的惠。她才说：“可能是小泉。没记错的话，小泉那时正好要生第一个孩子，回娘家待产。”

“那位泉小姐，也和真实一样读香和女高吗？”

“不，小泉不是。初中虽然和我们同班，但她上的是和真实姐姐同一所高中，大学也在东京读。”

听到惠说出那所大学名称时，架有一点惊讶。是自己的母校。

“她结婚后，现在住在东京。听说原本在贸易公司工作，和先生结婚后就辞职了，那阵子回来应该是为了待产。”

“真实不喜欢那个朋友是吗？”

“该说是不喜欢吗……我只是想起以前也发生过类似的事。”

“类似的事？”

架这么一问，惠便露出有点为难的表情，像是不知道该从何说起，陷入短暂沉默的思考后，她才再次开口：

“有一次因为工作需要，我们借了县内某所短期大学当会场，在那边举行会议。虽然是其他部门主办的会议，我和真实都有一起去帮忙。那时，我们在大学附近的便利商店遇到小泉。那次小泉好像也是碰巧回娘家。”

“好久不见！咦？是小惠和真实？你们两个怎么会在一起？你们有这么要好吗？”

小泉这么问，两人回答“是工作”，还说了现在都在县政府工作的事。

当时，小泉说了一句话。她看着真实说：“对了，真实你好像也是这所学校的？”

惠说：“我想小泉那时根本没有认真听我们说话，才会没头没脑这么说。一开始我们也没听懂她的意思，真实还疑惑地‘嗯’了一声，然后我们就直接回会场帮忙了。等到会议接待的工作告一段落，真实才像突然想起来似的说——”

“仔细想想，刚才小泉是搞错了吧？她是不是以为我是从这所短期大学毕业的？”

“真实说这话的声音既沮丧又愤怒。”

“好不甘心。”

“我们一起工作那么久，我第一次从真实口中清楚地听到她说‘不甘心’，第一次看到她那么生气，所以有点吓到。小泉她……该怎么说呢，其实没什么心机，说那种话也没有恶意。真实根本不需要为了那种事跟自己过不去。我这样安慰了她好半天，她的情绪才平息下来。起初我也不懂为什么真实气成那样，过了一阵子才想通。对于自己从香和女子大学毕业这件事，真实比我想象的更自豪。”

“我想——或许正如你所说的。”

在这狭窄世界里的自豪，来自培育她成长的阳子的价值观。惠虽然没有说得很清楚，当时真实的反应，简单来说，就是“被瞧不起了”的情绪。

站在她的立场，一定会认为“我明明是从名门女子大学毕业的”。

于是，惠叹了口气，继续说：“可是……那些事对小泉而言根本微不足道。说实在的，那时真实一直放不下这件事，我对她也有点不耐烦了，所以就把话说得比较直白。”

“看在小泉眼中，地方上的女子大学和短期大学都差不多啦。”惠这么对真实说。

“小泉她以前就聪明，人长得可爱，又很用功，高中也进了将来有望考上东大的学校。我想她一定花了很多时间念书。站在这种同学的立场，不管我们这些人上的是哪所大学对她来说都没什么两样，因为一样不如她。”

惠说得满不在乎。正因她说得满不在乎，这话才更重重地刺进架的内心，在他心中回荡。

最重要的是——不久前的架也抱持同样想法。听到阳子炫耀真实读的是地方上名门女子大学时，架曾感到滑稽，认为那种价值观只适用于这个乡下地方。

“话是这么说，我自己读的也只是地方上的短期大学。”

惠再次苦笑。那不是讨人厌的笑容，反而看得出她某种程度已经看得很开。在这样的微笑下，她继续说：

“所以我就忍不住跟她说了。我说，在小泉眼中我们都一样，她对我们一点兴趣也没有，所以你也别那么在意了。”

感觉背脊微微发凉，架没有说话，继续听惠往下说。她轻轻叹了口气。

“我先生是群马大学毕业的，所以，只要和他的家人说起这个，我就会有一样的感觉。公公婆婆常会提到他们送儿子去上大学，是为了让他学习什么什么，换成是我家，我爸妈就算记得我上的是哪所大学，肯定也搞不清楚我读的什么系。对他们来说，重要的是供我上大学这件事，至于我在那里学到什么就不关他们的事了。现在我已经明白这一点。”

听着听着，架渐渐能体会真实当时的心情。

“才不一样。”她一定是这样想的。

尽管惠说“在小泉眼中我们都一样”，对真实来说，事情大概不是这样。她一定很焦虑，很想大喊“才不一样”。

惠之所以能这么豁达，怀着某种冷静的情绪认为“大家都一样”，恐怕是因为她已经结婚，拥有家庭的缘故。若是身边没有那位和自己成长于不同环境，拥有不同价值观，从地方上国立大学毕业的丈夫，她说不定也无法像今天这么豁达。

架试着想象。两件事确实有类似的地方。和金居一起去小杉购物中心的真实，被小泉这样的朋友问：“是你男朋友吗？”对真实来说，只不过是走在被自己批评为“品位差得难以置信”的男人身边才被这么问，她当然会回答“不是啦，只是认识的人”。

那时的真实有什么想法？好丢脸，他才不是我男朋友，才不是。

也可以这么解释吧——我的价格明明比这高多了。

然而，想起自己对金居的好印象、他待人的真诚以及和妻儿一起离去的背影，架还是会这么想。

在那个朋友眼中，原来都一样。

这不是帅不帅或有没有穿衣品位的问题，问题的层面不一样。跟丈夫走在一起，挺着大肚子的小泉打从一开始就对这些事毫无兴趣。她看真实的眼光，也不像真实以为的那么瞧不起人。对她来说事情很简单，她想问的只是真实和金居是“建立家庭的状态”还是“情侣状态”，如此而已。然而，正苦于婚活不顺利的真实却因为自我意识过剩而拘泥起那些小细节。

所以她就算投入婚活也结不了婚。

真实和架都一样。

架也已经察觉，那种从容是自己实际上还无法获得也看不到的境界。

架在婚活中苦于“遇不到对的人”，为这件事跟已婚友人咨询过好多次。每次他们都说“哪有什么对不对的人”。和这种感觉很像。

就是因为已经结婚了，他们才说得出这种话。他们对架说“我也不觉得自己遇到的就是对的人啊”。那你为什么要跟现在的对象结婚呢？要是这么问，他们大概回答不出来，顶多只能说“就是知道是她”吧。他们明明就是“遇到对的人”了却不承认，这令架羡慕不已，也感到自己无法融入大家。没办法在正确的时间“以自然的形式”遇到对的人，事到如今才开始婚活的自己因此痛苦不堪。

“在小泉那样的女生眼中，我们大家真的都一样啊。”

惠又强调了一次，耸肩苦笑。

“过了几年，我也碰巧在小杉购物中心的儿童游乐区遇到小泉。当时她对我说，小惠，你现在在市公所上班对吧。我说不是，我是在县政府。她只说咦，是吗？我只记得你是公务员——她好像连我是临时员工也不知道，我跟她说了老公也在县政府上班的事，她就说真好，夫妻工作都很稳定——明明就不是这样。”

惠望向窗外，视线前方是一个看似小型游乐园的地方。工作日白天园内也有游客，从瞭望台上就能看到几个家长正带着小孩搭乘电车造型的游乐设施。

“嘴上那么说，实际上她根本一点也不羡慕吧。我虽然没问小泉的先生从事什么行业，但感觉得出来，她应该认为公务员的工作虽然安定但很无趣。”

即使这么说，惠的语气听上去一点也不沉重。架有点讶异。

一定是自己明明是临时员工，却被泉当成正式公务员的缘故。当时惠应该因此觉得挺开心的吧，从她现在的话里清楚地听得出这一点。

在小泉眼中，大家都一样。

县政府也好，市公所也好，临时员工也好，正式公务员也好，短期大学毕业也好，地方上的名门女子大学毕业也好……

明知这一点，还会因为那微不足道的误会和虚荣而心喜，这是为什么呢？惠也和真实一样，拥有小小世界里的优越感，只活在这个世界里。

嘴上说真实和自己一样，那么对惠来说，区分“我们和小泉不一样”的基准是什么？

架思考着这个问题，忽然恍然大悟。不知为何，领悟的瞬间起了一身鸡皮疙瘩。

那个基准或许是——“有没有离开这座城市”。

停留在自己的视线范围内，从出生到成长都没有离开过这座城市，升学就业都在这座城市中完成的是惠和真实。和她们不同，懂得思考自己想做什么，选择离开这里的小泉应该是“那种女生”。正因如此，惠一边用近乎向往、充满赞美的方式提起小泉，一边还是和她撇清关系，说她是“和我们不一样的女生”。

架想起真实的朋友那句“别丢下我”。

在小杉购物中心度过学生时代后，剩下的步骤只有建立家庭了。必须和谁成为夫妻并成为谁的父母才行——架想起自己在购物中心里感受到的气氛。

无法在这块土地上达成这个目标的真实，与那个说着“别丢下我”的同学。架忽然明白她们在这里活得多么局促。惠之所以能豁达地承认“自己和小泉那种女生不一样”，之所以能和小泉撇清关系，是因为她在这块土地上已经建立了家庭。没能建立家庭的真实有多痛苦，惠无法理解。

还不确定是不是有什么直接原因促使她那么做。但是，就算不是为了躲避跟踪狂，架似乎稍微能体会真实想离开这里的心情了。就连假日去逛个购物中心都可能遇到认识的人，这个地方就是这么逼仄。惠和工作日住在外县市的小泉巧遇时，不也正是在购物中心的儿童游乐区吗？

不结婚就无法离家，家人也不让她独立。既然无法融入这片土地，真实能想到的就是干脆离开这里，成为和自己不一样的那种女生。

现在的架已经能够理解这种心情。

“真实失踪的原因，您真的都没有想法吗？”

道别时，出乎意料地，惠这么问。

两人站在瞭望台电梯门前，架陪着说自己得回去工作了的惠一起等电梯。送她下去后，架打算自己在瞭望台再待一会儿。

架望向她，惠道了歉。

“不好意思，很抱歉说这种失礼的话，可是，除了跟踪狂之外，我在想会不会是真实自己的心意有所动摇？”

“你的意思是……婚前抑郁症？”

架这么问，惠默不作声。过了一会儿，才语带犹豫地点头说“对”。

“真实性格很敏感，容易受伤，我在想，会不会是和西泽先生之间发生了什么事。”

“直到她失踪前一天我们真的都过得很正常，连架也没吵过。”

明明想冷静，还是克制不了愤愤不平的语气。架脱口而出：

“如果原因是跟我结婚的事，我就不会像现在这样特地跑来这里问你这么多了。”

“但是，真实外表看起来文静，其实有她强硬的地方。”

“什么强硬……”

愤怒的情绪翻涌的同时，架忍不住嗤之以鼻，发出轻蔑的闷哼：

“如果像你说的这样，她已经失踪超过两个月了。这段时间她究竟在哪里做什么？对父母、朋友什么都不说，她一定知道这样大家会担心，到底是怎样的婚前抑郁症可以让人做到这种地步？”

“我不是这个意思，很抱歉惹你不快。”

她大概是出于担心，才会忍不住那样问吧。惠低下头。

“结婚的事，真实真的非常高兴，但也正因为这样，我才有点担心。真实缺乏恋爱经验，所以对婚姻更容易怀抱梦想。她有点太理想化，现实中只要遇到一点小挫折，就可能形成很大的反弹。”

“挫折？”

架丝毫不认为和自己结婚会给真实造成任何挫折，反问的语气也就不太客气。惠不由得苦笑。

“婚事决定后，真实看起来真的很幸福，所以我有点担心。说了自以为是又失礼的话，很抱歉。”

“不，我才应该道歉，让您担心了。”

“我也会祈求真实早日回来的。真的，希望她平安无事回来。”

说着，正好电梯来了。简单告辞后，惠搭上电梯。只载了惠一个人的电梯关上厢门。

留下来的架独自走回瞭望台的长椅。一时之间无所事事，只好拿出手机。在工作相关的邮件中，发现一封来自陌生寄件人的信。

信件标题是“真实小姐的事”。

打开一看，收件人架的名字下方那行“第一次发邮件给您”映入眼帘。原来是真实在东京工作时那个英语补习班的同事。真实刚失踪那阵子和这位女性联系了几次，后来也接过她几次电话。当时彼此交换了联系方式，所以她才写信来吧。

真实登记的那家派遣公司始终不愿积极提供协助，连架表示想直接联系真实工作的英语补习班时，对方都显得面有难色。反而是补习班的同事都打从心底担心真实，现在也还时常关心架的近况。

这位和架联系过几次的女性是个精通英语、汉语和日语的台湾人，听说和真实年纪差不多。架不知道她的汉语名字叫什么，只知道英语名字是Janet，寄件人也显示为这个名字。真实还在那里工作时，经常听她提起这位Janet。

第一次发邮件给您。

不知道那之后，有找到跟真实小姐相关的其他线索吗？

我们很担心，大家现在也常在说是不是能多提供一些跟她有关的事。

就在这时我们想到，架先生是否看过真实小姐的Instagram（照片墙）？她上传了很多照片，其中或许有什么我们不知道，但是架先生看了就明白的东西。

现在虽然停止更新了，如果方便的话，还请您上去看看。

文章虽然有点生硬，已经是程度很高的日语了。

看了这封信，架有些意外。完全没想过真实会玩社交网站，过去两人也从未聊过相关话题。明明是这么重要的线索，怎么都没想过要查查看，架不免感觉自己真是无用。

连操作手机的手指也不太听使唤了，赶紧按下随信附上的网址。

打开的画面中，第一个吸引架视线的，是真实的Instagram账号。

Mami

daily

love

life

接在这几个单字的后面，是数字1125。但是，真实的生日是九月七日。

1125。

十一月二十五日是架的生日。

真实每日的爱与生活1125。

这就是她的账号名称。

眼前，刚才看到的游乐园中游乐设施还在转动。背后群山环绕，附近就有河流经过，还盛开着樱花。这座城市悠闲且美丽。

架倒抽一口气。真实开始玩 Instagram 是在和自己交往后不久。

里面都是真实的照片。

最后一次更新是一月二十一日。她离职的前一天。

和架一起去轻井泽时拍的照片、东京都内餐厅的照片，也有去参观婚宴会场时拍的照片。每张照片旁边都配上简短的文字。

记录生活点滴与纪念日的照片之间，穿插着啤酒瓶或标签的照片。看到这些照片的瞬间，一阵痛楚沉重地压上架的心头。那些都是架公司代理的商品和标签。

还以为每一种都喝过了，没想到又有了美味的新发现。啤酒的世界真深奥，我还在学习中。

一起去吃饭时，从没看过真实在餐桌上拍照。这些标签照究竟是什么时候拍下的呢？架想象自己离席时，一个人留在位子上的真实拿出智能手机按下快门的情景。难忍内心的激动。

——那是架辛苦工作的成果，我不想讲得好像都是我的功劳似的。当然，听到他们那么说我很高兴，也很想跟他们炫耀一下，可是我忍住了。

忘了什么时候，真实曾经这么说过。

Instagram 上也有很多真实自己的照片。多半用了滤镜，不是有些褪色感，就是蒙上一层柔焦，营造出一种时下流行的氛围。咬着吸管的自拍照和平常真实给人的印象完全不同，虽然应该没有修图，但也有着柔嫩的肌肤和亮闪闪的大眼睛，就像从杂志上剪下来的照片。从自己喜欢的角度自拍的照片充满时尚感，使真实看起来都不像真实了。Instagram 上她的脸对架来说显得好陌生。

但这就是真实。

上面也有几张架帮她拍的照片。不过，这些精心挑选上传的照片都和架熟悉的真实不太一样。仿佛杂志上的读者模特似的。

靠光线拍出让自己更上相的照片，这种事对经历过大量婚活洗礼的架来说毫不稀奇。只是架心想，她根本没必要拍这种照片。

从真实失踪那天至今，架脸上第一次流露自然笑容。看着真实的照片她心想，你根本就不必这样勉强自己。不用拍这种装模作样的照片，原本的你对我来说就够有魅力，够可爱了。就算不是世人标准中的时尚美人，我还是觉得很可爱。

架一时之间并未找到透露跟踪狂线索的照片或文章。原本以为至少能找到一点有言外之意的信息，往回翻看了很久还是没有任何发现。可能担心被认识的人看到，刻意不留下那类令人不安的信息吧。每张照片下都有看似真实朋友留下的留言。像是"好羡慕，男朋友公司的啤酒，我下次也想尝尝""大姐，你酒量很好呦"等等，都是半开玩笑的口吻。其中似乎也有 Janet 和补习班同事们的留言。架对这个Instagram账号的存在毫不知情，她却对这些外国同事公开，总觉得这点也很符合真实的行事作风。从照片和文字叙述里看到的真实，比架认识的真实更开朗活泼，个性也更开放。或许她是受到同事的影响才开设 Instagram 账号的吧。原来她也有这样的朋友，感觉有点不可思议。架意外发现自己或许不太知道真实的事。

回家后再用电脑仔细看吧。

这么想着，正想停下时，忽然一张照片映入眼帘。

熟悉的，装在蒂芙尼盒子里的戒指。

这篇帖文发表于架将这枚戒指交给真实，向她求婚的隔天。

今天要跟大家报告一件事。

我即将和交往的对象结婚。

还不太敢相信。问了好几次‘真的可以娶我吗’。

我一直以为自己将一个人活下去，过只有自己一个人的人生。以为我适合的是孤独的恋爱。

从以前就不擅长与人竞争，和人对立或融入人群。有点低调的我。

不会只为了自己出风头就挤开别人，我就是我，或许是因为一直抱持这种态度的关系，连配合别人说话都不太会，回过神时，大多数时间都是自己一个人。

从未和女性友人出国旅行，也不曾迷上歌手而去参加演唱会，连自己都觉得这样的我有点奇怪。

然而，终于出现认为这样的我也很好的人，选择我与他携手共度人生。我真的真的，除了感谢还是感谢。

最喜欢你了，谢谢。

从手机屏幕上抬起头，眼前山上的天空出现一抹宛如雨后阳光的光芒。也因为这样，感觉四下比刚才阴暗了一些。

就在这时，手机微微振动。

简直就像真实算准架抵达这里的时机一般。架急忙朝屏幕显示望去，真实姐姐希实的名字出现在屏幕上。

“喂？”

“喂？是架吗？我是希实，你现在方便说话吗？”

她的声音依然那么酷似妹妹，令架心头为之悸动。内心咀嚼着仿佛受那声音打击的滋味，架回答“可以”。

她这么说：“我知道真实第二个相亲对象是谁了，是在高崎市当牙医助手的人。”

忽然听她这么一说，架一阵错愕。发出短促的“哎？”希实继续说：

“是我妈想起来的。她说当初用对方的名字上网查高崎市内的牙医诊所，找到一间‘花垣齿科医院’，听说在地方上颇受好评。”

阳子不是对真实自己选的第二个相亲对象没有兴趣吗？

即使如此，她还是着手调查了一番啊。调查之后，发现对方家境不错，也不管相亲是否顺利，阳子一定会和别人说。就像她“忍不住”把女儿相亲对象的个人资料拿给朋友看一样。

忍不住。阳子一定又忍不住这么做了。

“我搜索之后也找到了，他们现在不叫‘花垣齿科医院’，招牌改成‘花牙医诊所’。院长的名字是花垣勉，应该是相亲对象的父亲。”

希实为自己擅自采取行动道歉。

“我想如果我搞错人，害架白跑一趟也不好意思，就先打了电话过去确认。接电话的就是花垣家的儿子，和真实相亲的牙医助手本人。”

架抿紧双唇，屏住呼吸。在小野里介绍下，真实自己选的第二个相亲对象，是架到目前为止认为最可能是跟踪狂的人。

“你和他说了吗？”

“嗯。他说小野里夫人打过电话向他问起关于真实的事，但似乎没告诉他详情。我把情况告诉他之后，对方非常惊讶。”

还不能确定是真的惊讶还是装出来的吧。

这个有着真实喜欢的长相，由她亲自选择的对象。但是实际见面后，却是“无法说上话的类型”，被真实遗憾地判定为“没话聊”的对象。

金居那时也是如此。对方一定很错愕吧。明明事先听到的都是真实颇中意自己，怎么实际见面后就被她拒绝了。

真实的母亲也说过——真实从高中起就念香和女子，对方父母也看过真实的个人资料表，一定全家都很中意真实吧。我听小野里夫人说，真实拒绝对方后，他父母还联系了小野里夫人，说是无论如何都想继续交往，问她能不能想想办法呢。

架还记得她说这番话时振振有词，声音中充满对女儿的自豪。

与此同时，架也想起刚看完的真实 Instagram 上的内容。

——我一直以为自己将一个人活下去，过只有自己一个人的人生。

——以为我适合的是孤独的恋爱。

——然而，终于出现认为这样的我也很好的人。

除了架之外，明明就还有其他人“认为这样的真实也很好”。

明明就有，只是真实不喜欢而已。无论是金居还是那个牙医助手花垣，她都无法认可。她没有选择他们，而是选择了架。现在架已经无法单纯为这件事感到喜悦。真实把对方的心意踩在脚下，只要不是自己认可的对象，她就当作自己人生故事中没有对方的存在——实际上见了金居，看到他建立的家庭后，架更是这么认为。

真实对那两人的态度正是傲慢。

在架心中，当然还是难以拂去被真实选上而产生的优越感。求婚那天，真实怀着什么样的心情揣摩今后将与架踏上的人生道路，想到这个架内心也还是很高兴。纵使如此，架内心还是有所不平。明明就有其他“认为这样的真实也很好的人”，是真实自己拒绝了对方。拒绝对方，然后说成不曾存在过。其实她说的没错啊，连看都不看对方一眼，一心只想按照自己意愿谈的恋爱确实是“孤独的恋爱”。

“对方说愿意跟我们见面。”

听到希实这么说，还坐在长椅上的架瞪大双眼。

“真的吗？”

希实接着说：“嗯，所以我也一起去。一起去问问他。”

拿着手机思考，一个深呼吸后，架问：

“姐姐，很抱歉这么麻烦你，可否问问对方今天稍后能见面吗？”

“咦？”

“其实我现在人在群马县政府。上次姐姐介绍给我真实的前同事有阪小姐，我刚才和她碰面了。等一下我马上去高崎。”

听得出电话那头的希实倒抽了一口气。架说：

“如果关于真实的事对方能提供什么线索的话，时间最好不要拖太久。如果……万一……我是说万一对方现在有可能和真实在一起，接到姐姐你的电话之后，他或许会马上把她带到别的地方。”

尽管用了“如果”“万一”等假设性的言辞，架内心已有一半这么认定。说不定对方还没放弃真实，这个念头还是很强烈。

“……我知道了，”过了一会儿，希实说，“我来跟对方确认，马上联系你，等我一下。”

“姐姐。”架不明白自己为何选这时候问这问题。回过神时，在挂掉电话前，架最后问道：

“姐姐，你知道真实大学读什么系吗？”

“咦……？”相较于刚才急迫的对话内容，这个问题仿佛天外飞来一笔，希实瞬间发出愕然的声音。

像希实这样勇于反抗父母，凭自己意志决定升学与就业之路的人，大概正是惠口中“和我们不一样”的女性。

架之前听希实说过，她大学时读的是经济系。因为和自己所学相近，所以架很有印象。然而，架并不知道真实大学读什么系，她也从没提过自己在大学里学什么。

希实的语气有点狼狈。

“呃，没记错的话，是香和女子大的……抱歉，查一下应该马上就知道了，你很急吗？”

听到这语气，架轻轻闭上眼睛，心想“唉……”。

她根本不记得了。即使是如今这么心系妹妹的姐姐，也不记得妹妹在大学读的是什么科系。在她心目中，那种事肯定一点意义也没有。

“我记得那个学校只有法律系和文学系，反正就是其中之一了。”

——从以前就不擅长与人竞争，和人对立或融入人群。有点低调的我。

——不会只为了自己出风头就挤开别人，我就是我，或许是因为一直抱持这种态度的关系……

脑中闪过真实 Instagram 上的文字。

因为大家都上大学所以自己也要上大学，因为父母已经决定了所以去县政府上班，因为本来就该这样所以去相亲。

尽管这当中完全没有真实的自我意志和意愿，她还是有她自己对异性的爱好，也有她的自尊——因为在这个小小世界中还是有着自恋，所以无法获得自由。总是感到痛苦。

但是，世界上“拥有自我意志”的人究竟有多少。有资格责备真实的人，究竟有多少。

架睁开眼睛。

“不，没关系，不好意思。”向希实道歉，挂上电话。

接着站起身来，靠在窗边的扶手上，等待希实再次来电。

她立刻就回电了，说真实的第二个相亲对象花垣学答应和架见面。

第六章

面对坐在眼前的男人，架不知如何是好。

困惑——说得更清楚一点，是错愕。

花垣学指定的见面地点，是高崎市内外环道旁的连锁家庭餐厅。和与真实第一个相亲对象金居见面时不同，这次是自己临时要求见面的，只能约这种地方也是无可奈何的事。

下午三点多的家庭餐厅里，有身穿连体工作服看似作业员的男顾客正在吃迟来的午餐，也有带着年幼孩童的母亲们正在享用下午茶，随行的孩子们吵闹不休。

午后倾斜的阳光照入店内。

店内的客人之中，有一个男人正朝架的方向微微起身，欲言又止地望过来。没有自信的眼神对上架后，立刻眨了两次眼。

和金居那时不同，架看一眼就确定他是花垣。

“是花垣先生吧？”

走到座位旁这么问，他点头说了声“对”，声音很小。

“不好意思让您久等了。敝姓西泽，非常感谢您今天接受我无理的要求。”

打完招呼，对方只发出一声轻微的“哦”。桌上放着的应该是他喝过的哈密瓜汽水和水杯。

花垣五官精致秀气，人很瘦。白皙的脸很小，最吸引人目光的是双眼皮明显的大眼睛和略显鹰钩的高挺鼻梁。难怪真实看到相亲照片时会选择他。不过，或许是头发太长的缘故，花垣散发一股不安定的气息。或者该说——他不太像社会人士，也可以说是保持学生时代模样的成年人。

年纪应该和真实差不多。三十五岁上下的他看起来之所以像学生，和服装可能也有关系。身上的马球衫本身布料很好，但却皱得夸张。

服务生过来点单，说是不能单点咖啡，只能点喝到饱的饮料。架便点了一人份的自助饮料。服务生离开后，架问花垣：“您的工作没关系吗？”

按照希实的说法，打电话到他工作的牙科诊所时，接电话的正是花垣本人。这么说来，现在他应该是丢下工作特地过来的吧。架这么一问，花垣就说“是”，这时才第一次发出让人听得清楚的音量。

“没关系。”

“抱歉约得这么仓促。因为我今天碰巧来群马，想如果方便的话，就马上约您，才会提出这种无理的要求。”

花垣又点点头“哦”了一声。架坐直身体说：

“我想希实小姐——坂庭真实小姐的姐姐应该已经在电话中提过，真实小姐她现在下落不明。”

花垣始终盯着架看。他看起来很神经质，不断眨眼。下定决心开口时，架还比较紧张。

“在失踪之前，她遇上了跟踪狂。”

花垣表面上没有太大反应，只是继续沉默地盯着架。频繁眨眼似乎是他的习惯，架甚至看不出他到底紧不紧张。

“我只知道对方是她在群马时认识的人，除此之外什么线索都没有。所以，我正在找她当时认识的人，想请问一些当时的状况。今天耽搁了您的时间，真的非常抱歉。”

“不会。”

花垣这么说。只是，在说完这简短的两字后又陷入沉默。架以为他会说点什么。等了一会儿，他依然保持沉默。

不可思议的沉默。

是因为心虚所以沉默，或是为了掩饰什么才不开口吗——总觉得都不是。话虽如此，他也不像对这件事毫无兴趣，因为他的眼睛始终凝视着架。

和金居那时明显有什么不一样。看不出他想对架说什么或问什么。

“虽然您跟真实小姐见面已经是好几年前的事了，还是想请教一下，有没有什么可能的线索？”

“可能的线索？”

架挨不住沉默，只好主动提问。花垣思考起来，视线终于从架身上移开，停留在半空中，口中再次喃喃自语“可能的线索……”，沉默的时间长到令架期待花垣可能说出什么特别的答案，结果他还是低声回答:“想不出有什么……”

“这样啊。”

从这几句简短的对话，架开始明白。

一如真实对惠转述的内容。

——是个完全说不上话的类型。

——聊天完全无法进行。该说对方是怕生吗？不管真实说什么，他只回答一两句，然后对话就此结束。对方不主动提问，也不会自己制造话题。即使如此，他还是表示想继续见面，让真实很傻眼。

实际见面之后就能明白。问什么他就答什么，除此之外，他似乎不认为自己有必要主动问什么或说什么。架曾听说不善言辞或社交能力弱的男人，即使其他各项条件出众，在婚活场合仍很难有所进展。不过，现在架也明白原因何在了。

话虽这么说，但不表示花垣是跟踪狂的可能性已经消失。刚才的沉默说不定是为了掩饰对自己不利的事，故意装出来的表现。

得认真判断清楚才行。

“花垣先生，听说您在高崎当牙医助手？”

“对。”

“从跟真实小姐相亲那时就从事这行业了吗？”

其实这些信息早就知道了，架只是为了找话题才这么问。花垣这次依然只是短短地“嗯”了一声。他似乎认为“嗯”就是明确回答了。

“令尊是院长？”

“对……啊，不对，跟真实小姐认识那时是他，不过现在是我弟。”

第一次从他嘴里说出这么长的句子。虽然提到了真实的名字，架却捏了一把冷汗，担心自己是否问了不该问的事。医院网站上看到的院长名字“花垣勉”原来不是他父亲，而是弟弟。希实提到医院名称变更过的事，可能院长就在那时从父亲换成弟弟了吧。

从父亲手中接手医院的不是哥哥而是弟弟，哥哥只以助手身份在医院工作——这肯定有什么内情。不知如何反应才好，架只能回答“这样啊”，花垣又说了一次“对”。

对话就这样中断了。

无论是架的工作或真实的事，花垣依然什么也不问。那看起来不是赌一口气故意不问，也不是对这些事毫无兴趣。要是真没兴趣，他就不会来这种地方和架见面了。即使如此，花垣还是什么都不说也不问，不主动开口说任何话。

过了一会儿，才听到他低声嘟哝了什么。

“嗯？”

“饮料吧……”

起初没听清楚，架抬起头望向花垣。

“饮料吧……你不去拿饮料吗？”

"啊……"

架都忘了这回事。花垣指了指放了各式饮品的角落。

"那我先失礼一下。"

架这么说着起身，花垣无言点头。

架走到饮料吧旁，按下咖啡机上的按钮。等待饮料装入杯中时，才察觉自己一阵疲惫。苦于找不到适当话题，最后只能默默无语。因为得不到对方太大反应而不禁感到不耐烦，后悔自己来这种地方做什么。

想到这里，架略带自嘲地笑了。

这简直就像婚活时跟话不投机的对象见面时的场景。

自己正在设法和对方多聊一点，努力舒缓场面气氛，对方却唐突地指出"你还没去拿饮料"——他这么说甚至没有恶意，反而是出于善意和认真的个性。花垣身上就有这种牛头不对马嘴的特质。架完全可以想象他和真实约会时的情形。

一群妈妈带着好几个孩子朝饮料吧走来。喝什么好呢？我要哈密瓜汽水！我要可乐！可是我妈说不能喝可乐……趁他们还没走过来，架赶紧离开。

端着咖啡回到座位上时，花垣正滑着手机。是在联系谁吗？会不会是真实——这么想着，架仓促朝手机屏幕投以一瞥。没想到，出现在屏幕上的既不是电邮也不是通信软件，是——手机游戏的战斗场面。架只是短短离开座位一下，他就玩起来了。看到这个，架紧绷的身体一下放松了。

"……您今天为何愿意来跟我见面呢？"

回过神时，架已不假思索地问出口了。花垣放下手机，轻轻“哎”了一声。架继续说：

“为什么您今天愿意来见我呢？您只不过在几年前和真实小姐通过相亲有几面之缘，为什么愿意丢下工作来见我呢？”

花垣沉默不语。但他看起来并无不悦，眼中流露的纯粹是困惑的神色。

“那我就直说了，”架的声音有些颤抖，“其实，我怀疑您可能是真实的跟踪狂。所以今天才来找您。”

花垣瞪大双眼。

说这句话时下意识改变了称谓，从“真实小姐”变成“真实”。这么一来，也不用想套什么话了。架无奈地继续说：“您应该也有察觉我这么想吧？”

“没有……”

惊人的是，花垣眼中依然只有困惑。正因为他话不多，看起来更不像演戏。

花垣摇摇头：“我完全没想过这种事。”

不善交际，看上去弱不禁风的花垣或许确实不是受女性欢迎的类型。然而，说不定真实就是放不下他的弱点，对他产生了感情。万一乍看之下消极没有行动力的他，忽然展现强硬态度抓住真实，对她坦言一直喜欢她的心情……

脑中想象的故事情节一旦起了头就一发不可收拾，架开始觉得这是很有可能发生的事。

结束和真实的相亲后，他过的是什么样的生活，架无从得知。

但是，怎么想也不认为他会和金居一样组织家庭，过起安定的生活。这样的变化不会出现在他身上。金居与妻子已顺利踏上人生下一步，成了“一家人”，和那样的金居不同，花垣身上散发的是跟自己还有真实一样的味道。一种无法前进的味道。

“那么，为什么您今天愿意来见面呢？”

重复一样的质问。

难道不是因为你心虚吗？难道不是因为你现在正和真实在一起，所以才对我感到好奇，想来看一眼吗？架这么想。

“因为……您说想见面。”

花垣这么说。眼神并未低垂，始终凝视着架。

“就这样？”

这次是漫长的沉默。架心想，我说了什么奇怪的话吗。家庭餐厅里，刚才在饮料吧旁遇到的那群小孩活泼吵闹，他们的笑声从花垣和架之间飘过。

过了一会儿，他才又发出声音。这次也听不清楚，架反问：“您说什么？”

“……因为担心。一般都会担心吧。”

像是勉强挤出来的声音。说完这句话，花垣的耳朵和脸瞬间涨得通红。

“所以我也很担心。”

这次的声音比刚才大了点。

听到他的声音，轮到架沉默了。因为花垣的话听起来一点也不像说谎。

毫无理由地，架就是知道。

不是他。

如果他心里打着更多坏主意，如果他具备掳走真实的行动力，并且想将她藏起来的话，至少做得出更像样的表情。然而，好不容易才能说出这句话的花垣脸上表情看起来既生气又想哭。他平常一定很少表露自己的情绪吧，才会做出这么难看的表情。

不过是几年前见过几次，早就毫不相关的对象，还是会担心对方。这句话肯定不是谎言。

因为她失踪了，因为她身边的人正在为这件事伤神，所以他来了，如此而已。

人家为什么找他，是不是在怀疑他，这种事花垣做梦都没想过。毫无心机，毫无算计，甚至可以说老实到了驽钝的地步。就像他自己说的“因为你说想见面，所以我就来了”。世上真有这样的人。架自己虽不是这种人，但他也知道世上真有这么老实的人。花垣就是其中之一。老实单纯，内心没有一点阴影的善良人。

坐在他面前，架不知自己该如何是好。

困惑——说得更清楚一点，是错愕。还有反省，猛烈的反省。因为根本就不是他。

这时，花垣慢慢咬住眼前哈密瓜汽水的吸管。吸了一口汽水，中间还轻微呛到。

看着这样的他，架认真也坦率地想向他道歉。

“对不起。”

花垣还没从呛到时的驼背姿势中坐正，头转过来。

“您这么担心，我还怀疑您。”

“没事。”

花垣说话又变回小声，然后窸窸窣窣说了什么。虽然很抱歉但真的听不清楚，架问了“什么？”花垣抬起头：

“……如果您还有所怀疑的话，去问我爸妈也没关系。我不管是工作还是回家都跟他们在一起。”

所以他是和父母住在一起了。架回答“我明白了”。既然是跟父母同住，真实现在在他身边的可能性更是降低许多。

“还有……”花垣说。声音低沉微弱，不过，还是能听清楚他说什么。

“如果还有什么能帮上忙的地方，请随时跟我联系。虽然我可能什么忙也帮不上就是了。”

架这才领悟，从跟他说第一句话时起，自己就下意识地贬低了他。

还处在歉意中的架向他道谢，花垣似乎不太习惯接受别人道谢，只是尴尬地轻轻点了点头。

花垣再次喝起哈密瓜汽水。不是用手拿起杯子，而是身体前倾，嘴巴直接靠近杯子，就像小孩子一样。

架结完账，走到家庭餐厅附设的停车场时，已在店内道别过的花垣还在那里。站在他自己开来的轻型车前，一看到架就轻轻低头致意，掀动嘴唇。他说的应该是“谢谢招待”吧，声音依然模糊难辨，但是看得出来，那对他来说已经是尽量放大的音量了。

深蓝色的轻型车和金居太太开的粉彩色轻型车不一样，看起来很旧了。车牌上不像金居太太的车那样挂着装饰框，后视镜上也没有项链造型的芳香剂。

架听说乡下地方的男人对汽车装饰很讲究。和大都市不同，汽车是乡下地方的生活必需品，架能体会男人们想把钱花在这上面的心情。但是，花垣对他的车似乎毫不讲究。

架心想，他是个寡欲的人。

站在自己这种“不善良”的人的立场看，花垣的自我欲望真是淡泊得惊人。寻找真实的过程中，架再次认识到世界上确实有这种人存在。他们多半过着不求太多的生活，但也正因如此，经常被说是“没有自我”。

下意识把自己宝马的车钥匙重新拿好，藏进手心。并非担心让他认为是炫耀，而是架自己真的感到尴尬和羞耻。就算知道架有这种想法，花垣大概也没什么感觉吧。包括这点在内，都让架感到没来由的羞耻。

架并不讨厌他，只是一看到他就无地自容，希望他赶快离开。然而，花垣就像个不机灵的小孩，始终呆站在停车场里看架。

望着他，架心想。虽然也觉得自己哪有资格说这种话，但是看到像他这样的人无法获得幸福，内心仍不免一阵落寞。只要一点改变就好——虽然不知道该改变的是什么——他或许也会是小杉购物中心里那些毫无特色的家庭成员之一。

为什么无法实现呢？

“今天很谢谢您，请先回去吧。”

架这么说，花垣露出惶恐的眼神，过了一会儿才点了点头，钻进自己的车子。

架站在原地，直到看着他那辆小车消失在外环道上。

知道花垣是这样的一个人后，一方面感觉得救，一方面也陷入一筹莫展之中。接下来，手头就没有任何找寻真实的重大线索了。在这片土地上，已经没有其他地方可以去。不管去哪里，一定都找不到接近事件核心的事。生活在群马时的真实，缺乏决定性的戏剧情节与生活插曲。

唯一得到的结果，就是什么都没有得到。

没想到的是，事情到了下个星期，竟出现意料不到的发展。

那天晚上，架受邀参加聚餐。

和学生时代那些死党好友一起。老实说，架提不起劲参加，要不是知道大原也很担心真实的事，再加上正好工作不太忙所以还是去了。

“架，好久不见。”

被店员带到桌边，却没看到大原。在场的只有传短信约自己的美奈子和她的死党阿梓。约定时间是晚上七点，因为工作关系迟到的架抵达时已经八点多了。

“咦？其他人咧？”

在并肩而坐的两个女生面前坐下，架才察觉不对劲。四人座的桌子，和平常聚餐时的情形不同。别说大原了，连平日最好约的那几个男生都没出现。

“今天只有我们两个。有点事想问架——应该说有点事想跟你说。”

“说什么？”

“抱歉，你以为是大家聚餐吗？”

阿梓一边歉疚地说着，一边递上饮料的菜单。看到这里有比利时产的啤酒，熟知这个品牌不错的架立刻点了这个，她们同时勤快地装了一小盘沙拉和意大利面，放在他面前。

看来，今天她们两个是专程找自己出来的。

“什么事啊，有点恐怖哎。”

身材好又长得漂亮的她们，虽然比二十几岁时已稳重了不少，化妆与穿着打扮还是毫不马虎。只有自己一个男的面对她俩，不免还是有股压迫感。

以前学生时代，小团体内如果有人恋爱，男生经常像这样被约出来谈。架最先想起的就是自己也曾因为恋爱的事，被女性友人围攻“你怎么可以甩掉她，太可怜了”。当时那些幼稚的对话，多半正因年轻才说得出口。回想起来固然怀念，如今彼此都有工作和家庭，再怎么说，也不会像过去一样为了人际关系或别人的恋爱拼命。所以，架实在想不出自己被她们单独约出来的原因。

“哪有什么好恐怖的。”

美奈子微微苦笑。然而，平日耍嘴皮毫不留情的她，说完这句之后应该会再挖苦个两三句，今天倒是马上收敛了。

架的饮料一上桌，阿梓就说声“辛苦了”，举起自己的杯子轻轻碰杯。不知为何表情有些紧绷的阿梓说：

“架啊……听说真实失踪了，真的吗？”

正打算夹起沙拉的手停下来，架回看她一眼。这次轮到美奈子开口：

“你一直在找她吗？”

“你们听说真实的事啦？”

“不久前听大原说的。那之前我们都不知道，所以吓了一大跳。”

美奈子点点头，朝阿梓的方向望去。

“大原说架好像很忧心，所以问我们女生有没有听真实说过什么。但是，和亚优那时不同，我们跟真实又不是那么熟……”

“是啊……”

不知该如何回答，架只能随便点头。美奈子问：

“听说架每个星期都去真实老家？你每个星期跑去群马吗？”

“说每个星期是太夸张了啦。”

尽管觉得事情被夸大，但心情上确实处于一直找寻真实的状态。包括遍寻不着而产生的疲倦，其实也差不多了。

“多久了？”

“快三个月了。”

自己说出口才发现，啊，已经这么久了吗。

和花垣见面后，架完全束手无策。正在考虑下星期是否要去一趟真实老家和阳子及正治见面，但又不认为去了会有任何进展。目前为止只限定在群马搜寻她的跟踪狂，说不定之后也该去问问真实在东京工作时的同事，例如之前寄信来过的Janet。

“她是二月失踪的吗？”

“对。”

“架，你瘦了。”阿梓这么说。

自己没有感觉，但或许真是如此。架没回应，沉默地喝啤酒。看来，她们今天约自己出来是因为担心吧。不料，美奈子忽然说：

“我跟你说……”

“嗯？”

“我们见到她了。”

见到真实了。听到这句话，架差点把嘴里的啤酒喷出来。一点也不夸张。

“在哪里？真实她现在人在哪里？”

面对一股脑追问的架，美奈子急忙摇头“不是啦”。一旁的阿梓用纸巾擦拭架打翻的啤酒。

“不是她失踪之后……应该是失踪前，一月三十一日，那时真实应该还没失踪吧？”

“对。”

确实是她失踪前，但是，这正好是她失踪的前一天。

那天她去参加公司为她举办的饯行会，难得比架还晚回家。

“你都没听真实提起这件事吗？”

美奈子的语气不知为何夹杂困惑。她是因为和阿梓彼此确认过了正确日期，才决定约架出来的吗？

“没听说。那天我先睡了，隔天我出门时她又还没起床，没好好说上话。”

架情不自禁朝两人探身。

“你们那天是几点遇到真实的？你们知道她隔天就失踪了吗？”

“知道。听大原说了。”

美奈子点头，眼神严肃。只是不知为何，那双眼睛看起来像要哭了。阿梓从旁说明：

“我们是晚上遇到真实的。碰巧在我们几个女生聚会的店里，遇到她和一群人。”

“我们跟大学社团的伙伴正在喝两杯，有阿渚还有多佳子她们……”

“看到真实手上捧着一大把花，想说应该是饯行会吧。当时其他人去结账，他们好像已经要散了。”

架从未听说过这件事。如果是真的，真希望能早点知道。面对说不出话的架，美奈子继续说：

“最初是阿渚发现的。她说，你们看，那个是不是架的未婚妻？我们一看，真的哎，是真实。就在这时，阿渚大喊‘喂，真实，不嫌弃的话，要不要一起来喝两杯？’你也知道阿渚那个人就是这样，想到什么立刻行动。”

“她跟真实说，要庆祝你们订婚。”

听不出她们这么说是想包庇不在场的朋友，还是想把责任推到她身上。架有些不耐烦地催促：“那真实怎么说？”

“真实她们已经结束饯行会，她原本好像要走了，一个看似上司的人跟她说‘是你朋友？那就留下来吧’，然后她就走到我们这桌来。”

“那时大家都喝醉了——忍不住就说了。”

“说了什么？”

美奈子和阿梓对看一眼。一瞬间后，美奈子说：

“我们说，真实手段很高明嘛。”

“手段高明？”

“嗯，能抓住始终下定不了决心的架，还有本事让你跟她结婚，手段真的很高明啊。大家想这么说反正你们都订婚了，这么说也不会怎样吧。”

“对啊，在婚活中不但碰巧遇到架这种型的还没退会，竟然还能和你定下来，她真的超级幸运吧。”

架差点无法呼吸。不知她们如何解读架一时之间说不出话的态度，美奈子很快地继续说：

“你想想嘛，像架条件这么好，也是正常谈恋爱的类型，到了这把年纪竟然没有离婚经验，简直就是奇迹。我也觉得真实很幸运，你自己不觉得吗？”

架没有回答。胸口涌上一股怒气，使他呼吸困难——你们到底以为自己是谁？

这时想起的，是真实前同事有阪惠口中的“清库存花车”。对美奈子她们来说，自己的好友架就像在花车中挖到的宝。

明明婚活中的痛苦根本就无法用这么一句话说明。

自己曾是能够正常谈恋爱的类型，只是在某个阶段搞错了什么，现在才会在这里进行婚活——若说架从未有过这种念头，那是骗人的。正因为自己这样想过，才无法忍受别人不负责任地说这种话。感觉既受伤又火大。

“所以，我们原本就觉得那女的超级幸运啊，该说是幸运吗？也可以说奸诈啦。”

“什么意思？”

“谁教她演了一场那么容易被拆穿的戏，大家都在说，也算她勇气可喜，这么做算是值得了啦。”

“咦？”

“不是假的吗？那女的说什么跟踪狂的事。”

美奈子不以为意地说。瞬间，架耳边失去一切声音。

只听见心脏用力跳动。时间仿佛暂停。

默不作声，架也知道自己现在脸上肌肉僵硬，只能转动眼珠望向美奈子她们。没想到，她们脸上反而出现疑惑的表情，两人同时“哎？”了一声，先是面面相觑，再望向架。

“那种事肯定是骗人的啊。架，你该不会到现在还相信吧？”

“是说……”

心脏宛如结冰，要是一口气说出话来，胸中冰冻的寒气恐怕会跟着从嘴里冒出来，化为白雾。

不确定这是愤怒还是其他的什么。冲击太强烈了，无法好好将情感化为言语说出口。架凝视两人。

“你们到底为什么只能用这种恶意的方式看待事情？这样怀疑别人不觉得自己很丢脸吗？”

“我说啊，你们男生这方面真的是天真过头。”

美奈子故作夸张地叹了口气，像是完全想象不到架内心受到多大冲击，语气非常轻佻，令架难以忍受。

“你想想看，架。你和那女的婚活认识了两年都无法下定决心结婚，她一定很焦虑，但又没有勇气对你正面逼婚。”

“就算是这样也不会撒那种谎吧，你想象力太丰富了。”

“可是实际上，你就是因为发生那件事才决定结婚不是吗？”

美奈子这句话堵得架哑口无言。她接着说：

“我们大家就在说，那件事听起来太戏剧化了，哪有这么刚好的事。正好就在你跟大家聚餐时打电话来，说什么她逃出来了，当天就搬进你家同居……这不叫手段高明叫什么？”

“她不是这种的人。”

架说得斩钉截铁。并不是因为自己喜欢真实或愿意相信她，自己的这些心情都先放到一边，唯有这点架无法退让。

真实是完全不懂心机算计的类型，善良驽钝到让人看不下去的地步。和在人际关系中冲撞打滚学会那种事的美奈子或阿梓不同，从来没有人教过真实那种事。要是真做得出来，恐怕还会活得比较轻松吧。正因为做不到，真实才会在她出生成长的故乡过得那么痛苦。这些架也都在群马亲眼见到了。

“我不是要帮她说话，她就真的不是那么机灵的人。”

“说不定就是这次她非常努力尝试算计了呢？”美奈子依然二话不说地否定架，“因为那个什么跟踪狂的，架只从她嘴里听过，根本就没亲眼看到过吧？你不也提议要报警了吗？”

“我是提过……”

“她确实说过不要报警吧？”

被阿梓这么一说，架再次哑口无言。

只是结果碰巧这样而已，架很想如此说明，却没有自信说服以恶意眼光看待这件事的她们。

“太扯了啦。”阿梓说。

“你想想嘛，她自己说跟踪狂对她做了什么？跟踪，偷拍，信箱还被擅自打开？”

“对啊。”

——架，可能是我想太多了，不过，总觉得好像有人一直在看我。

真实以她惯有的谨慎口吻这么说。

“信件没有被打开，只是好像有应该寄来的东西却没收到，大概是这样。”

“一般人遇到这种状况应该就会觉得恶心，考虑搬家了吧。她为什么没这么做？”

“那是因为，一开始没有明确证据可以证实自己遇到跟踪狂，她也只是觉得有点不太对劲而已。你们自己也不会因为这点小事就搬家吧？搬家花钱又浪费时间。”

“或许是这样没错，可是，后来她不是说跟踪狂都跑进家里了吗？下班回家时还撞了个正着什么的。”

“没有撞个正着啦，只是从窗外看到家里电灯亮着，她立刻就逃跑了。”

架回复美奈子的语气也冲了起来。

还记得那时跟真实说“幸好对方开了灯”，万一跟踪狂在黑暗的房间里埋伏的话，不知道会遇到什么事。

然而，这两个女性友人又用欲言又止的表情对看了彼此一眼。阿梓说：

“你不觉得很奇怪吗？跟踪狂为何要特地选容易被发现的时间跑进她家？还好心开灯让她知道里面有人？”

“对啊，真正的跟踪狂应该趁她上班时间偷跑进去，这样才不会被发现。”

“这种事你们问我，我要问谁？”

虽然真的这么想，但被她们这么一问，又觉得颇有道理。在这之前，架从未怀疑过这些事。阿梓用难以置信的眼光看着架，耸了耸肩。

“还有，普通人遇到这种事一定马上报警的。毕竟，对方已经闯进自己家了啊？”

“真实不愿意啊。她说对方可能是自己在群马时甩掉的人，不想把事情闹大。”

“可是，不都已经有东西被偷了吗？首饰什么的。”

“……对。”

明知承认只是增加她们攻击的素材，架还是只能点头。结果不出所料，阿梓立刻发出类似哀号的声音：“太扯了啦！”

“连东西都被偷了，为什么还不去报警？要是我绝对报警，太恶心了，也无法原谅。”

“真实不像你们这么强悍啦。说不想把事情闹大应该也不是骗人的。”

“这不是强不强悍的问题。”

尽管阿梓这么说，和真实交往这几年下来，架其实有点能理解她的想法。不喜欢引人注目，日常生活中也不太讲究节日之类的事，尽可能想过得“普通”——世上就是有这样的女生，而真实毫无疑问属于这一种。

“哎，我问你。追根究底，跟踪狂为什么会有她家钥匙？对方怎么进得了她家？”

“当然是对方擅自打了备用钥匙啊。用黏土之类的东西塞进钥匙孔取模之类的吧？”

刑侦剧不是常有这种情节吗？再说，自己不在家时遭人入侵，这也是常见的跟踪狂手法，你们连这种事都不懂吗？怀着急躁的心情望向阿梓，没想到换来的依然是两人的白眼。

“你觉得那种事有这么简单就能办到吗？”

“嗯？”

她们默不作声看着架，架被她们看得狼狈起来，只好改口：

“可能是那天刚好忘了锁门……”

“啥啊？”美奈子故作夸张地大叹了一口气，“为什么会忘记？”

“你问我为什么，我也……”

“一般人哪会忘记啦，女孩子一个人住哎？再说，自己正遇到跟踪狂，更是不可能忘记锁门吧？”

谁都可能忘记锁门啊。然而，面对语气强硬认定“不可能”的她们，架无法反驳。如果只有美奈子或只有阿梓，或许还有可能好好说话，一次面对她们两人就没辙了。女人毒舌到了这个地步是很难阻止的。

见架闭上嘴不说话，阿梓又说：“备用钥匙这种东西，没有原本的钥匙当底本是不可能复制出来的。我们从知道这点时就开始觉得可疑了。如果是这样的话，说是以前交往的男人擅自拿了她的钥匙配备用钥匙还比较说得通。我们就在讲，编故事也不编好一点，情节太松散了啦。”

“什么不编好一点……”

全身窜过一股凉意。在理解她们为何这么说之前，内心已经乱得一塌糊涂。应该要为女友遭言语侮辱发怒——虽然脑袋是这么想的，心却被另一件事冲击得乱了方寸。

按照真实的说法，她没有和那个跟踪狂交往过。只是对方向她告白，然后她拒绝了。

但是，难道不是这样吗？

真实对自己说谎了吗？

回想起提及跟踪狂时，真实说的话、遣词用字，还有当时的表情。

——我不希望只有自己获得幸福，对方却因我报警而被捕，那可能会毁掉他的人生。真实斩钉截铁地这么说。

——只是……总觉得不是不明白对方的心情。

——我想，他都三十几岁了才失恋，心里一定很难受，该怎么说呢，那种不安的心情我可以理解。像是对结婚的焦虑、未来的人生等等，说不定都因为被我拒绝而忽然失去希望了。

那种包庇对方的说辞，会不会是因为真实和对方有过超乎想象的亲密关系？

"你们的意思是，真实和跟踪狂交往过吗？还是说，其实对方不是跟踪狂，真实同时劈腿我跟那个人？"

"不是这样的。架，你振作点好吗？差不多该认清现实了吧！"

阿梓这么说。架不明白，露出疑惑的表情，却看到美奈子对自己投以不忍卒睹的视线。从以前到现在，美奈子是和架交情最好的女性友人。平常朋友中讲话最毒的她，今天不知为何嘴巴比阿梓还安分。她开了口，用顾虑着架心情的语气小心翼翼地说：

"其实我们偶尔会聊到，大家都认为那女的可能不只是架以为的那种'乖孩子'。"

"什么意思？"

"意思就是，打从一开始，跟踪狂根本不存在。"美奈子这么说。

心脏再次猛烈跳动。架无言望向美奈子。

"根本没有什么跟踪狂。那只是为了让架担心才说的谎吧？为了让你跟她结婚的手段。"

"——不不不不不，这才真的是太扯了。"

架不假思索地这么说。那天，真实看起来打从内心恐惧。在电话里诉说"好恐怖"的语气和声音也不可能是演技。搭出租车赶到架家时，她的肩膀甚至还在发抖——她确实有在发抖。

"她是真的很害怕，别的不说，当时她都哭了。"

"都能撒出这种谎言了，流几滴眼泪有什么难？你们男人啊，真的太天真！"

阿梓这么说。美奈子依然显得有些顾虑，但仍清楚地表达赞同。

"很抱歉问这么多次，可是架，你实际上没有见过跟踪狂对吧？”

“对。”

所以现在才在搜索啊。后悔当初没有好好听真实说话，没有问清对方的姓名和底细。为什么自己没能好好听真实说话呢？起初，真实说“可能是自己搞错了”，所以架也没有想太多，只是敷衍说些“有什么事马上告诉我”的话，不曾认真担心过。

想到这里，忽然起了一身鸡皮疙瘩。

没错。起初自己根本没认真担心过。对真实说的话，只是左耳进、右耳出。

于是，在真实的描述中，跟踪狂的存在越来越明显。在真实逃到自己家那天晚上之前，架一直没当成一回事。从那天晚上之后，才真正开始担心。

“我们还以为架你早就隐约察觉了。”

美奈子这么说，语气充满无奈。

“以为你已经察觉那女的说谎。只是都打算结婚了，抱着就算说谎也没关系的心情。难道你真的全部相信吗？到今天都还相信？”

“我一直相信。”

架说得肯定。刚才还大声嚷嚷的两人都不说话了。一直相信。直到现在也还相信——架很希望自己这么想，内心却已开始动摇。

——拜托你，快点回来！

那是真实第一次用这种语气对架提出要求。

——救救我，救救我，架。

真实的声音是如此急迫。但是为什么，自己现在会因为美奈子她们的臆测而起疑？

“那为什么她会失踪？如果根本没有跟踪狂的话。”

架这么说。两位女性友人依然沉默，只是用带有深意但尴尬的眼光看了彼此一眼。见到她们这表情，架内心出现不祥的预感。

“你们该不会……”冷汗沿背脊滑落，“你们该不会跟她本人说了吧？说跟踪狂的事是谎言？”

“……说了啊。”

阿梓承认了。架简直无语问苍天。不是比喻，而是真的这么做了。像找借口似的，美奈子说：

“起初是阿渚说的。她说‘真实，你手段真高明’。那女的一开始好像还没听懂，跟我们扯什么‘对，我很感谢架选了我做他的结婚对象’，就因为她这样，那时我们心里——这么说很抱歉——但真的觉得很好笑。”

美奈子这话说得毫不客气，刚才的顾虑不再，渐渐恢复平日本色。

“好笑？”

“于是我们就跟她说，不是啦，是跟踪狂那件事。不惜撒这种谎设计架向你求婚，手段很高明呢……这也是阿渚说的。”

架说不出话来。在无言以对的架面前，她们说出了更令人难以置信的话。

“可是，那女的没否认。”

“咦？”

“该说是没否认吗……总之，那态度应该就是承认了吧？”

美奈子这么说，阿梓也点头说“嗯”。架难以置信地问：“怎么回事？”

“……她忽然不说话了。一脸震惊的样子，脸色发青。明明可以笑着打马虎眼或提出反驳，但她这些反应都没有，突然就安静下来了。然后问我们——”

——架也这么认为吗？

“讲这话时，声音都沙哑了。所以我们也有好好跟她说，说我们什么都没告诉架，你们两人如果就这样决定结婚，我们也不打算多说什么。只是，看她那反应就知道，跟踪狂的事真的是她在说谎。而且这女的根本就不习惯说谎，就这层意义来说，她确实是你口中的‘乖孩子’啦。”

“嗯，看了真觉得她还不如豁出去光明正大承认。”

心脏掠过一阵刺痛。

真实遇到跟踪狂的事是不是说谎，这还无法断定。要是可以的话，架也很想相信她。但是，美奈子她们的形容历历在目，完全想象得出真实当下的模样。

那完全就是真实会做出的反应。脑中浮现真实这么说着，脸色铁青的样子。那想象现实得令架毛骨悚然。就连架都忍不住想说，拜托你光明正大一点好不好。

架甚至没有责怪美奈子她们的意思。

“然后呢？”催促她们继续往下说的声音软弱嘶哑。“后来真实怎么样了？”

“她就不说话。但是看到那副德行，大家都知道说中了。这么一想，身为架的好友，有些话就忍不住说出口了。”

美奈子露出今晚最尴尬的神情。架心想，不管再听到什么，自己应该都不会再更震惊了吧——尽管这么想，美奈子却说：

“忍不住对她说，真实你或许以为架是自己的真命天子，对他的心情也是百分之百的喜欢，但是架之前有过百分之百的对象，对他来说，真实只是百分之七十的对象。”

一口气。

架倒吸了有生以来最深的一口气。感觉就像这口气吸进身体里某个地方消失了，再度开口时，什么都呼不出来。

耳边传来美奈子的借口——我们都醉了。

架不知道自己现在脸上什么表情。可以肯定的是脸部肌肉僵硬，明明想发怒，嘴角却抽搐得像在笑。

喝醉了，我们都醉了。一直说得毫不客气的美奈子，现在总算带点惭愧地这么强调了好几次。

“……说自己醉了就当没事了吗？你们……”

好不容易挤出这句话。还以为自己的话语中会充满愤怒，不料语气透露出大受冲击的窝囊情绪，显得黯然神伤。当然也有对美奈子她们的愤怒，但比那更多的是一股近乎虚脱的感觉——难以言喻的情感揪紧了架的心。

第一个想到，这是自食恶果。那确实是自己说过的话。

想和真实结婚的心情只有百分之七十。这等于只给对方打七十分。无法下定决心结婚的原因也就在此。

无法否认。架确实这么想过。就连向真实求婚后仍是如此。直到她失踪前，架都还有迷惘。真的和她结婚就行了吗?

打从心底想诅咒过去的自己。

“抱歉。”美奈子道歉。道了歉，却又继续说:“可是架，你看过那女的 Instagram 吗？”

“看了。应该说，最近才知道她有在玩这个，所以是一口气看完的……”

就连美奈子她们都比自己更早看过吗？眼眶深处开始发疼。

“你们几个会不会太没品了？干吗偷看别人未婚妻的 Instagram？”

“是碰巧发现的。而且，这也是没办法的事吧？她自己要对全世界公开啊。”

美奈子摇摇头，抬起头看架，眼神欲言又止。

“架，你看了那个都不觉得怎样吗？”

“咦？”

“因为架老是说她是乖孩子，我们也觉得说太多不好，所以一直没说而已。但那女的 Instagram，该怎么说呢……”

美奈子小心选择遣词用字，顿了一顿才接着说:

“不觉得很扭曲吗？”

“扭曲？”

架这么反问时，嘴角微微抽搐，已经不知道是想笑还是想发怒了。

看来，这些女性友人——不止这两人，大家平常都在背后拿自己的未婚妻当话题，批评得兴高采烈。为什么会这样呢——一方面这么绝望地想，另一方面，即使是被她们评为“太天真”的架也明白一点。

之所以会这样，是因为真实不是她们的伙伴。

和架过去的女友不同，她们和真实是不同类型的人。不知为何，架想起那个没有亲眼见过的真实以前的同学，那个真实对金居说自己“不太喜欢”的同学。明明从未见过那个人，架却从她身上联想到眼前的美奈子和阿梓。

内心恍然大悟了什么，同时涌上一股歉意。

真实肯定也不太喜欢自己的这些女性友人。虽然只安排她们见过几次面，现在想来，每一次真实大概都很痛苦。

“说什么自己是低调的人，结果那女的 Instagram 还放了那么多自拍照啊。而且还只有拍得好看的才放上去。看了会觉得其实她很满意自己，也很有自信吧，自我感觉相当良好啊。”

“账号还用了架的生日数字，这点也让人不敢恭维。”

“没错！”

她们一定背着架说过这件事很多次了吧，一边说着一边附和彼此。接着，阿梓又说：

“那女的写自己低调，讨厌引人注意，感觉只是出于对受注目女生的嫉妒。她瞧不起那些女生，说什么希望别人接受原本的她，自己却什么努力都不想做，简直是厚脸皮。”

“简直是厚脸皮”这句毫不掩饰的话直接刺入架心中，在内心盘旋不去。

“努力”这个词也是。“希望别人接受原本的自己”——架想，只要是曾为婚活不顺所苦的人，任谁都有过这种血淋淋的情绪。

“对啊对啊。写的好像是架选择了这样的她，我们看了只会觉得她傲慢。到底知不知道自己的几斤几两啊，真教人无法原谅。对那女的来说，架或许是真命天子，但对架来说可不是这样。只不过是妥协之下的求婚，她在得意扬扬什么。”

架一听就知道她们说的是哪天上传的内容，是在 Instagram 报告了架向她求婚的事那天。

总算明白社交网站的可怕。就连那种私底下写给自己开心的内容，也会被别人看到，还解读成当事人完全没有的想法。

“你别生气哦，”架什么都还没说，美奈子就说了，“因为，要不是撒了跟踪狂的谎，她根本不会被选上，她却写的像是根本没这回事似的，沉浸在自己的世界里。所以实在教人无法原谅。明明是她自己先说的谎，一被别人指责就闷不吭声，好像她才是受害人一样。”

“你不是一百分的对象。”

“对架来说你只有七十分——只是妥协之下的结婚对象，所以要让你知道。”

这些话多么残忍。她们一定不明白，这是足以捣毁真实整个世界的恶魔宣言。投入婚活时，彼此怎么在心中计算彼此的价格，这种过程她们根本不懂。

正因为她们不懂，才提得出局外人的忠告。架已经知道她们接下来要说什么了。

“或许是我们多管闲事。”

不出所料，美奈子这么说。语带顾虑地皱起眉头，窥视架的表情。

“那个女的，别再交往比较好。”

“……为什么这种话你们过去都不说？”

听得出自己的语气已失去感情。不是故意这么做，说出口时自然而然就变成这样了。这时，美奈子眼中第一次出现轻微的退缩。

“因为我们不知道后来真实就失踪了。”

“嗯。架什么都没说，我们还以为那之后真实自己跟你说了什么，结果你们还是决定好好相处下去。再说，我们也答应她不把跟踪狂是谎言的事告诉你。”

“要是她自杀了，你们打算怎么办？”

架的声音渗着一丝寒意。自己说出口才想到有这个可能，心情倏地沉重下来。感觉难以呼吸。

然而，听了架这句话，女性友人又是面面相觑，照例翻了翻白眼，交换了一个架无法理解的眼神。

“……不用担心啦。”

那声音冰冷的程度不逊于架，美奈子再次半叹气地说：

“我说架啊……那女的不可能自杀啦。因为她很满意自己的啊。低调、不擅长表现自己——还有什么来着？只适合谈孤独的恋爱？这都是她写的吧。话说回来，孤独的恋爱到底是什么鬼啊？连在写负面的条件时，她都会用正面积极的‘适合’来肯定自己。那女的就是这种女人。自我评价过低，自恋程度却高得不行。‘我会自己放弃，所以你们什么都别说’，一直都是说着这种话逃避各种事的吧。”

说到这个地步，美奈子的声音已毫不留情。

一路走来恐怕都和真实走在完全不同的道路上，靠着算计心机在一群女人中披荆斩棘走来的这些女性友人，如今在架眼中就像陌生人。

“架，你人太好了。”美奈子说。

“真实失踪的原因，你觉得会是哪个？是承受不了自己说出口的谎言，还是因为生架的气？”

“哎？”

明明想对美奈子她们发怒，听到这个问题，架却发出狼狈的呻吟。一口气明白太多事情，心情来不及整理。

架还没回答，美奈子就说了。嘴角浮起一抹微笑。

“唯一可以确认的就是，她的失踪绝对不是出于谦虚退让。还有，一般人不管怎样也不会玩消失的。我再说一次，最好不要再跟那女的交往了。架，你真的认为那种女人好吗？”

按捺着焦虑的心情等到天亮，架立刻开车前往真实的出租屋。

或许是因为后来和当初拜托他们开门的不动产业者联系过好几次，熟悉原委的不动产窗口在得知架想再看一次真实的房间时，二话不说就答应了。不需要父母或担保人希实同行。

“我在外面等，结束后请叫我一声。”

将架独自留在屋内，不动产窗口离开了。

睽违三个月造访真实的房间，还是一样看不出有人回来过的迹象。和刚失踪时相比，看不出明显不同。

架这次要找的，是上次没确认过的地方。

打开壁橱，包括衣物箱和衣橱都打开看了。

最后，在放内衣裤的抽屉深处找到架想找的东西。那些东西就像偷偷躲藏起来似的，被人收藏在那里。

——刻有端整图案的浮雕宝石胸针，以及架去年送她的项链。

跟踪狂入侵房屋后，真实说有两样东西好像被偷走了。一个是母亲去意大利旅行时买回来送她，她也一直很珍惜的胸针；一条是架送的项链。两者都是真实平时经常戴在身上的东西，两人还讨论过或许因为这样才会被跟踪狂偷走。那个价格昂贵的胸针，还记得对警方提到东西可能被偷走的事时，阳子歇斯底里大喊："那个胸针不见了？"

项链是细致的银制品，可能因为放了很久没戴，好像有点褪色。那天晚上之前，真实每天都戴在身上——既然如此，为何偏偏跟踪狂来那天这条项链会放在家里呢？架第一次惊觉这一点。

拿起两件首饰，站在拉开的抽屉前，架动弹不得。房间里的化妆台上，放着架求婚时送的蒂芙尼湖水绿小盒子。真实连这个戒指都不带走吗？

在感觉不到人的气息，蒙上一层淡淡尘埃，彻骨冰冷的房间里，架深深吸了一口气。然后，自己终于承认了。

根本没有跟踪狂。

2

第二部

我在夜里奔跑。

跑在缺少街灯照明的深夜住宅区的一片黑暗中，为了尽快进入光线明亮的场所，脚步不停地向前奔驰。

身体不停地颤抖。

对现在自己正要做的事充满恐惧。因为我知道，一旦继续就无法回头。

既痛苦又悲哀。架为什么要让我做出这种事？

跑到车站前视野开阔的商店街，直到几个路上行人映入眼帘时，我才终于停下脚步。这么一来，更明显察觉自己的颤抖与呼吸有多么急促。感觉空气稀薄，瞬间我开始犹豫是否该向周围的人求助。有“证人”比较好吗？要做到这个地步吗？不惜把他人拖下水，只为了制造“事实”。为了把自己逼到无路可退的地步。

下定决心，今天一定要执行，我跑出家门。

要做就得一次做完才行。要是现在心情受挫退缩了，我恐怕再也办不到。

犹豫的瞬间，身旁的车道闪过刺眼的汽车大灯。那辆车是黄色车身的出租车，一看到以红字标示的“空车”两字，我立刻迈步奔跑。

“等等！停车，拜托！”

不顾周遭眼光举起手，及时跑到车子前。幸好司机似乎注意到了我，打开了车门。

“请先往丰洲方向开，麻烦了。”

近乎跌坐地钻进后座，一关上车门，腋下忽然惊觉什么似的流出汗水。我从口袋里拿出手机，指尖却僵硬得无法好好触碰屏幕。

快点快点快点……

快点出来，快点。

要是没有一鼓作气完成，心情就会受挫退缩了。

从通话记录里寻找西泽架的名字。明明常常见面——明明在交往，不往回翻阅通话记录就找不到他的名字，这令我焦躁不已。拨通后，耳边传来嘟嘟声。

“——喂？”

一听见电话那头的声音，自己的吸气声瞬间变得像泄气的气球般尖细，又像嘶哑的哀鸣。要是他没接的话，一切将在徒劳中结束。那样就算了，也没办法，直到刚才，内心深处都还希望干脆就这样算了。

但是，他接了。

我用预先准备好的声音，拼命装出走投无路的语气。架，架，架，救救我。

“那个人……”

“咦？”

接起电话的架身后传来聚餐的声音。啊，他又跟那群人去喝酒了吧。比起跟他交往中的我，架和从前那群朋友的关系似乎更亲密。和对我的小心客气不一样，他叫那些女性朋友时总是不客气地说：“喂！你这家伙。”我真的一直很讨厌看到这些。

视野因泪水而模糊。握着方向盘的司机通过后视镜窥视，显然对我的行动感到疑惑。啊，忘了先问司机能不能在车上打电话。都什么时候了，我竟然还在顾虑这种事。可是，明明自己平常都会注意到的，遇到临时得在车内打电话的情况时，一定会先知会司机一声，否则太没礼貌了——我明明每次都记得问的。

我有自觉，现在正打算舍弃过往的自己。

手抚胸口，眼泪却不由自主地流出来，顺着脸颊滑落。

“那个人好像跑进我家了，怎么办？我不敢回去。”

“那个人是指……？”

隐约听得到架背后的说话声。“等一下啦——”，“你要这么说我也……”，“可是那家伙啊——”。他好像和好几个朋友在一起，有男人的声音，也有女人的声音。他们称呼架时的语气和我不同，总是特别亲昵。就是那群人。

电话另一端的气氛变了，架的声音严肃起来。

“真实，你现在人在哪儿？”

“车站附近，现在刚乘上出租车。抱歉，我现在可以去你家吗？”

“可以啊，当然可以，这没问题。只是你说那个人在你家是……？”

架似乎移动到一个安静的地方，电话那头的喧嚷声小了些。

“下班之后，我正要回家时，看到家里灯是亮的，那个人在里面。我没进去，直接跑出来了。”

“我现在马上回去，抱歉，我还在外面。”

架这么说。背后再次传来声音。

——喂，架！你在打电话？女朋友打来的？

架不耐烦地回对方：“别啰唆！”

“真实，如果你比我先到家，先请出租车停在门口，你坐在车里面等，最好别落单——”

“我知道，可是，可是，拜托你快点回来！”

我口中迸出哀求。

心里想的是：“你够了吧，别再拖拉！”

我现在情况很紧急！

我明明差点遇到危险，逃了出来，架应该要更认真担心我才对吧——你都不怕我出事吗？

我觉得好窝囊，泪水又模糊了视野。

拜托，算我求你。为我拼命，保护我。

知道有别的男人缠着我，一般来说不是应该更生气，更冲动吗？

先前无论我用多担忧的语气说这件事或暗示有这样的人，架都不曾拼命担心过。

你一定以为我不可能遇上跟踪狂吧。

这或许是第一次用这么强硬的口吻对架说话。我总是担心要是说了，就会被讨厌。一直以来，为了不被讨厌，从来不说任何露骨的话。话说出口，我才心头一惊，“抱歉——”捂住嘴巴，手还是很僵硬。

“抱歉，我不该说这种话。可是，救我，救我，架——”

“啊，真是的！”架心烦意乱地说，“是我不好，不该丢下你一个人跑来喝酒。”

电话依然维持通话状态，架似乎已离开餐厅。啊，太好了。他的声音听起来总算认真为我担心。

我哭了。

真不中用。不做到这种地步，他就不会为我拼命。无法让他拼命的我。

哎——

拜托，别让我做这种事。

好好珍惜我。说你爱我。

司机已经完全注意到后座的我不太对劲，一听到我挂掉电话立刻问：“你没事吧？”

“小姐，你还好吧？”

“……我还好。”

一边这么回答，我一边想，才不好呢，我一点也不好。眼泪再度涌出，我硬是伸手擦掉了。

快点快点快点……

架一定正在为我赶路。我心存感激，却仍无法打消恐惧。不知道要到什么时候自己才会“没事”。心头恐惧不安，再次哭泣起来。

只能祈求。

拜托了。好可怕。架，拜托你了。

救我。

救救我。

我不够坚强，无法靠自己一个人活下去。

已经厌倦父母逼问何时结婚了。已婚的朋友们不知道是怎么看待我的？我已经厌倦揣测这些事了。只不过是还没结婚，就要被周遭认为结不了婚的人，我也已经受够这种事了。

心想，为什么？

交往之后，我觉得你就可以了。

过去一直说着“找不到好对象”的我，认识了你，开始觉得“这个人就可以了”。交往之后，一心以为终于能够摆脱那些悲惨的遭遇，还以为终于没问题了。

我不想逼你。

我一直静静等待，希望像众多朋友那样自然获得交往对象的求婚。

救救我。

别再让我做这种事了。

我好痛苦。

架。

跟我结婚吧。

第一章

回想起来，那是找工作面试时的事。

“本公司是你的第一志愿吗？”

因为还有父亲认识的议员介绍的县政府工作，眼前这家公司其实不是我的第一志愿。学校有很多毕业生利用推荐就职名额进入这家公司，正因如此，我对这家公司有点抗拒。虽说和大家一样也没关系，要是可以的话，跟大家不一样才显得我比较特别。

所以我这样回答：“不是，还有别人介绍的工作，那里才是我的第一志愿。”

面试官是一位男性，他看起来似乎有点讶异，但我并未太在意。

“你的第一志愿是哪里？”

“是县政府。”

“那份工作——是正职吗？应该不是吧？”

“应该是这样，没错。”

如此回答之后，我才发现自己回答得模棱两可。但是老实说，我也不知道。父母只告诉我是县政府的工作。是不是正职，我也不知道。

面试官露出难以置信的表情，没有再多问什么。

之后，确定要去县政府工作时，姐姐希实对母亲说：“就算只是民间小企业，真实也应该当正式员工才对！”听到她跟母亲的对话时，我才知道自己当时去面试的是正式员工的职位。

因为人家叫我那天去，我就去面试了，心想反正也不会被录取。那时候的我觉得怎样都无所谓。

一起去面试的大学同学们后来都获得内定录用，只有我没有。妈妈问我“怎么会这样”，我才把面试上的对话说出来。说及被问是不是第一志愿的事时，爸妈都傻眼了。

“那种时候不管怎样都要回答‘是的，只要获得录取，我打算来贵公司报到’啊。真是的，真实就是太老实了。”

“可是，那不就变成说谎了吗？”

“有时也需要善意的谎言啊。真实真是的。”

姐姐回家时，妈妈向她提起这件事。我正好从二楼下来要进客厅，她们大概没想到我会听见。

“什么？真实是笨蛋吗？”姐姐这句话让我很受伤。说“笨蛋”就太过分了。我听见妈妈反驳的声音。

“没办法啊，真实就是老实。”

“你们老是说她老实，因为老实而吃亏的话，老实又有什么好处？”

“她是乖孩子啦。”妈妈这么安抚姐姐。

学生时代，我曾谎称要一起去滑雪旅行的都是女性朋友。到最后一刻，因为还是觉得说谎不好，对母亲坦承了也有男生。姐姐得知这件事时，用同样的语气说了一样的话。

她说:“你是笨蛋吗？”

为什么突然想起这事，我也不知道。只是突然觉得，和当时好像有什么很类似。

这样的我，放弃了当一个乖孩子。

就这么一次，我抛弃了一直以来坚持守住的善良——被迫抛弃。我说了一个谎，这辈子最大的谎言，用尽全力。

不夸张，我真的这么认为，然而，却像这样被这些人轻易识破。

“真实，你手段很高明嘛。”

听到她们这么说的时候，内心产生不祥的预感。

架的朋友们都不是我过去交好的朋友类型。我虽然喜欢架，但每次被带去参加他的朋友聚会时，心里都觉得很讨厌。

可是，我们已经要结婚了。所以，当她们醉醺醺地说“就当作庆祝你们订婚”时，我当真了。

只要早一点或晚一点走，说不定就不会被她们看见，我也已经回家了。

“还好吗？”要先回去的 Janet 那时担心地看着我。现在回想起来，或许她也感觉到某种不愉快的氛围。Janet 是我来东京后第一个交到的朋友。开始在现在的公司工作，认识像她这样的人，老实说，我真的很开心。语言能力好，靠自己实力领取奖学金留日，之后又发挥所学与专长找到工作的 Janet，个性比我过去认识的任何日本人朋友都更爽快，头脑又好。和架的那些女性友人说话时，我经常在脑中想着 Janet，借此忍耐过去。

我告诉自己，我拥有像 Janet 那么有魅力的朋友，根本不用在乎眼前这些人说什么。

以前我曾直接跟 Janet 说："好羡慕你的行动力和语言能力。"那时，Janet 问我：

"真实，你会想直接跟外国人沟通，或是想去不同国家生活吗？如果你没有这类强烈的欲望，过自己喜欢的人生又有什么关系？对什么东西没有兴趣不是一件可耻的事。"

这句话大大拯救了我。过去，我对什么都没有兴趣，因此被各种人瞧不起。Janet 让我知道，有问题的是瞧不起我的人。

这么喜欢的同事那样担心我，我还说着"没关系"，让她先回去了。

我想我是一时大意了。

"真实，你在外商公司工作吗？"

"不是吧？我记得是在学校当行政？"

大概因为刚才跟我在一起的同事里有美国人和英国人讲师，她们才会这么问。但就连这种问法，都让人感到厌恶。

来我工作的英语补习班上课的学生大都很认真，其中也有不少人打算考取其他资格或执照。最重要的是，每一位讲师都积极学习日语，和我或这些轻浮的人不一样，他们都是脚踏实地、很了不起的人。我自己当然也不喜欢被人轻视，但更极度讨厌这些同事被她们瞧不起。心想自己得说点什么反击时，却听到她们开启了另一个话题："阿渚，你的英语超流利，是去哪里补习的吗？"我顿时说不出话来。

"没有啊，只有出国留学，在日本没学过。"

"这样啊？还以为你是归国子女。"

"五岁前确实住在加拿大，但那时的记忆早就没了啊！"

"阿梓英语也蛮好的。"

"还行啦。没办法啊，毕竟有个外籍主管，磨也磨出来了吧？"

——原来她们都会外语。

受到这事实的强烈冲击，我几乎说不出话来。没想到外表这么浮夸，给人轻浮印象的她们，头脑竟然也很好吗？跟我那些认真努力的同事一样？

"不过如今这时代，会英语也没办法换什么好工作。"

另一个人这么说。我越来越不知道该如何回应了。

听架说，这些女生里有人已经结婚有小孩了，那么今天她们是把小孩交给别人照顾，自己出来喝酒啰。这点也让我难以置信。既然已经走入家庭，为何不好好待在家里，还要像这样装作自己单身似的。无法理解。

"真实，你手段很高明嘛。"这句话让我理智断线，怒火中烧。但我心想，只要自己坚定态度就没问题。所以这么回答：

“对，我很感谢架选了我做他的结婚对象。”

就算这些人满不在乎地对我用亲昵态度说话，我仍坚持对她们使用敬语。这么一回答，她们面面相觑，对彼此使着讨厌的眼色。其中一人说：“不是这个意思。”

“我们指的是跟踪狂那件事。不惜撒这种谎逼架向你求婚，我们大家都在说，你手段很高明嘛。”

这些人至今到底说过多少谎。

一想到她们满脑子都是令世人认为“女人真可怕”的算计与谎言，却能像这样打扮得漂漂亮亮，面带社交笑容，我就不由得全身发寒。这话一点也不夸张，感觉身体里的寒气就要从嘴里吐出来了。

就那么一次，我赌上整个人生在夜里狂奔，她们却如此轻易就能识破我、嘲笑我。可见她们活在一个充满谎言的世界中。

我毫无反击能力。

哪种程度的谎言算善意，哪种程度的谎言可以接受，我已经搞不清楚了。我这才明白，在说谎这件事上我真是个外行。她们像这样嘲笑我，但似乎不打算去跟架打小报告。说来可怕，她们明明讨厌这样的我，却能接受我的谎言。甚至还说我“手段高明”，承认对我甘拜下风。

“真实，你可能以为架百分之百想选择你，不过不是这样的。”

和架感情最好的美奈子小姐这么说。

“咦？美奈子，你要说出来吗？”“要说亚优的事吗？”其他人的声音此起彼落，但是，没有一个人真心阻止她。于是，美奈子小姐对我说：

“架说了，你只有七十分。如果是一百分，他早就决定跟你结婚了吧。会拖到现在，大概是拿你跟过去那些一百分的女朋友比较的关系。抱歉，我是觉得架在勉强自己。毕竟，你跟他从前那些女朋友完全不同。架对你也是还有点客气的感觉，我一点也不觉得你们合适。”

和架感情最好的美奈子小姐，也是这些人当中，我最讨厌的一个。我一直拼命告诉自己只是不擅长和这种人相处，但老实说，我就是讨厌她。这时我终于发现，也认为承认这点也没关系了。

她又没有要跟架结婚。

她在架的人生中明明什么也不是，要跟架结婚的人又不是她。不过，这个人应该很喜欢架吧。所以她才无法原谅自己喜欢的架跟她不喜欢的人结婚。

即使能接受我说的谎，甚至拿来嘲笑，却不能原谅我用这种手段跟架结婚。

“七十分”和“他应该早就决定结婚了吧”。

“没能让他立刻那么做的我”和“至今交往过的那些一百分的女朋友”。

她们说的这些话——

“在找结婚对象时捡到像架条件这么好的对象，你真的很幸运。要不是因为他始终无法忘记亚优，迟迟没有结婚……”

“架也真是笨，要是正正常常谈恋爱的话，早就和谁结婚了吧。”

已经分不出哪句话是谁说的，只觉得她们所有人都在指着我骂。

“正正常常谈恋爱”。事后回想起来，就是这句话使我非常痛苦。

对这些人来说，架“只是为了找一个结婚对象”才选择我，我们之间“不是正正常常的恋爱”。我觉得自己被彻底看轻，根本没被当人看。

但是，即使如此我也知道——那些自己不知道的，至今没亲眼看见的事实，从某部分来说，或许只是故意别开视线不去看罢了。

架总是用粗鲁的口吻和这些女性友人说话，偶尔也拌嘴吵架，一副乐在其中的样子。我非常讨厌这件事。他从来不会那样对我。对待我时的客气小心，说好听是珍惜我，其实也是一种冷淡。

不过，我一直告诉自己这很正常。

我说服自己，只有我才看得到架绅士的一面，其他人都看不到。

“感觉架很不自在。”

“对啊，一副很无趣的样子。”

美奈子小姐那么说，不知道谁附和着她。

“其实你们要结婚是没关系啦。我们也不打算去跟架碎嘴说真实根本没遇上跟踪狂。”她们不负责任地说。

“反而觉得你为了架能做到这地步颇有勇气。只是，身为架的死党，总觉得无法放手祝福就是了。不过，你们幸福就好。”

嘴上这么说，语气听起来一点也不好。这时，我忽然惊觉——

我应该表现出生气的样子，说“那不是谎言”才对，我却忘了发怒，只是茫然地站在那里。

明明可以装傻，我却连这也做不好。

好想回家。我站起来说“抱歉，我要回去了”。身边这些人似乎感到滑稽，纷纷笑着说：“看吧，都是美奈子欺负人家。”

“喂，”美奈子小姐叫住了我，“要请我们去喝喜酒哦。”

美奈子小姐面带微笑。

“我们真的什么都不会跟架说，放心。”

我已经不记得自己有没有回话，或是回了什么。

“真实，Bye-bye。”

“别放在心上，下次再一起玩！”

她们说出令人难以置信的话，比我高明好几倍。她们都是专业的说谎高手。我所坚信的“不能说谎”的信念在她们的世界里不是常识。她们在这样的世界里活得这么高明。

走出店外，深冬夜晚的寒气抚上脸颊，终于流下今天第一滴眼泪。

我感到丢脸，想尽快离那家店，越远越好，于是小跑起来。比曾经那个夜晚的狂奔更为急迫，口中发出呐喊般的哭声。

那无力克制、宛如野兽咆哮的哭声吓到擦身而过的路人，尽管受到周遭路人注目，但我没有停下来。怀着幸福的心情接受Janet她们欢送的饯行会好像已经是遥远的过去，发生在另一个世界里的事。

我只是想活得善良。

和那些活在虚伪世界里的人不一样。

但是，我是不是错了？

自从说了跟踪狂的谎，用算计与心机逼架结婚那时起，我是否已不再善良，是否已失去轻蔑她们的资格？

哭着跑到最近的车站，把饯行会上大家送的花束往墙上砸，直接丢掉了。非常非常悲伤，被迫做出这种事，我非常悲伤。

回到家，架已经进卧室了。

一把火在我心中熊熊燃烧。其实连他的脸都不想看见，其实在生他的气。但就因为在生他的气，所以想跟架说话。

只要说了，说不定就会明白今天的一切都是误会。

只要说了，就能回到什么都不知情的昨天，那或许才是真实。

“架……？”

我窥看卧室，轻声呼唤他。架说梦话似的回应：“噢……你回来啦？”但是，马上翻个身又睡了。

今天架比平常回来得早，讲话却口齿不清，大概还是去喝酒了。

真想杀了他。

据说这个人给我打的分数是七十分。

我当场就想反驳“没那回事”，却没办法做到。因为这人确实没有立刻决定跟我结婚啊，还害我撒了那种谎。明明跟我交往了，明明现在正在跟我交往。

除了他之外没有别人了。我这么想，所以才跟他结婚，他却对别人说只给我打七十分。不是八十分，而是七十分，这一点让我大受打击。七十分绝对不算低，但也称不上高。也就是说，不是不及格，也不是满江红，只是个不知道到底是好是坏、勉勉强强的数字。

把人拿来打分数这件事本身就很过分。

我从没有打过眼前这人的分数。真的要打的话——真的要打的话，虽然不甘心，但在昨天以前，我会给他将近一百分。

难道你对我不是这样的吗？

不是因为给对方打了一百分才决定结婚的吗？不是因为除了对

方之外没有别人了吗？对，难道不是因为你选择了我吗？

脑海中思绪奔腾。

连我在哭的事，这人都没发现。快点发现，急着安抚我，受我责备而手忙脚乱，然后向我道歉，找借口辩解。

我脑中一直这么想，这么想象。

可是，架都不起来。

明明我一直在床边哭泣。

整个晚上我都在床边哭，做好责怪架的准备，几乎没睡。

我也想过干脆伸手去勒他的脖子，或是从厨房拿菜刀来。

不是想要他死，只是希望他能察觉。

可是，架完全没察觉。

说不定把他叫起来骂还比较好。但是，我希望他能在我那么做之前自己先察觉。为什么只要我不采取行动，这个人就什么都不会发现？

天亮了，架好像快醒了。

我躺在一旁流泪，他甚至没有摸摸我的头就站起来，走向洗脸台去了。连叫一声我的名字都没有。

快点发现，快点发现，快点发现。

我全身僵硬着等待，架却出门了。

电视剧或电影里的恋人，其中一方出门时，总会爱怜地摸摸另一个人的头发，呼唤对方的名字。那种事从未发生在我们之间。之前我不曾在意这种事，如今却感到心碎成片。我终于发现——

自己从未受到珍惜。

因为只有七十分。

因为他对我的喜欢，只有七十分。

听得到架在洗脸台边盥洗和刮胡子的声音。做好外出准备后，他就出门了。都没有对还在睡觉的我说声“我出门了”。

没有他在的屋子里，我哭着起身。明明已经哭得够多了，眼角依然涌出新的热泪。

想起饯行会上大家送我的花束。

从来没收过那么大把的花束，我却把它丢掉了。

明知我昨天参加饯行会，他却没发现家里连一把花都没有吗？没发现我昨天遇到什么事了吗？

昨天是我最后一天上班，他也根本没想到要说点体恤的话，慰劳关心我几句吗？

我捶打枕头，像无理取闹的孩子一样在床上跺脚翻滚。内心深处暗自期待他这时回来。明明我是那么期待。

不知该如何是好。

怀着难以收拾的心情，暂时回到好一阵子没回去的出租屋。

回去之后，我看到自己放在化妆台上当装饰的蒂芙尼订婚戒指盒时，心又乱了起来。

拿到这个的时候真的很开心，是真的。

我发出“呜呜”的呻吟，强忍拿起戒指盒往墙上砸的冲动，把戒指放回盒子里。因为舍不得，一直没把戒指戴在手上。但是，总觉得现在如果把这个万分珍惜的戒指丢掉，仿佛连心也会丢失一部分。

就这样我在屋里哭了好久。

脑中不断重现昨天那些人的话和她们的声音，以及没能勒住架脖子的事。每想起一次，我就会问自己究竟该怎么做？接下来该如何是好？好想问昨天的每一个人，你们到底要我怎么做？

就在这时，架打电话来了。

看到手机屏幕显示“西泽架”的名字时，我全身紧绷。

心里想的是“说不定他发现了”。

或许美奈子小姐跟他说了。说抱歉，我们喝醉了，对真实说了过分的话。架听了一定慌了，急着来跟我道歉。

内心一阵雀跃，接起电话。

期待所有错误受到匡正，内心就能重拾平静。

“——喂？”

然而，电话那头传来的，却是架稀松平常的声音：

“啊，喂？刚才婚礼会场跟我联系，关于预约有些事要再确认，你现在可以打电话吗？”

看来，架那里什么异状都没有。一想到这点，从昨晚起不知第几次感觉到的绝望就把我的心染成一片黑色。

美奈子小姐是不会跟他说的。

她真的不会把我的谎言告诉这个人。

因为她们是习惯住在谎言世界里的人，就算发生这么严重的事，对她们来说也没什么。

所以架永远不会察觉，也永远不会向我道歉。

七十分的分数，永远不会有收回的一天。

这么想时我才发现，原来我最讨厌的就是这一点。

受伤的原因虽然很多，其中最讨厌的就是架给我打的分数。想拜托老天爷让这件事当作没发生过，让我从七十分变成一百分。这都无法实现吗？

我即将跟不给我打一百分的人结婚，一辈子和他一起生活吗？

“啊，抱歉，现在有点事……晚一点我再打给你好吗？”

“好啊，我现在也正要出门处理一件工作，晚上再说也可以。”

他挂上电话。在这通毫不拖泥带水的电话结束后，空虚的感觉不断扩大。

心受了伤。

回过神时，我正在回前桥老家的路上。

不管怎么想，今天晚上我都无法装作若无其事的样子面对架，话虽如此，也没有勇气把昨晚发生的事告诉他。

该怎么告诉他呢？要在省略跟踪狂谎言的情况下，只把她们对我说的那些过分的话告诉他是不可能的事吧。昨晚我思考过无数次，一旦架跑去责备她们，事情立刻就会曝光。到时候会有什么后果，光想想就教人恐惧。

但是，无法原谅架的心情和恐惧一样强烈。

我希望有人听我说话，希望有人安慰我。希望架和我一起数落那些女性友人的不是，陪我一起生气。有问题的是在谎言世界里如鱼得水的她们，我的心情才是正常人该有的反应。我希望他能这样告诉我，让我得以回到至今相信的价值观世界。

回老家的话，我在那里生活时的衣服和生活用品都还在，我的房间也还在。所以只带走最低限度的必需品，我就搭上电车了。

在不知来过几次的前桥车站下车。平时白天的车站很安静，站前出租车排班处附近的广场上，只有推婴儿车的母亲和几位老人家。与昨晚颠覆我整个世界的狂风暴雨形成对照，干爽的冬阳明亮地照在每个人身上。

打电话给妈妈吧，请她来接我。

她一定会很惊讶，我打算把事情告诉她。听到妈妈声音的瞬间，我说不定会哭出来。一察觉我在哭，妈妈一定会很担心，然后——正当我想到这里时，仿佛命运的恶作剧，手机振动了。

我发现自己仍下意识地期待看到架的名字。

说不定不用哭着跟妈妈说那件事了。要是架打来的话，这次一定能把话说开。我怀着雀跃的心情拿出手机，屏幕上显示的不是架的名字，竟是我正打算打电话的对象——妈妈。

"——喂？"我不假思索地接起电话。

我以为，妈妈说不定从哪里得知我回来了的事。妈妈察觉我的心情了吗？怀着这种想法接起电话，却听到妈妈连珠炮的声音：

"噢，真实啊，是妈啦。你现在可以打电话吗？我跟你说，关于婚宴的事，你上次不是说亲戚只请叔叔婶婶，堂兄弟姐妹就不请了吗？可是啊，美笑现在住在东京，你婚礼又是在东京办，至少该请她参加吧？我跟你叔叔婶婶他们聊到婚礼的事，他们也说当天晚上会去美笑跟她先生家住。我跟你爸就在想，这样的话，不请美笑好像太失礼？”

妈妈噼里啪啦地说着，我一时无法回应，也感到困惑。

一直等到她说完，我才理解妈妈根本没有发现我回前桥了。

“啊，嗯……”

拖拉着没有正面回应，内心逐渐涌现一股不耐烦。

“婚礼还那么久以后的事，你何必急着打来说这个……”

“话是这样说没错，但上次才跟你说到要不要请堂兄弟姐妹的事嘛，就有点操心。”

她从来就是这样，只要一想到什么就非得马上去做不可。尤其事关孩子时更是如此。姐姐为此不知和她起了多少次冲突。

妈，听我说。我跟架……

正想把被她打断的话说出口，就在这时，我停下动作。

在这晴朗但犹有寒意的二月天空下，一对母子坐在车站前的长椅上。此时，一辆看似来迎接她们的家庭式休旅车开到她们身旁。她们站起来，开车的男人下来协助妻儿上车。

看见那个男人的瞬间，我感觉心脏剧烈跳动。

像个少年一般戴着便宜的棒球帽，身材有点矮胖的那个男人，看起来很像从前和我相亲过的对象。名字已经记不得了，只记得是个工程师。我完全无法把那个人视为恋爱对象。

孩子们高喊“爸爸”，朝他跑去。孩子的妈在后面说“小心不要跌倒”。男人温柔地对妻子说：“欢迎回来，结果怎么样？”

由于站在稍远的地方，我产生一股走上前去确认他长相的冲动。虽然觉得很像当年的相亲对象，但也可能只是帽子和服装及身材正好相似而已。但是，就算听到声音，也无法确定是不是他。

男人的身影从视野里消失，现在只看得到他太太。

身材纤瘦，头发梳得很整齐，长相普通。就是寻常太太的样子，我的同学里说不定就有这样的人。

看着他们，我忽然发不出声音。

“真实？你最近过得怎样？没记错的话，昨天是最后一天上班吧？”

耳边忽然传来妈妈的声音。瞬间我发现，不行。

现在不能寻求妈妈的慰藉。

“嗯，昨天同事帮我开了饯行会。”

“哎呀，这样啊。那你是从这个月开始去架的公司工作吗？”

“预计是这样。”

“小心点，要是结婚前因为工作的事闹不愉快，最后无法结婚可怎么办。”

妈妈发出不负责任的讪笑。我敷衍地回应几句“噢、嗯”。

“那就再联系。”

和打来时一样，妈妈自顾自地挂上了电话。

车站前的母子上了车，早已不见身影。我一直看着那辆车开远，还在想那人到底是不是以前相亲的对象。是不是那个穿着品位差到令人难以置信的金居先生。啊，这时终于想起他的名字。

跟金居先生相亲，已经差不多是六年前的事。

这么算起来，就算对方已经结婚也不奇怪。就算有小孩也一点都没问题。

那个金居先生戴着棒球帽，穿着不像刻意做旧，就只是穿了很久的破旧牛仔裤。正因事前听说他是工程师，见面时不禁失望地想“就是他吗”。不但长相没有预期的帅，明明一直都住在东京，说话时还是夹杂群马腔，这点也让我不太满意。当工程师的人头脑应该很好才对，他却和想象中清瘦的秀才类型完全相反。

和我学生时代暗恋过的男生也都不一样。那时我心想，原来靠人介绍的对象会和理想差这么远，不禁觉得自己好悲惨。

但是那时，我也曾这么想——像他这种类型的人，就算早就在哪儿和谁结婚了也不奇怪。

虽然我没有选择他，但一定有人愿意跟这种类型结婚吧。如果他不是在婚活场合遇到的人，而是同班同学的先生，我说不定会觉得他“人看起来挺好的”。

刚才那个开车来接妻儿的男人，就是这种随处可见的“好爸爸”类型。

拒绝金居先生时，妈妈说“明明是看起来那么好的人”。问妈妈“抱歉，可不可以拒绝”时，我哭了。特别中意他的妈妈说:“把这么好的人拒绝，他马上就会跟别人结婚了。”听妈妈这么一说，我感到有点羡慕。

不过，我并不是羡慕对方可以和金居先生结婚。

是因为我自己没办法将金居先生视为结婚对象，另一个女人却可以，所以我羡慕她。

羡慕她不在意他可怕的服装品位。羡慕她不在意他粗俗的说话方式。羡慕她可以认为“这个人很好”。工作、学历等条件都很好，所以妈妈中意他。要是我也能和妈妈一样中意这个人，那该有多好。每次和他见面时我都这么想，希望自己能喜欢上他。但是始终没办法，所以我非常痛苦。

正因如此，我真心羡慕能认为金居先生很好，愿意成为他妻子的人。

刚才那个乘休旅车离开，可能是金居太太的人，能将我无法视为结婚对象的人认真地视为结婚对象。这么一想，我到现在还有点羡慕，并且觉得自己好悲惨。我不是想跟那个人结婚，也不后悔拒绝他，只是，总觉得和他们比起来，自己似乎太不成熟了。

或许是因为现在和我视为唯一对象的架变成这样的缘故吧。但是，我真的打从心底羡慕看来再平凡不过的那一家人。我完全不认为自己和架能成为那样的夫妻。

无法想象架开着车来，那样温柔地迎接带着孩子等待的我。

即使如此……

大概是在东京时，我在架的公寓和自己的出租屋里都一直在哭的关系，现在已经流不出眼泪了。冷风无情刮过哭累之后泪痕早已干透的脸颊。

即便如此，除了和架结婚之外，我别无选择。

因为我发现，要是刚才把昨晚的事告诉妈妈，一切就玩完了。

他给我打了“七十分”，还把这件事告诉他的女性友人，以及她们为此嘲笑我的事。要是把这些事告诉妈妈，妈妈一定会气到发疯。不但生气，还会因此讨厌架。即使现在还在担心我万一搞砸工作会连婚都结不成，到时候肯定会完全站到讨厌架的立场。到那时候，她也不会答应这桩婚事了。就算最后婚还是结得成，往后她一定会动不动就嫌弃架。我不希望事情变成那样。

仓促之间想到这里，我就发现了。

我现在不想看到架，认为他很过分，也觉得他背叛了我。现在我还不想回他的公寓——可是，我连一丝不想嫁给他的念头都没有。

我只希望有人安慰我，说我没做错。但是，我没想过要和架分手。

然而，一旦把昨天的事告诉妈妈，和架大概就得到此结束。就算今后我和他好好谈过，一切问题也都解决了，妈妈恐怕还是不会接受他。

所以，我不能说。

我想起来了。自己当初为什么离开家。

为什么想一个人生活。我想起来了。

那是我还在县政府工作时的事。

在妈妈介绍的小野里夫人那里相亲不顺利——跟职场的人提过这件事后，我就被带去参加联谊。那是跟县政府其他部门男同事合办的聚餐，起初我都会拒绝，但去了之后发现也挺有意思。只是后来得知也会有已婚男性参加，感觉不像是认真找对象的场合。

里面有和金居先生气质相近的人，也有和我第二个相亲对象花垣先生一样不管跟他说什么都只会点头的人。已婚男士们故意炒热气氛，像拼命想劝我接受对方似的说些“这家伙其实很老实”之类的话。看到那样的人时，虽然心里也会想“啊，确实看起来人挺好的”，但那个人不但不懂得推销自己，对帮忙炒热气氛的同事也不怎么感谢，这或许就是他找不到结婚对象的原因吧。

老实的好人。

那个时候，我再次羡慕起素未谋面的对象。

县政府员工、老实认真、是个好人，要是我也能把这样的人视为恋爱对象，不知道有多好。但是，我就是做不到。从介绍认识的那一刻起，我无论如何也无法将对方视为恋爱对象，遑论进一步的发展。不是故意讲反话，要是能出现让我觉得不错的人，真的不知道有多好。但是，就是没办法。在婚活或联谊的场合，这样的事一再重复。

不过，就算是这种话不投机，也不被我当成结婚对象人选的人，人家也未必满意我。尤其是头脑好的人，自尊心往往很强。

当时我在议会事务局工作，老实说，进那里工作前，就算在街头看到选举海报，我也分不出县议会议员和国会议员的差异。跟事务局的同事讲这件事时，大家都很傻眼。有一次参加聚餐，我为了炒气氛，就把这件事拿出来说。结果，一个几乎没交谈过、看起来很老实的男人对我说：“你那样很糟糕吧。”

说这话时，他眼中清楚地浮现出瞧不起我的目光。

“在这种地方工作还这样，太糟糕了吧。会把那种事在这种场合讲出来的你也很有问题。”

即使是这种不受异性欢迎的人也有他的自尊，我心想，现在我就是被他拿来满足某种自尊心了吧。这么一想，微笑的嘴角不由得抽搐。他也露出嘴角抽搐的微笑对我说：“真想知道你父母是怎么教育你的。”

这种时候，我偶尔会想起金居先生。金居先生的学历比眼前说难听话挖苦人的男人更好，他却完全不会说这种难听话，对我总是很亲切。我怀着想哭的心情告诉自己，连那样的人都说想继续跟我相亲呢。只能紧抓着这个事实不放了。这种事，那阵子经常发生。尽管拒绝金居先生一点也不可惜，我还是自私地这么想，无法阻止自己这么想。

“可是，真实也很认真向上啊，她有在积极学语言和手语。”

帮我说话的是约我参加聚餐的女性正职员工。那段时间我确实在她的邀请下参加了县政府举办的免费课程，和她一起去学语言。虽然不曾认真想学会说英语或汉语，唯有手语，总觉得学会的话好像挺酷的。

然而，听到她这么说，那个男人更嗤之以鼻，瞥了我一眼说：“学那种东西，能派上什么用场？”

“你学那个不是因为工作上需要吧？难道你想换一个用得到手语的工作？如果不是的话，何必学那种东西？”

明明在聚餐上没看到觉得不错的对象，也不怎么愉快，我还是随波逐流地跟着去唱了卡拉OK。不知不觉超过晚上零点，急忙拿出手机一看，有好几通妈妈的未接来电。

我叹口气，也想过是不是该回电，但都走入社会了，过去也从没这么晚回家过，应该没关系吧。于是，就这么直接回家，心想妈妈可能已经睡了。

不料，夜里一点多回到家时，妈妈还醒着。醒着，用冷淡的声音对我说:“你以为现在几点了？”

“你爸爸也一直等到刚刚才去睡，他很不高兴。你到底是去做什么了，为什么这么晚才回来？”

“跟县政府的年轻同事去喝两杯。”

“都是女孩子吗？玩得这么晚，那些孩子的爸妈到底在想什么？”

我噤口不言。那时，我已经三十一岁了。只不过是今天碰巧超过零点才回家，和同事相比，我算是几乎不参加聚餐的人。妈妈用那种训斥高中生的口吻教训我，让我感到非常不舒服。

爸爸不高兴的事也是。平常总摆出一副我不结婚让他很伤脑筋的样子，现在不过是晚点回家而已，他就不高兴，这又是为什么？要是真交了男朋友，在外留宿什么的肯定都是极为平常的事。

“真实，妈决定了，你把家里的钥匙还我。以后妈妈都会等到真实回家才上床睡觉。”

妈妈这么说，我一阵错愕。

还以为她在开玩笑，妈妈却是十分认真。

“妈妈顶多只能撑到十一点。记住，只有在你回家后大家才能睡觉，你得惦记着这点过生活。还有，超过九点没回家就要联系家里，懂吗？”

妈妈这番话说得毫不犹豫，仿佛天经地义。和爸爸的不高兴一样，她在说这些话前并未深思，同时，这些事对她而言理所当然。

妈妈会一直等到我回家才去睡——一想象那个状况，我手臂上就冒出鸡皮疙瘩。

“还有，你既然有时间跟人家聚餐喝酒，为什么不帮忙多做点家务？厨房和洗手台的擦手巾，你以为平常都是谁换的？玄关和浴室这么干净也不是天上掉下来的吧？你也该帮忙做家务啊，我们来定一下规矩吧。”

你也该帮忙做家务啊。我被这种对小孩子说的话震惊了。

继续这样下去，我会被绑在这个家里动弹不得。

不搬出去的话，将就此被母亲定下的规矩吞噬，无法建立自己的家。我想起老早就搬出家里的姐姐希实。正因为结了婚、有丈夫的姐姐拥有另一个家，对母亲才丝毫不用顾忌。但是我如果继续这样过下去，就无法做到像她那样。也不会有人认为我做得到。

我忽然觉得，妈妈好可怜。

妈妈，抱歉。都怪我一直乖乖顺从你的话，事情才会变成今天这样。或许都该怪我，才会害妈妈以为她只要这么做就没错。

升学和就职原本都该是我展现独立的时刻才对。

——真想知道你父母是怎么教育你的。

那天那男人说的话，此时再次翻涌心头。让父母遭到那样的批评，我感到非常抱歉。

帮忙做家务、定下规矩、把家里的钥匙还回来——母亲气冲冲说着这些束缚年幼小孩的话。我看见她头上没染到的白发，脸上的皱纹也比我学生时代增加了不少。看到这样的她，我觉得很心痛。

妈妈，对不起。

让你说这些话真的很抱歉。

那是我第一次打从心底想让父母看到自己独立的模样。

离开父母介绍的工作和婚姻介绍所吧。是该离开的时候了。

靠一己之力生活，靠一己之力寻找结婚对象。只要我还生活在她眼皮底下，妈妈永远都会插手我的事，永远认为“这个孩子自己做不到”。

我想让她安心。

想自己找到结婚对象并介绍给爸妈，我这么想。

我茫然地望着微阳下车站前成排的行道树。从以前看到现在，那排榉树都像这样绵延无尽，不知道要延伸到哪里去。我有一种自己将被吸入其中的感觉。

无法好好整理现在的情绪。

架是我自己找到的结婚对象。

我知道自己被讲了过分的话，也认为那无可原谅，但是，我没有不跟架结婚的选项。

在婚活过程中认识许多觉得不错，但无法视其为结婚对象的人，费尽千辛万苦才遇上架。或许是因为他长得好看，关于这点，我也认为自己很现实。但是，遇到一个自己能够视为恋爱对象的人就是这么难能可贵。我想好好珍惜这份好不容易才拥有的心情。所以才想跟架结婚。

他有很多爱好，朋友也多，看到的世界比我的更加辽阔。要追上这样的他实在很辛苦，我想好好努力。发现他似乎愿意认真跟我交往时，也觉得这样应该没问题了。

我不明白。直到昨天还被我打一百分的架，现在在我心目中的分数是多少。可以确定的是扣分了，即使如此，我也不愿意放弃和他结婚。

这么一想，另一种不同的焦虑涌上心头，脸颊倏地发烫。昨天遇到的美奈子小姐她们，会不会把跟踪狂的真相告诉架呢？我为此恐惧不安。刚才明明还因为她没告诉架而绝望，现在却因为她们掌握了事实真相而非常害怕。即使真的和架结婚，我也必须随时生活在被她们拆穿谎言的恐惧中。

把手机压在胸口。连打给母亲哭诉的力气都没有了。

凭着一股冲动回到前桥才发现，要是我哭着把跟架的事告诉妈妈，岂不等于承认自己做不好吗？妈妈一定会认为我一个人果然什么都不行。跟她说把家里的钥匙还回来和我会醒着等你回家时一样，无论我活到几岁，还是无法摆脱这种事。

一旦回老家，我就再也无处可去了。

察觉到这点时，我意识到我真的走投无路了。也曾有那么一瞬间，想着或许可以去依靠姐姐。然而仔细想想，结果还不是一样。比母亲明事理的姐姐对架可能比较宽容，但是，姐姐对我有时比妈妈还严苛。“你是笨蛋吗？”这种话从小到大不知被她说过多少次。

像姐姐那种一帆风顺的人一定无法理解我。

我也想不出任何能聊这种事的朋友。我跟谁都没有交往到这么深的地步，就连前同事 Janet 也是。我很喜欢她，也觉得她很棒，但是过去我们很少聊到彼此的恋爱话题。我担心那么有行动力又聪慧的她听了我这些事，会不会对我失去耐心。即使我把对方当作朋友，我们的感情或许也没有想象中好。发现这个事实时，连我自己都感到错愕。总觉得，这种时候不能去依赖她。

我咬紧嘴唇，凝视着那排榉树。

继续待在这里，不知何时会被什么人看见。在车站看到我的事，说不定会传入妈妈耳中。在这里相亲时我就有这种感觉了。虽然很喜欢家乡，但这里实在太小了。当初相亲时，我曾想象万一遇上初中认识的人怎么办？一想就觉得那种事好讨厌。虽然对外都说是我自己想进香和女高才去就读的，但其实我原本想考的是姐姐读的那所公立高中。万一相亲对象的朋友碰巧熟知初中时代的我，这件事就会被拆穿了。和金居先生碰面时，曾在谈话中发现我们好像有共同的朋友，当时我也赶快把话题岔开。

跟姐姐提起这件事，被她说“你竟然这么在意这种事”。那时，她的语气和说“你是笨蛋吗”一样，带点轻蔑。

“大家都是成年人了，谁会在乎初中时代的事啦。”姐姐这么说。

姐姐她一定不明白。

我偷偷环伺四周，担心和认识的人对上视线。关掉手机电源。在自己也理不清头绪的心情下，把手机收进包包，回头走进车站。

——辞掉东京的工作后，我曾去过灾区。

我想起那个戴便宜棒球帽的金居先生这么说过。提起为了当义工而辞职的话题，金居先生或许是想帮自己加分。但是我听到时，反而觉得跟这人在一起的门槛更高了。

心想，原来他是能做到这种事的人啊。没有行动力也想不到要去做这种事的我，越发感到他和我距离遥远，是不同类型的人，对他更没兴趣了。

“可能跟当时的公司合不来也有关系吧。在那里当义工时，脑中的杂念完全摒除，无论去那里的原因是什么都不重要，只要做整理清扫的工作就好，又能帮上别人的忙。我很庆幸自己去做了这件事，在那里有提供给义工住的设施，也交到一群好朋友。对我来说，在那里的相遇将成为自己这辈子的财富。”

他越是毫无心机地描述这件事，我对他越失去兴趣，或许因为那听起来也像在炫耀吧。除了“这样啊，好厉害呀”之外，我不知道还能回应什么。

早就忘记的这件事，如今只有“摒除杂念”四个字从遥远的记忆深处浮现。

能摒除脑中杂念的工作。

那是对我来说既遥远，又耀眼，活在不同世界里的人，光是这样就无法让我提起劲儿跟他恋爱，见一次面就知道彼此合不来。

从未将他视为结婚对象，更别说想跟他接吻或上床了。若是试着想象，厌恶的心情总会先浮上来。我羡慕能毫不排斥跟他上床的人。要是能像她一样，说不定我也早就成为谁的太太了。

——结婚和恋爱不同。

在婚活的过程中，听过太多人这么劝我。

可是，只是一起生活，却不再接吻也不做爱的话，还能称为夫妻吗？

每次妈妈说“那么好的人，你为什么不把握”时，我都回答“因为在一起不开心啊”。妈妈说“就为了这点小事”。小野里夫人也是——我感觉得出她对我有些不耐烦。同样在县政府工作的小惠说我“眼光太高”，真的是这样吗？我想要的一直都不多啊。

光是因为不想跟对方接吻就拒绝，这种理由不行吗？

所谓的夫妻是什么？

结婚又是什么？我搞不懂，所以很痛苦。

那位做牙医助手的花垣先生长得很帅，我愿意跟他接吻，但却说不上话。为什么他偏偏是那种完全不自己主动说话的人呢？我非常非常——非常失望。

就不能用这种单纯的心情选择对象吗？

恋爱和结婚有什么不同，我无法理解。

我想和架接吻，受到这份心情驱使而采取行动的这段日子，截至今日是个错误吗？

坐在回东京的新干线上，望着窗外飞逝的景色，我还是不懂。

太难了，我搞不懂。

只想摒除一切杂念。

唯一明白的只有——那些被我看不起，认为“无法视为结婚对象”的人，他们没有跟我结婚，恐怕才是正确的选择。

他们和能够好好面对他们的人结婚，一定能获得幸福。

我还这么想——我和架有好好面对彼此吗？

架，有好好面对我吗？

第二章

“你就是打电话来的西泽小姐？”

在仙台车站前等待时，一位女士走过来，这么问真实。真实轻轻吸了口气，望向对方。

慢了一拍才回应，是因为对电话里脱口而出的假名感到后悔。其实，脱口而出的那个瞬间就后悔了。只是事到如今才更正的话，又怕对方起疑。

“……是的。”

真实点点头。下定决心告诉自己，只能用这个名字了。

“是，我就是西泽——西泽真实。”

不能回老家，也不能回自己的出租屋，更不能回架的家——这么想时，脑海忽然浮现的是好几年都没想起过的金居先生说的话。

他说东日本大地震过后曾去东北地方当义工，还说在那里可以摒除杂念，不管抱持任何理由去都不重要，只要协助整理清扫就好，还能帮上别人的忙。他还说那段时间都住在提供给义工住宿的地方。

自己终究没有那样的行动力——当时是这么想的，觉得他和自己是不同世界的人。电视上的新闻节目常报道灾后太多人不管三七二十一前往灾区，造成义工过多，有时反而造成扯后腿的状况。每次在电视上看到这种消息，我都会告诉自己“所以像我这种人还是不要去比较好”，内心深处暗自把这当成自己没有行动的原因。

“义工的工作，您是怎么找到的？”

会这样问金居，其实也未经深思，只是单纯抱持疑问。如果是自己的话，一定连怎么前往灾区都不知道。光是在交通工具这一关就受挫了吧。

“方法有很多，最重要的是先打听当地目前的状况，发生哪些问题，需要哪方面的人手，可以询问掌握这类信息的机关组织，或是去召集义工的非营利组织登记。我当时联系的是〇〇公司。”

当时他确实说了公司名称。只是，那毕竟已经是很久以前的事了，真实现在也忘了。只记得自己听到不是政府或其他公家机关，而是“公司”时颇感意外。

“看过电视上的介绍吗？日本全国都有这样的公司，他们会协助各地政府机关。这种公司里聚集了许多‘社区设计师’，是由这方面的专家组成的团体。他们介入行政机关与当地居民之间，协助地区重拾活力，像是成立关怀独居老人的巡逻队，或是思考如何建立儿童安全体制。起初知道有这种行业时我也很惊讶——尤其像我这样，走入社会后和第一家公司合不来的人，一直在想：‘做这样的工作就好了吗？’看到电视节目介绍这种行业时，深深受到震撼。实际从事的话想必很不简单，但那肯定是能将人与人联系起来的工作，感觉很有吸引力。”

真实才稍微展现出对这个话题的兴趣，金居就滔滔不绝地笑着向她说明。

“刚好震灾前在电视上看过那家公司，知道他们协助的是东北地方的政府机关，心想他们一定能告诉我要去哪里才帮得上忙，当时我联系的对象是○○。”

公司名称虽然想不起来了，但还隐约记得那个当时初次耳闻的行业。

“社区设计师”。

拿出手机搜寻关键词，果然找到了。

“Processnet”。

看官方网站介绍，正如同金居所说，是一间协助各地政府机关重建荒废商业设施，通过民宿系统促进地区活力的公司。举例来说，像是他们有前往濑户内海一个叫冴岛的地方，协助岛上家庭主妇或单亲妈妈加入海产加工公司的案例。介绍文字旁配上岛民笑逐颜开的照片，令人印象深刻。这清一色协助女性的案例，不知为何引起自己此刻脆弱心情的共鸣。

网站上也介绍了不少在灾区进行的活动。不止日本，似乎也曾前往中国台湾和印度尼西亚等海外灾区活动。

为什么会想联系对方？无法清楚以言语说明。

只是不想回家，不想见到架。想暂时冷静一段时间。

当然不是没有“想让架担心”的念头，只是一开始这个强烈的念头已经收敛许多，相较之下，现在更强烈的是空虚失落的心情。

在担心的时候，他会怎么做？

真实难以想象。只是，现在还不能见他。

架或许会知道真实根本没有遇上跟踪狂的事。这么一来，两人可能会分手。真实像个旁观者一样思考这些事。因为，如果不跳脱出来思考，总觉得自己承受不了。

在走投无路之际搭上前往高崎的电车，她忽然想起一件事。

想起自己已经不用去上班了，从今天起，自己是个完全自由的人。

没有任何非去不可的地方。不用上学，也不用上班。有生以来第一次处于这种状态。既然如此，不妨去一个从来没去过的地方，也可借此和架保持距离，这样不是挺好的吗？

真实写了邮件发给“Processnet”网站，表明自己想成为义工，如果可以的话，希望能去有附设住处的地方。信里也说明自己目前辞去工作，有多余时间，却还没决定接下来要做什么，希望这样的自己也能为别人贡献力量，只是事到如今不知道还有没有义工工作可以做。

留下自己手机的信箱地址后，她立刻收到了回信。

简单沟通几次后，对方告知了手机号码，请真实联系一位女性工作人员。这让真实松了一口气。

电话接通后，在自我介绍时，仓促之间用了假名。

“——我叫西泽真实。”

既然暂时不想和任何熟人见面，好像应该用假名才对。电话接通的当下才想到这件事，没有时间深思熟虑，脱口而出的便是这个半真半假的名字。

除了坂庭之外，对现在的真实来说，最熟悉的就是架的姓氏了。

虽然后悔没有好好取个假名，既已脱口而出，后悔也来不及了。

对方跟着报上姓名。

“谢谢您打电话来，我是 Processnet 的工作人员，叫谷川佳乃。”

说话方式简单明了，声音听起来还很年轻，应该和自己年纪差不多。

“西泽小姐，您能到仙台来吗？”

因为听金居说他当时去了南相马市，真实还以为自己也会去福岛。不过，被这么一问，她不假思索地回答了“我去”。斩钉截铁的语气不像是自己的声音，回答之后连自己都有点吓到。

敲定会合的时间、地点后，她挂上电话。挂上电话后，她心一横，索性关闭手机电源。

暂时这样吧。

在做好和架见面的心理准备前，真实不打算重新开机。她从没想过自己做得到这种事。

做好会冷战的心理准备——可能做了太多心理准备了，踏上仙台车站月台时，她觉得好像没有想象中冷。

包括仙台在内，真实从来没踏上东北地区一步。只在电视上或气象预报时看过地理位置，实际上对她来说这是一片陌生的土地。

真正感受到这里的冷，是穿过检票口、走出车站后的事。站在指定会合地点的扶梯前，背后乌云覆盖的阴沉天空飘起了雪花。

无论是在东京还是在群马，下雪都是一件大事。但是在这里，大概只是稀松平常的景象吧。看着身边交错的行人，真实这么想。没有人停下脚步，自然而然地接受了习以为常的寒冷气候。

真实再次体会到独自来到一个很远的地方的感觉。从群马搬到东京时虽然也有一种来到完全不同的地方的感觉，但那是从乡下到大都会的感想。现在则是从自己熟悉的地方都市来到另一个地方都市，又是另一种强烈的异样感受。说起来，自己和这地方根本没有渊源，为什么会来到这里呢？是非常不可思议的感受。

“你就是打电话来的西泽小姐？”

一个女人走到身边这么问。真实轻轻吸一口气，凝视对方：

“是，我就是西泽——西泽真实。”

“太好了，平安见到面。我是谷川，车子停得有点远，要走一段，没关系吧？”

“是。”

正如对电话中声音的猜想，这位谷川佳乃小姐看上去和自己年龄相仿。她是位表情开朗的美女，身材高挑。看似没有化妆，皮肤却很好，正因素颜，更凸显了原本深邃的五官。

谷川佳乃身穿散发光泽的紫色羽绒外套，脚踏一双短靴。羽绒外套来自知名品牌，和架冬天常穿的外套是同一个牌子。真实也很向往穿这种外套，但又担心运动风的羽绒外套不适合自己，最重要的是，现在的收入根本买不起，所以就放弃了。不过，架有好几件不同颜色的，他那些女性友人当中，也有人穿一样的羽绒外套。

一想起这件事，厌恶的感觉就涌上心头，身子不由得紧绷。

然而，佳乃和架他们有着根本性的不同。她身上的羽绒外套看起来穿很久了，虽然不到破烂或褪色的程度，但能感觉得出这是她长年爱穿的一件外套。和架及那些女性友人的外套近乎全新的时尚品位不同，这种以实用为诉求的穿法更适合佳乃，看上去反而比架他们更有品位。她脚上那双鞋尖有些擦伤的短靴也带给人一样的好感。

这么一想，真实才发现自己穿的是只挡得住东京冷天的米色羊毛大衣，还有从住在群马时穿到现在的高跟长靴，忽然感觉一阵难为情。联系对方时，说什么想来为别人贡献力量，穿成这样简直像是跑错场子。

“那我们走吧。”

没发现真实内心的慌乱，佳乃率先迈步向前。真实正想跟上去时，她又转过头来问：“你的行李，只有那些？”

“咦……”

一时之间无法反应过来。佳乃看着真实的手提包——起初只打算回群马老家，所以提了个容量不大的波士顿包。连自己都担心这点东西要怎么度过接下来的生活。

早知道来之前应该先买好内衣裤、盥洗用具之类的东西。脸颊一阵滚烫。正当真实想找点借口说明时，佳乃又开口了：

“如果需要买什么请告诉我，是否要绕去优衣库或是药妆店。”

她的语气轻松得让人错愕，真实愣了一下。从刚才开始，寒气就从大衣缝隙钻进衣服与肌肤之间，她深切体会到这里的寒冷程度与东京截然不同。要是平时的自己，或许会故作客气，但是现在——

抱着会被怀疑的觉悟，豁出去了。

“请问……”

“嗯？”

“可以绕去哪里买件羽绒外套吗？还有平底靴。”

“可以啊，”佳乃说，凝视着真实点头，“当然可以啊，我们去买吧。”

买了羽绒外套和靴子，结账后请人当场剪掉吊牌。再把原本穿的大衣和靴子折起来放入纸袋，穿上紫色的羽绒外套，换上米色的雪地靴，顺便还买了一顶毛线帽，也一起戴上了。

她从来没有这样打扮过。

不是女人味的白色和粉红色，就是不易出错的黑色或咖啡色，真实发现自己只穿过这些颜色的衣服。

走出车站前百货公司时，入口处正好有间商店。在那里买了大小适中、附有轮子的旅行箱。把带来的波士顿包及大衣等东西装进去，顿时减轻不少负担。

看到映在等身大镜子里的自己，真实吓了一跳。身穿运动风羽绒外套，脚踩短靴，拉着旅行箱的自己仿佛不是自己，像是另一个人。

一个有行动力的陌生人。

“那我们走吧。”

在佳乃的催促下，两人一起走到停车场。拜新羽绒外套所赐，刚才钻进衣服里的寒气已暖和许多。

在佳乃带领下她们走到一辆国产小汽车旁，上车后她发现车上几乎什么都没有，看来这辆车不是她的私人物品，虽然车身没有任何标识，应该是公司车。

“很远吗？”连自己现在要去哪儿都不知道，真实这么问。

“嗯……”佳乃沉吟了半晌，“不到一小时吧，姑且还属于仙台市内。”

“仙台算是大都会呢。”

刚才看到几栋商业大楼及百货公司，里面都有不少店面。街道也整齐美观，虽然不知地震过后的情形如何，现在完全看不出哪里受到震灾影响。真实这么一说，佳乃就点头回应“是啊”。

“还有，号志灯也是。”

“嗯？”

“原来不是直的啊。”

“哦。”

车开动后不久，从飘雪的挡风玻璃望出去，真实立刻察觉一件事。以前在小学社会课本中看过，经常下雪的地方，为了不被沉重的积雪压垮，号志灯往往不是横向，而是设计成直向。记得当时还曾讶异原来有这样的地方，原来积雪这么重啊。

握着方向盘，佳乃说：“因为仙台市内不太下雪啦。”

“原来是这样啊。我还以为东北地方到处都多雪。”

“我曾听这里的人说，因为他们不习惯下大雪，一旦遇到需要铲雪时可累惨了。如果是常下雪的地方，居民随时都会做好铲雪的准备，但像仙台这样的地方，忽然遇到下大雪就伤脑筋了。”

窗外景色飞速掠过。车行三十分钟左右，周遭已失去商业区的氛围，出现前桥也常见的田地与住宅混杂景色。这时，车开进住宅区一隅。

“到了，就是这里。”

佳乃这么说。下车时，天色已经有些昏暗。不过，在逐渐西沉的斜阳照耀下，建筑物的外观仍看得很清楚，美得像是一幅画。屋内透出昏黄的灯光。出发时市区内飞舞的雪花，不知何时已经停了。

好时髦的建筑物——这是真实的第一印象。

和一路上看到的日式民宅明显不同，是一栋有设计感的房子。清水混凝土的外墙，中央有一扇大窗，里面流泻的柔和灯光下，看得到天花板上的空调吊扇和现代灯具。

散发着一股设计师事务所的气息。怀着意外的心情往下一看，发现门旁信箱上有个突出的小招牌。

上面写着“樫崎照相馆”。

“这里是照相馆吗？”

“嗯，暂时想请西泽小姐在这边帮忙清洗及整理照片的工作。”

“清洗照片？”

“对。震灾后找到的照片，很多都沾满泥巴或脏污，这里就在进行那些照片的清洗及修复工作。”

出乎意料。真实还以为自己也会像金居说的那样投入体力劳动。住的地方也是，难道不是金居说的大通铺宿舍吗。

然而，仔细想想就发现，对啊。

已经过去好几年了。

从金居那里听到的是地震发生后不久的状况，都已经是好几年前的事了。义工能做的事与能参与的工作，肯定也和当时不一样。更何况真实是女人，不适合从事体力活，又没有其他特殊经验或执照。

忽然她感到尴尬，一阵局促不安袭来。临时起意说要“为别人贡献力量”“想摒除杂念工作”，自己这种想法是不是太傲慢了。这份心思该不会都被眼前的佳乃看透了吧？

“我……”

来这里或许是个错误。人都来到这里了，忽然好想回去。但是，不知道该如何解释才好，才刚张开嘴，一个人从照相馆旁那栋民宅走出来。

“佳乃小姐？”

走出来的，是个看似小学生的男孩。

“噢，是阿力啊。”佳乃这么说。

“妈妈说，如果今天有人要来的话，我们的行李是不是搬走比较好？”

感觉得出这个叫阿力的孩子一边跟佳乃说话，一边把注意力放在真实身上。他是个身材高瘦，即使在冬季也晒得有点黑，看起来很健康的男孩。

身边已经好久没见到像运动选手一样剃平头的男孩了。真实心想，真可爱。

“不要紧，已经跟樫崎爷爷借另一间房间让她住了，阿力和妈妈维持原样就行。”

“好的。”

男孩不看真实，朝佳乃点点头，似乎就要转头回去。怀疑自己的到来是否给别人添了麻烦，真实也不敢抬起视线。就在这时，忽然听见——

“你好。”

仓皇间，她发现那是在跟自己寒暄，迟了一秒抬起头，阿力圆滚滚的眼睛正注视着她。望着那双毫无心机的眼睛，迟疑了一会儿，真实才好不容易回应：“你好。”

男孩打完招呼，点个头就返回照相馆旁那栋屋子里了。

“那孩子叫阿力，不久前和他妈妈开始住在这里。”

“是照相馆家的小孩吗？”

“不，不是这样的。”

那么，是和自己一样来当义工，借住在这里的吗？但是现在是二月，学校应该还没放长假，那孩子不用上学吗？

就在这么想时，另一个声音说：

“他们是逃来的，被佳乃小姐带过来帮忙做照相馆的工作。”

照相馆的门打了开来，走出一位白发老翁。虽然是位长者，但他身穿合身的毛衣，头上戴着帽子，整个人显得年轻有活力，看上去就像艺术家。尽管背有些驼，但脚步仍踩得很稳健。

真实不假思索地低下头，老爷爷只轻轻扬了扬下巴。表情没什么变化，该不会在生气吧？真实瞬间绷紧身体。不过，一旁的佳乃语气还是一派轻松。

“啊，这位是樫崎照相馆的馆长正太郎先生，这位樫崎爷爷和孙子耕太郎一起经营照相馆。刚才那位阿力弟弟和他妈妈现在也会来帮忙。接下来西泽小姐就和他们一样暂时住在那边的主屋，麻烦你啦。”

“啊，好的。”

紧张之中，真实再次向佳乃介绍的那位老爷爷低下头。

“我叫西泽……真实。请多多指教。”

老爷爷轻轻点点头。

“工作的事就去问耕太郎。”

只用东北方言丢下这句话，老爷爷就走了。真实从今天开始就要住进他家，他好像一点也无所谓似的。真实愣愣地望着他的背影。

“请问……”

“嗯？”

“这里现在有多少人呢？那个……我还以为会住在宿舍之类的地方，没想到是住在一般人家。”

再者，虽说照相馆是刚才那位老爷爷和他孙子一起经营，家里或许还有其他家人，真实也担心自己会给人造成困扰。

不料，佳乃回答得很干脆。

“这里原本是正太郎先生一个人开的照相馆。耕太郎在东京学摄影，因为震灾才来这里，毕业后就搬来和正太郎先生两个人住了。”

说着，佳乃微笑着补充道：“最近耕太郎的女朋友也不时会来，我看很快就会变成三个人住了。”

“啊，原来是这样。”

“嗯。耕太郎在东京出生长大，因为震灾，他产生强烈想和爷爷一起经营照相馆的想法。最近已经稳定多了，刚开始的时候，耕太郎学生时代的很多朋友也来当义工，大家都住在这个家里，爷爷早就习惯别人来住了。”

“请问……刚才老爷爷说阿力和他妈妈是‘逃来’的，那是指……？”

乍听之下，真实脑中浮现的是沿海城市遭遇海啸袭击，或是受福岛核电厂事故影响，失去居所，不得不迁移到其他地方的人。这些事都只在媒体上看过，也没深入了解——真实为自己从未想要深入了解感到抱歉与无地自容。

“哦……”

佳乃轻轻点点头，露出淡淡的微笑。

“大家都有各自的苦衷嘛。”

听她这么一说，真实又有些后悔问了这种话。自己还不是一样，若是被要求说明为何来到此地，真实一定无法说清楚。包括自己在内，“大家都有各自的苦衷”。光是想象就能理解，阿力母子遇上的恐怕是比自己更严重的事，真实为此涌上另一种歉意。

“现在住在这里的，除了樫崎爷爷和耕太郎外，就只有刚才的阿力和他妈妈。阿力妈妈的名字是早苗，等一下会介绍。我有时会在这个家，有时不在，不过暂时都会在。”

有时在有时不在。

轻松说出这种话的佳乃一定是个真正具有行动力的人吧。这表示她的活动据点不止这里。用手机检索 Processnet 官网时，看到他们的活动记录遍布全国各地。那样的行动力让真实望尘莫及，一想到如此忙碌的佳乃专程来接她，还亲自带她到这里来，真实不由得再次心怀感激。

明明年纪跟自己相差不多，真厉害——这么想了之后，她又发现这么想未免太不知耻，换了一个想法。

别说年纪相差不多，比真实年轻却更有行动力的人太多了。以前看到厉害的人时，总忍不住去揣测对方的年纪，现在已经很清楚年龄不代表一切了。重要的不是年纪，自己就算活到四五十岁，大概也不可能有那种行动力。

被带到主屋，在分配给自己的房间里独处后，真实静静凝视着关闭电源的手机，想着架的事，然后深呼吸。

原本满脑子都是架的事，来到仙台，和佳乃见面后，直到刚才都没想起他。可以不用想起他。

——我是第一次。

第一次在架家过夜时，虽然想过如果可以不说，到最后都不要说的这句话，终于还是忍不住说出口。

不想说这种给他压力的话。最重要的是，怕会把他吓跑。明明是这么想的，当衣服被脱掉，他的手直接触摸到肌肤，他的吻落在脖子上时，真实瞬间恐惧起来。

在那之前架交往过的对象，包括他的朋友在内，一定都在三十岁前有过初体验。对他们来说，这是理所当然的事，真实却没有这样的经验。感觉就像至今刻意不去看的部分，突然被人放在眼前。

虽然也会告诉自己“不止我这样”。只是至今碰巧没有这种机会，只要有一点阴错阳差，我也早就—— 一直以来都这样告诉自己。但是真实很清楚，自己一直在意却又无能为力的是什么。

上大学时，进县政府工作时，开始在东京工作时……每到一个新环境，交到新朋友，都会在那个环境中寻找和自己一样的人。只要认识同样没有异性交往经验的人就感到安心，认识看似经验丰富的人时则狼狈失措，仿佛自己受到责备，和那样的人在一起总觉得喘不过气。

拼了命忽略这种心情，假装不知道这种心情是什么。其实，这或许就是——自卑感。

只要一点阴错阳差，我也早就——

现在正出现了那点“阴错阳差”，架打算和自己上床。但是，一旦面临这一刻，真实却不知所措了。从来没有性经验，就算听人说过，也不确定详情。万一现在自己做出什么不正确的事怎么办？这种时候该怎么做才对，从来没人教过她。没有性经验的事，从来无法告诉任何人。

架裸露的胸膛抵在真实胸口，她感觉心脏就要穿过喉咙，从嘴里迸出来了。直接感受架的体温，觉得自己好爱他。被他触碰很高兴——但是，身体讨厌地用力紧绷，无法放松，连怎么放松都不知道。

对架说出口后，羞耻地用手捂住脸，耳朵也在发烫。

“真实。”

听见架这么说。他似乎把埋在自己胸口的脸抬起来，正在窥看她。

“真实，转过来看我。”

就算他这么说，因为真实说了那种话，他应该吓到了吧。真实害怕得不敢抬起头。因为恐惧，身体无法动弹。

架凑上脸来，从真实手指缝隙间亲吻她的脸颊，温柔地抚摸她的头发。

“真实。”

这么呼唤了无数次。

他听起来似乎没有生气，真实姑且松了一口气。但是她仍这么想。捂着脸的手掌下，眼角渗出热泪。

“对不起。”

好不容易说出口，呼吸急促，没办法好好说话。

“为什么道歉？”

“说了这种话，让你压力很大吧，对不起，我……”

“没关系。”

架用亲吻堵住她还没说出口的话。

啊——

这一瞬间，产生一股难以言喻的心情。排山倒海而来的幸福感，瞬间攫取了真实的心与身体。思考就此涣散。

她感觉获得了原谅。

过去约会接吻时，架从来没有像这样粗鲁地伸进舌头。野蛮的吻夺走了真实的语言能力，用力的身体终于放松。

身体逐渐融化。

心想，我真的可以吗？

这把年纪还是处女，没跟其他异性交往过。不像架那些女性友人那么会化妆打扮，口才也不好。没有值得夸耀的爱好或专长，活在自己的小世界中。

初中时也曾被女生的小团体排挤，被霸凌。那时，和那群女生要好的男生是这样说的:“就算地球上全人类只剩下她一个，我也不会跟她交往，宁可单身！”这件事我一直放在心上。我是曾被说过这种话的人，和这样的我做，真的可以吗？

比起初中时那些男生，架大概更受异性欢迎。这样的架，选择了我，想要跟我做。没想到长大后能遇到这样的对象，压倒性的自豪将真实包围。

如果彼此同年，就读同一所初中，当时的架眼中或许不会有我。然而，经过这段岁月，现在他却如此近在身边，肌肤相亲，真是教人难以置信。

——真想知道你父母是怎么教育你的。

连那种没有异性缘的男人都曾高高在上对我说过这种话。架却愿意触摸这样的我，和我接吻，一点也不讨厌我。

比任何曾经瞧不起我的人更温柔，头脑更好的架，对我过去经历的事毫不知情，却像这样吻着我，愿意和我上床。这使真实满心歉意，好想告诉他，其实我遇过那样的事——想对他坦承一切。

“啊——”

因为太舒服了，忍不住发出叫声。架的吻落在乳房，舌头的触感令乳头颤动。胸部瞬间便起了鸡皮疙瘩，接着，体内燃起一股炙热，使我全身颤抖。从不知道自己体内藏有这么激烈的热情，嘴里发出从来不曾发出过的高声娇喘。不知道自己竟然发得出这种听起来造作的叫声。

一种和刚才完全不同类型的羞耻感涌上心头。

“架，我——”

真实心想，得告诉他才行。告诉他过去我是如何介意着各种事，活在种种伤害中。否则对他太不公平。希望架在听完全部后，告诉我即使如此，他仍要我。

架说了。

“我喜欢你，所以不要哭。”

那个瞬间。

仿佛自己的一切都获得了肯定，真实哭了。

心想，是这个人太好了。

自己是为了跟这个人上床才单身到现在的。命中注定如此。这个人是自己初体验的对象真是太好了。至今没有跟任何人交往真是太好了。

“痛吗？”

即使疼痛贯穿身体，真实仍拼命地摇头。

“我也喜欢架，不要停。”

求求你，做到最后。

毫不夸张，即使在只有一枚橘色灯泡照明的昏暗室内，世界也已完全不同。啊，原来这档事就是这样啊。真实心想。

困在这种烦恼中，至今的自己到底在怕些什么。想来就觉得滑稽，心中充满甜美的喜悦。

今后，我这辈子都不孤单了。

那天，她确实这么认为。

“没问题吗？”

把架介绍给父母后，妈妈这么说。

对于把自己选择的对象介绍给父母这件事，真实非常自豪。

更别说对象是架，比过去在老家相亲过的任何人都更帅，更懂社交，工作也是自己和家人身边完全没有的类型。他自己开公司，是社长呢。

老实说，介绍架给父母认识，对真实而言是一种对父母的报复。

你自己一个人什么都办不到，什么也决定不了——父母是这么看待她的，真实早就发现了，实际上也被这么说过。但是，架和他的家人在真实眼中不仅是非常体面的都市人，更是过往身边没有的类型。架的父亲虽然已经过世，光看架的妈妈就知道他们夫妻拥有众多爱好，他们家也是好人家。

父母往来的朋友里一定没有那样的人。这么一想，就觉得自己在爸妈面前出了一口气。

没想到，当架特地来前桥提亲之后，母亲却问真实：“没问题吗？”

“什么意思？”

“架啊，看起来不会有点太花哨吗？那个人，该不会赌博吧？”

“嗯？”

从架扯到赌博，会不会一口气跳太远了？那天穿着西装来提亲的架，打扮并无特别花哨。顶多是穿了真实也没看见过的新皮鞋，一想到他是为了提亲特地买的，真实也很高兴。

“才不会。”

真实心想不可以生气，说出口的声音带点失笑的沙哑。

“交往两年了，从来没见过他赌博。”

“真的吗？弹子球也算赌博噢，你知道吗？”

“他也不打弹子球啦。”

嗓门提高了点。但是母亲毫不退缩。

“是吗？不会就好。可是，他们家是自营业吧？没问题吗？”

“你的意思是说架的公司可能会倒闭吗？”

一股寒意蹿过脊梁。母亲说：“不是那个意思。”

“只是，卖啤酒的公司不知道是做什么的。”

“什么叫不知道是做什么的？”

“你要想想，多亏爸爸从正经可靠的公司退休，顺利领到国民年金和退休金，妈妈和爸爸现在的生活才不会出问题，可是自营业的话——真实，你不会担心吗？”

身体的温度下降。

“你怎么说这种话，太没礼貌了。架是临时接手他父亲的公司，当时好像很辛苦，但他对客户细心用心，真的很努力。”

交往至今，从各种场合都感觉得到这一点。架带真实去客户店里消费，在那边用餐时，对方连对真实都很客气。由此可见架平常深受客户信赖，和客户建立了良好的关系。自己能以未婚妻的身份跟他一起去，这也让真实很高兴。

这样的心情，现在却像被母亲在找碴儿。真实怒瞪了母亲一眼，母亲却对真实说“妈妈是担心你”。

“妈妈只是担心你。自营业的家庭大多很辛苦，妈怕真实你应付不来。你说是不是啊，她爸。”

母亲对坐在那里摊开报纸的父亲说。父亲抬起头，“嗯”了一声。看似不想卷入母亲和真实的争执，但也以悠哉的口吻回应了句：

“做自营的家庭确实是比较辛苦。”

“我应付得来。”真实赌气地说。

她深刻认识到自己至今在父母心目中仍是一个小孩，不受他们信任。正因为不相信真实，连带也不相信她选择的架，认为他是会赌博的人，担心真实看走眼，才会说那些找碴儿的话。

在老家这边相亲遇不到好对象，费尽千辛万苦才找到像架条件这么好的人，他们还有什么不满意？真实不由得火大。

“架的妈妈对我也很亲切，还说哪天有了孩子，随时都能搬去跟她一起住，所以工作也——”

“咦？你是说真的吗？”

母亲发出惊恐的声音，脸上露出难以置信的表情，却又夹杂一丝笑容。

“对方那么说，那你怎么回答？真实？你该不会就让她擅自决定一起住了吧？”

母亲的反应之大，反倒教真实不知所措。

老实说，架的妈妈那么说时，自己没有想太多。他妈妈人很好，也很欢迎真实。说可以搬回去住，也是出于体贴的心意。说什么“让她擅自决定”，根本不是母亲说的这么回事。

“还没有谈到那么具体……人家妈妈也只是好心才这么说吧。”

“真讨厌，你振作一点好吗？唉，妈或许把真实教育得太乖巧了。”

母亲这么说，真实倒抽一口气。仓促间想不到话反驳，母亲又接着说：

“那我问你，你以后都不打算回这个家了吗？妈妈原本还以为真实会跟县内的人结婚，都做好帮你带小孩的心理准备了呢。”

“好啦，她妈。结婚是一辈子的事，”父亲这么说，试图打圆场，“比起要求工作或其他方面的事，更重要的是真实自己选了一个好对象，今后要和对方生活一辈子啊。”

“我也很想这么认为啊，可是……”

看着反驳父亲的母亲，真实心想，才不是呢。

你才没那么想。

早就知道母亲想和自己一起在这个家里照顾小孩。姐姐在东京生产，现在也在那边育儿，这件事让母亲相当落寞。或许因为如此，她把希望都放在做妹妹的真实身上了。

真实也知道，要是可以的话，母亲甚至希望自己尽可能嫁给县内人士，继续住在这个家里。

不过，现在的真实单纯感到疑惑。为什么？

想要我早点结婚的是你，相亲那段时间，是妈妈你一直坚持我只是碰巧结不了婚，也一直这么告诉我的。

一切都是运气不好。

不是真实身为女人魅力不足，只是碰巧对恋爱结婚没兴趣。每次姐姐或爸爸说了什么，妈妈都会这么说，感觉得出她是真的动怒。所以我很想为妈妈证明这一点。带架回家介绍给父母，正是为了证明这个。你为什么要把他说得那么差呢？要是我因为这样就不结婚了，你又打算怎么办？

“真实就是不谙世事，”母亲这么说，“我是担心你会不会就这样中了他们家的计啊。”

“什么叫我不谙世事……”

“难道不是吗？在这之前，你什么事都依赖爸爸妈妈。”

母亲这么说，明明就是你们希望我那么做的，现在又当作根本没那回事。

不管是和朋友出去玩——

还是和男孩子交往——

在外留宿——

晚归——

全部都用“担心”两字束缚我，动不动就默不作声，一副不高兴的样子，不给我机会离开家的，不正是你们吗？我为了让爸爸妈妈放心，为了不让你们不开心，才什么都放弃的。

既然如此，我是为了什么当那个“乖孩子”？一切都没有意义吗？

“还有我问你，架他们家有没有人离过婚？”

“嗯？”

“叔叔或阿姨之类的都可以，有没有？”

“为什么这么问？”

真的不明白妈妈为何问这个，真实一反问，母亲就傻眼地叹了口气。

“家族里有人离过婚的话，他自己对离婚这种事可能不会比较犹豫。妈亲眼看过身边的人就是这样。”

听到这番话的瞬间，真实内心初次产生了一种心情。

那就是——觉得无聊透顶。母亲为什么能说出如此无聊透顶的歧视性的话呢？真实难以置信地望着母亲。从小到大，她都教自己不可以歧视别人，要对人温柔亲切，不敢相信这是同一个人说出的话。

就算家族里有人离过婚，会顺利的夫妻就是会顺利，会触礁的婚姻就是会触礁。母亲只靠自己贫瘠的经验法则和道听途说判断一切，简直无聊透顶，可笑至极。

想到这里时，真实想通了。

真正不谙世事的人是妈妈。

正因她自己孤陋寡闻，才以为女儿真实必定也是如此。一个孤陋寡闻的母亲在狭隘范围内用她的价值观与道德观养大的女儿，肯定也和母亲一样孤陋寡闻。对她来说，这是理所当然的事。

一股绝望渐渐冲击内心。

只能用狭隘的价值观看待事物，这样的人就这么支配了我的童年时代、学生时代，以及十几岁和二十几岁的人生。

她具备的常识只能让她说出这种歧视性的话，这个孤陋寡闻、不谙世事的人至今对我说过什么？“我是担心真实”，“把家里的钥匙还回来”。我说要搬去东京时，她也说着“做这种事有什么意义”大力反对。她还曾说“直到你从这个家里嫁出去为止，妈妈都会负起照顾你的责任”。

“毕竟你想想看，像我们这种正经人家，亲戚里可从来没有人离过婚呢。”

看真实不搭腔，母亲又像找借口似的这么说。这时，父亲悠哉地问了句：“不对，直之不算吗？”直之是真实的表哥，去年离婚了。听父亲这么一说，母亲才露出心虚的表情点头说“是啦……”。

“可是阿直离婚有他的原因啊，又是最近的事。”

失去反驳的力气，真实依然沉默。

——妈妈，没有谁离婚是没有原因的。

我们家族的人如果有原因，别人家也会有，大家都是平等的，每个人的家庭都是正经人家。

虽然才刚说过父母一点也不信任我，但母亲一方面不信任我选的对象，一方面却对自己和自己的家庭太有自信了。

只因为我是你女儿，你就坚信我比架的家人更好。你太相信自己女儿的价值了，为此甚至不惜挑对方家庭的毛病。

自从决定结婚之后，正因为结婚对象是架，正因为和他的婚事不符合这个家教我的价值观，现在的我终于能够承认，也终于明白。

其实如果可以的话，我原本也想在群马结婚的。

和县内人士结婚，依赖母亲的照顾，就像母亲养育我那样，和母亲一起养育我的小孩。我一直想这么做，从很小的时候，虽然没有人教我，但我一直这么想。甚至无法理解姐姐为何不这么做。

终于知道，那或许就是我一心想成为的乖孩子形象。只因为喜欢架，只为了这一点抛弃待在母亲身边这条路——打算和架在东京生活的真实，内心感到愧疚。就连那么生妈妈的气时，内心还是怀着罪恶感。

背叛父母离开家乡的罪恶感，始终难以拂去。

来到仙台的隔天，真实马上就学了洗净照片的方法。

“这些都不急，有人帮忙真是太好了。麻烦你了。”

佳乃口中的“耕太郎”，也就是樫崎耕太郎，戴着流行的圆框眼镜，是一个散发着知性气质的年轻人。身上穿的圆领衫和牛仔裤都是剪裁合身的设计，或许和他在东京上大学也有关系，给人一种时髦干练的印象。

樫崎照相馆设计感十足的外观，说是大都会里的建筑也不为过。不过，走进其中一看，在众多新型相机中掺杂着看似老爷爷使用过的旧款相机，就连真实也看得出那些相机年代久远。室内装潢是新的，但也留有一看就知道从以前使用到现在的老式文件柜等家具，整体来说，照相馆散发着一股怀旧复古情怀。放了椅子的小型摄影棚也让人很喜欢。

“地震造成以前的木造房子倾斜，虽然不到坍塌的程度，还是拆除重建了。我就是那时来的。”

耕太郎一边说明，一边从堆在文件柜旁的塑料柜里拿出一个信封，将里面的东西放在铺了报纸的工作台上。

一看就知道，那些都是等待修复的照片。

有的照片表面沾上了咖啡色污渍，有的照片部分磨损消失，有的照片褪色了，还有右半张沾着干硬泥块的照片。

陌生人的家族合照、情侣合照——平常少有机会看到别人的生活照，正因照片里的都是陌生人，更显得那个“某人”的生活痕迹写实。来到东北之后，直到目睹这些沾上泥巴、受到挤压或部分破损缺角的照片，真实才初次接触震灾带来的阴影。就像这些照片一样，人们的日常生活忽然被迫中断。

“这些都能恢复原状吗？”

这些照片就像被闪电劈出裂缝的雕像，有的几乎已无法辨识原貌。但是耕太郎微笑着说道：

“洗过就会差很多。这些照片因为泡在盐水里，有的已经开始变色。不过，只要小心用温水清洗，就能看出很大的不同。”

“从地震发生后，一直在做这件事吗？”

“也算顺水推舟，自然而然就变成这样了。”

耕太郎这么说着，一张一张拿出照片。

“地震发生时，我在东京的摄影学校念书，和当时的同学去东北沿海城镇帮忙清理善后。就在被海啸肆虐后留下的瓦砾堆中，看见许多不知道是谁的相簿和照片。几乎都沾满了泥巴，有的破了，有的粘住了。我们都是喜欢摄影的人，看到那个总觉得很心痛。于是渐渐开始清理照片。把洗干净的照片拿到附近避难所问，就此找到主人也是常有的事。另外，照片上总会拍到人，也能成为找到摄影者的线索。”

耕太郎爱怜地看着那些照片。

“此后，我们就开始呼吁大家把需要清洗的照片拿来，这里有义工会帮忙清洗，一路细水长流地做到现在。清理照片的工作也可以交给远程的义工，除了东北地方，全国各地都有不少人愿意接这类义工。我有时也会拜托读书时的同学。”

“这样啊……”

竟然也有远程义工的形式，在这之前完全没听说。真实拿起一张照片，隐约闻到照片上残留多年的海水与泥土气味。

“那么，这些照片也是通过那种方式拿到这里来的吗？有人在等着照片回到他们身边？”

“啊，这些不是……”

不知为何，耕太郎的表情有些忧伤。

“这几年，照片的主人直接拿来拜托清洗的情形减少了，这些都是在清运残骸瓦砾时清出来的无主相簿和照片。虽然很希望能物归原主，但大部分一直都找不到主人。我想，多数情况应该是主人已经过世了。”

清楚听到他这么说，真实说不出话来。

低头一看，那是不知道谁的——应该是婚礼的照片。新娘身穿传统白无垢礼服，看似是很久以前的照片。大概是在哪里的神社举行的婚礼，人物后方挂的布幕特征明显，附有波浪造型的神社社徽。

“所以，这些照片不急着清理。因为不是谁特地拿来委托的，就是暂时先保管在这里，慢慢清洗即可。大部分政府机关或义工团体都停止受理这类清理照片的委托了，因为照片没有地方存放，有时不得不处理掉。”

“好可惜啊，像这张，应该是谁的婚礼照片吧。”

想到这些属于某人的回忆，将这样沾满泥巴被丢掉，真实不由得一阵心痛。说不定主人根本不知道照片被保存在这里，早就放弃寻回了。

凝视着照片，耕太郎露出淡淡的笑容。

“和我一样想法的人还有很多，跟佳乃小姐商量之后，那些原本预定被丢掉的照片，就来到我们这里了。话虽如此，我们这里一样缺乏保管空间，也是很伤脑筋。目前的主要活动是清洗照片后建立电子档，只要留下电子档，以后也有可能再恢复原状。”

“你愿意帮忙吗？”耕太郎问。

“请让我帮忙。”真实这么回答。

在脸盆里装温水，用来蘸湿纱布，轻轻清除照片表面的泥土。

干掉的泥土吸了温水后，像是重拾海水与泥沙的气味。因此，开始动手后，室内瞬间充满了泥土味。

“请用口罩。”

阿力的母亲早苗走过来，给真实一个一次性口罩。

“我也可以一起做吗？”说着，她在真实身边坐下来，一起清理照片。

早苗有一双和阿力很像的眼睛，身材纤瘦，人长得也漂亮。年纪应该比真实大，但不说的话，还是看不出有个阿力这么大的儿子。

过了一会儿，阿力也来了。一开始只是指着照片问耕太郎：“这是神轿吗？没拍到半个人，这是在拍什么？”不久后又问：“我也可以帮忙吗？”于是加入到清理行列。

阿力问话的对象不是母亲早苗，多半是耕太郎。对这个年纪的孩子来说，年长的大哥哥或许是令他安心的存在，又或者，他只是对在人前和母亲说话感到难为情。

明明昨天才认识真实，他也一会跑来窥看手边的照片，一会跟她搭话：“你弄得很干净呀。”

“没有啦。”真实这么一否定，耕太郎也说：“不，你手法很仔细，帮了很大的忙。”早苗则称赞道：“对啊，西泽小姐已经掌握诀窍了。”

平常很少被人称赞，真实虽然害羞，但也真的很高兴。真实深知自己个性不善交际，或许因为这样，确实从以前就擅长这类埋头苦干的工作。

“休息一下吧。我去泡茶。”说着，耕太郎站了起来。“我也去！”阿力跟了上去。看着他们离开的身影，早苗苦笑着说道：

“真不知道他是来帮忙的还是来碍事的。”

“别这么说……阿力是个坦率的好孩子呢。”

“是这样吗？”微笑的早苗看上去有点开心。

“两位是从哪里来的？”

或许是一起劳动的关系，真实放松了心情。抱着轻松的态度这么一问，早苗的脸上瞬间失去所有表情。

啊。真实这才察觉不妙。

想起樫崎爷爷说他们母子俩是“逃来”的，真实紧张地想，自己是否问了不该问的。然而，就在真实说点什么前，早苗的表情变得柔和了一些，气氛也不再那么紧绷。

她告诉真实："我们是从东京来的。西泽小姐呢？"

"我也是东京来的。"

现在的住址明明早就是东京了，遇到这种时候，真实还是差点回答群马。都在东京居住超过两年了，还完全没有住在东京的感觉。

"哇，这样啊，那我们一样呢。"

早苗以平静的语气微笑着说。之后，彼此都不再问对方"是东京的哪里"。在这样的气氛下问不出口。

不过，这么一来就知道，他们母子并不是流落此地的灾民。感觉得出早苗不希望真实进一步追问他们的事——这么一想，就觉得该把自己的事老实告诉早苗才行，只有自己提问，似乎不太公平。

"其实，我的婚事搞砸了。"

正确来说，还不知道到底有没有搞砸，只是刻意这么说。真实却因自己说出口的话而感到受伤。

听了真实的坦白，早苗低呼一声，倒抽了一口气。

"所以，我不太想继续待在东京。"

"原来是这样啊……西泽小姐，你今年多大了？"

"三十五。"

"还年轻嘛，没问题的。话是这么说，你现在一定不想听到别人说这种话吧？"

朝早苗望去，她便耸耸肩说："要是我就不想。"

"遇到什么事时，比自己年长的人动不动就'你还年轻嘛'，我很讨厌听到这种话。老是告诫自己别成为说这种话的人，结果还是说了，真抱歉。”

“早苗小姐多大了？”

“三十八。”

早苗微微一笑。

“阿力十一岁。”

这么说来，果然还是小学生。来这里后，没看到阿力去上过学，真实虽然有点在意，但也知道不能问。早苗更是没主动提起。

不知是否察觉到真实在想什么，早苗脸上依然带着微笑。望着擦干净后整齐排放的照片，静静地开口道：

“就算结了婚，夫妻间也可能发生各种事。”

“咦？”

“无论是跟那个无法和你结婚的人，还是今后遇到的人，要是在遇到问题的时候，都能好好跟对方讨论，继续往前走就好了。”

她的微笑中透露着一丝寂寞。这番话的后半段与其说是对真实说的，更像是说给自己听的。

阿力母子身边没有父亲的身影。为什么会这样，真实没有深入思考过。现在想想，他们之所以“逃到这里来”，原因或许出在孩子的父亲身上。可能是家暴、欠债或其他原因。

早苗口中的“继续往前走”响彻真实的心扉。

“那天会来临吗？”

“咦？”

“我能够往前走的那一天，真的会来临吗？”

她现在的心情非常脆弱，鼻腔深处一酸，眼泪差点流出来，她赶紧低垂视线。

遇到架之前，每次婚活认识什么人，真实就会苦于没有办法将对方视为结婚对象，怀着疲倦的心情和那些人见面时，好几次都有这种“无法前进”的感觉。还以为再也不用承受当时的那种不安与无奈，没想到再次涌现这种感觉。

这样的自己，真有能向前走的一天吗？

原本还以为这辈子都不再孤单了。

“哇，你别哭啊！”

早苗纤细白皙的手搂住真实的肩膀。“没事的。”

“没事的，一定不会有问题的。”

“……谢谢你。”

没有任何根据，只是刚认识的人说的话，却让自己这么感动，真是不可思议。不过，有些话正因不知情才说得出口，也或许因此才能产生接受的心情。

早苗温暖的手温柔地环抱着真实的肩膀，使她心存感激。

“西泽小姐，清理照片的工作也要继续麻烦你，不过，下次要不要试试做点别的？”

有时在有时不在樫崎照相馆的佳乃有一天忽然回来，这么对真实说。那是真实来到照相馆两周左右的事。

“别的工作？”

“嗯，制作地图的工作，想不想试着帮忙？”

佳乃这么说。

第三章

真实心想，大地真平坦。

口中呼出淡淡的白烟，站在小山丘上望着眼前的风景出神。

周遭没有高一点的建筑物。看似个人住宅的平房多半只有一层，最多两层。这些房子也毫不密集，房屋与房屋中间夹着大块土地。

自己出身群马，祖父母家又在山边，真实从小就看惯了乡下地方的景色。来到其他乡下地方时，就算不像故乡那样靠山，即使是沿海乡村的景色，只要看到就会产生一股怀念的情绪，感觉自己对眼前的景色一点也不陌生。

然而，现在眼前的景色，却给真实一种“有生以来第一次看见”的陌生感受。

老家明明也有和这里一样房屋稀疏的地方，为什么会有这种感觉呢？仔细一想就发现，那是因为这里的房屋与房屋之间多半什么都没有。换成一般乡下地方，房屋与房屋之间都是田，不是种植了农作物的田就是铺了塑料布的温室。

即使过了收割期，田地的痕迹还是存在。就算是水田无水的时期，也一定认得出那是水田。然而，眼前广大的土地上，房屋与房屋中间没有田地，就只是一片空地。

不用说也知道原因。

因为这里是曾遭海啸侵袭，所有事物一度全部被冲走的土地。

“现在这样已经算恢复不少建筑物了，回想震灾那年，无论人数还是房屋数量都和现在不能比。”

指导真实工作的板宫这么说。真实差点以为他听得见自己的心声，想来应该是至今已有许多人和真实一样，初次面对这片景色时错愕得说不出话来吧。

“有段时间这里什么都没有，完全无法预料接下来会变成什么样。”板宫说。

听他这么一说，真实心想——实际上一定是这样的。在亲眼看见灾后场景的板宫面前，连简单的搭腔或点头都嫌太轻浮。无法做出任何回应，只能继续凝视眼前的景物。

眼前许多的空地虽然给人荒芜寒怆的印象，当初一定也曾堆满随海啸漂流至此的残垣碎瓦，称不上是什么也没有的状况。震灾发生时，真实从电视新闻上看到不少那样的场景，这里或许就是其中之一。

“暂时跟我一起在这附近走一走吧。我也会根据膝盖的状况调整，可能走不快。等到适应之后，你再自己过来走走看。”

“是。”

“如果有变更，就在这张地图上注记，对吧？”

真实点头时，一旁跟着来的佳乃朝板宫手上的大地图探头这么说。详细记载这附近信息的住宅地图，最近几年都由板宫先生每年更新。

详细记载了建筑物形状与居民姓氏等信息的住宅地图，真实在县政府工作时曾看过。议会事务局壁柜里的一个角落，排放了几本按照县内地区区分的A3尺寸住宅地图，出于工作上的需要，职员有时会打开这些地图影印。

虽然现在上网就能搜寻地图，手机也有方便导航的应用程序，但这种传统纸本地图对县政府的工作还是很有用。连建筑物形状和居民姓氏都详细记载的地图，对长辈们来说比网络或应用程序更熟悉，最重要的是，容易看懂。有一次，真实抱着好玩的心态打开自己家附近的那一页，看到“坂庭”的姓氏和从小住到大的房子形状时，甚至产生一股不可思议的感动。再看到家对面的公园和隔壁邻居的姓氏，感觉就像大家的日常生活成为了世界的一部分，就这样印刷在地图上，收录在图册中，不知怎的内心一阵欣喜。

所以，真实大概知道有编纂这种地图的公司，也曾端茶给来县政府推销下年度地图的业务员。不过，真实任职的议会事务局并没有每年购买地图。旧的地图就很够用了，就算内容有少许变更也不碍事。所以，事务局里使用的地图已经是好几年前的版本。

然而，石卷这里的状况不同。

板宫摊开佳乃探头过来看的地图。

“这几年来，这附近的地图每年都有巨大变化。现在回想起来，震灾隔年的工作果然还是最难受的，记不清在地图上打了几个叉。”

板宫告诉真实，打在地图上的红色叉，指的是建筑物已消失的意思。原有的房屋因为海啸或地震倒塌，那些现在变成空地的地方，都要打上红色的“×”记号。

“打叉后，隔年起这个房子就从地图上消失了。有时会觉得自己做的好像是把别人的生活或住家删除的工作，内心不晓得痛苦了多少次。”

他还说，震灾发生后，第一次完成更新的地图就像一张白纸。

“但是，当那个房子和生活又回到这块土地上时，将它们重新记录回地图也是板宫先生的工作啊。”

佳乃这么说，板宫才露出笑容。

“是啊，所以这份工作做起来很有意义，四处走动，发现盖好新房子时，正因为知道之前是什么样子，真的高兴到眼泪都流了出来。”

板宫望向真实。

“震灾过后这几年的地图，直接呈现了这座城市的历史记忆。要是可以的话，今后我也想每年都用自己的双脚亲自走访见证，但是……”

住宅地图每年更新一次。由地图调查员亲自走访各地，确认最新状况，根据他们记下的信息更新地图。真实之前的职场虽然没有每年买新地图，像邮局或消防队这样的单位必须掌握最新信息，就会每年购买。震灾后，政府确认家户安全状况时，住宅地图也能派上很大的用场。

凝视眼前的住宅，板宫眯起眼睛。

“啊……那片土地怎么还是空地？去年在那里遇到的老婆婆不是说今年这个时候新房子就会盖好了吗……”

似乎想起当时的事，板宫的脸上笼罩一层淡淡的阴霾。他低声说：“希望老人家一切安好。”

走在什么都没有的土地上，确认每一栋房屋的状况时，经常会在坍塌或被冲垮、只剩下地基框架的屋子前，遇到原本的居民回来察看。一想到这栋房子将从明年的地图上消失，愧疚的心情便使他情不自禁藏起手上的地图。然而，很多居民都会对他说“请让我看看”。不少人微笑着说“啊，我们家还留在地图上”，说着说着便眼泛泪光。

也有人对他说“房子总有一天会再回到地图上的”。板宫现在想起的，大概就是其中一位居民。一思及此，连真实都感到难受。朝板宫的视线方向望去，她认不出眼前的空地哪一块是原本预定盖房子的土地。无法在众多空地中找到那块地，她不由得对自己感到生气。

指导真实工作的板宫是地图制作公司的资深地图调查员，震灾发生后，每年都由他负责更新石卷的地图。真实原本不知道，原来地图调查员是地图公司的正式员工，包括工读生在内，日本全国各地有为数不少从事这行业的人。这次是因为石卷一带制作地图的人手不足，才请佳乃帮忙找人。

“我和板宫先生是震灾后因为工作关系认识的。为了制作地图走遍灾区，这也表示他确认了住在这块土地的所有人的下落及生活状况。在地方上走动也会认识很多人，我在工作上真是受了板宫先生许多照顾。”

照这么说来，佳乃和板宫已经认识好多年了。板宫今年开始出现膝盖痛的毛病，没办法长时间走动勘探。因为靠自己一个人工作成果有限，他便跟公司商量，今年先请工读生协助他。听他提起这事后，佳乃便主动推荐了真实。

“和清理照片的义工不一样，这是打工，所以有钱领哦。如何，要不要试试看？”

看来，佳乃是担心真实的生活，故意帮她找了一份工作。

“你真正的名字叫什么？”

前往石卷的途中，佳乃忽然在电车上这么问。

完全没料到她会这么问，真实也知道自己露出了惊讶的表情。心想“糟了”，视线尴尬地望向佳乃，看到她用率直的目光注视着自己。

和开车去仙台车站迎接时不同，前往石卷乘的是电车。几乎没有其他乘客的车厢内，佳乃与真实互相凝视着对方，仿佛时间暂停。

搭乘仙石线的慢行列车，会看到海景与高耸的防波堤轮流出现在车窗外。这时车正好抵达陆前大冢站，在这之前还看得到海，但这个车站离海实在太近了，从窗户看出去时，防波堤占据了整个视野。显而易见，这道高耸的堤防是震灾后重新建设的。

隔着防波堤仍感受得到另一头大海的气息。在四面不临海的群马长大，真实从未想过电车可以经过离海这么近的地方，感觉很是新鲜。一边望向窗外，一边想着这种事时，佳乃忽然抛出那个问题，真实一时之间无法回答。

即将发车的铃声响起，车门发出压缩空气的“噗咻”声关上了。月台上，司机轻轻吹响了哨子。

“……坂庭真实。”

终究如此回答，是因为佳乃的表情看起来并未发怒，语气也不是诘问，只像在随性聊天。反过来说，这也意味着再隐瞒她也没有意义。“这样啊。”佳乃轻轻点点头，依然完全没有要指责真实的意思。

“原来真实是你的本名。”

“你为什么会发现？”

真实小声问，佳乃笑了。她真的没有生气。

“一开始就觉得你大概有什么内情啊。只是不确定名字是不是假名，刚才是故意试探你的。”

佳乃以促狭的眼神窥看真实的表情。

“谁教你跟我们网站联系时，急着说想找有地方住的地方当义工，还说希望尽可能长期，那听起来简直就像在求救啊。给人一种拼命想找个安身落脚处的感觉。”

“明知有内情，你还愿意来接我？”

“放心不下嘛，而且听起来你应该是孤零零的一个女生。”

佳乃毫不迟疑地这么说。听她这么说，真实也觉得应该是这样。

即使面对的是有内情的人，在怀疑之前还是会先伸出援手，世界上就是有这样的人——佳乃就是这样的人。

“刚才之所以问你本名，不是要责怪什么，但是，等一下介绍的制作地图的工作，如果不用本名登记的话，怕是会给人家添麻烦。我只是想先跟你说，到时候不用顾虑我，直接填写本名没关系。”

“樫崎爷爷他们也都认为我用的是假名吗？”

“没有啊，”佳乃摇摇头，然后笑了，“应该说，打从一开始，他们对这种事就不感兴趣。轮到真实做菜时，爷爷称赞你做的浅渍很好吃，耕太郎也说清理照片的事你帮上不少忙。之前我不是提过嘛，地震过后，很多来当义工的人在照相馆进进出出的。”

有那么一瞬间，真实犹豫是否该对佳乃提自己的事。如果要说的话，现在应该是最适当的时机。但是她踌躇了。倒不是因为不想说，只要佳乃愿意听，真实很想把自己身上发生的事——和架的那些事告诉她。但是，真实的这些烦恼，对佳乃来说大概没什么大不了吧。

自以为遭到架的背叛，一气之下离开东京，又不能回群马，一时冲动来到这里。真实的这些“苦衷”，在活跃于日本各地，见识过各种人的佳乃眼中或许根本称不上苦衷。又不是已经和架结婚了，说起来就只是恋爱纠纷。对当事人来说或许是个大问题，在别人眼里却是无足轻重。就算别人不当一回事也是理所当然的。

在樫崎照相馆里，带着阿力出逃的早苗没有告诉真实自己发生了什么事，只是以坚毅的态度站在旁边清洗照片。看到她的坚强，真实才发现自己有多小家子气。

即使如此，是否还是应该告诉佳乃比较好？至少让她知道自己不是来路不明的可疑分子，正当真实打算开口时——

“没关系啦，每个人都有自己的苦衷嘛。”

佳乃轻描淡写地打断真实。真实朝她望去，佳乃轻轻摇了摇头，目光转向窗外。

“像我也是把自己的孩子交给母亲照顾，暂时没办法见面啊。”

“咦！”

真实忍不住发出惊呼。佳乃微微一笑。

“……就像这样啊，大家都有各自的苦衷啦。”

被她这么一说，真实就说不出第二句话了。佳乃的微笑没有一丝阴影，怎么看都不像怀抱复杂苦衷的人。真实从来没想过她可能有小孩，连她已经结婚都没想过。因为她是这么有行动力，顶多只模糊地想过单身可能比较方便四处行动。

“这样啊……”真实不知所措地点点头，说不出别的话来。

就这样默默等待慢行列车抵达石卷。每天从位于仙台的樫崎照相馆通勤来制作地图太大费周章，所以打这份工的期间，就先住在地图公司安排的员工宿舍。自己一个人住在陌生场所虽然需要勇气，但仔细想想，本来就是打定主意过这种生活才来东北的吧。

和佳乃两人默默坐在电车上。这样的沉默非但不痛苦，反而感觉很舒适。从以前到现在，无论是和女性友人聊天时，还是参加联谊或聚餐时，真实都很害怕沉默。尴尬的沉默，令人讨厌得不得了。总是因此陷入不安，连没必要说的话都叽叽喳喳说出口。

佳乃说出自己孩子的事，或许是为了让真实安心。沉默之中，真实渐渐察觉到这一点，对佳乃更加感谢。

——不管怎么说，和小野里夫人介绍的第二个相亲对象花垣学约会时，每次都很累。

原本还以为他是自己喜欢的类型。看了照片，心想长得这么漂亮的人为什么还没有结婚呢？真是不可思议。请小野里夫人向对方转达想见面的意愿，对方回答他也想见面时，真实心想："啊，我大概会跟这个人结婚了吧。"当时清楚地有这种感觉，内心暗自期待他能对自己满意。

或许因为一开始期待过高，每次和花垣见面，她都觉得有点遗憾。遗憾一点一滴增加，累积得越来越多。

相亲照里的他身穿西装，照片从正面拍摄。以为来的会是跟照片里一模一样的人，在约定碰面的地方看到他时，真实心里想的是，花垣长得没有照片上那么好看。身上也不是西装，而是像学生一样穿一件法兰绒衬衫配卡其裤。品位虽然没有金居先生那么奇特，也不算老土，但就是没有相亲照片上那么帅。

看起来老老实实，沉默寡言，似乎没什么社交能力。每次约会都是真实在说话，问问题的也是真实。面对那些问题，他总是只回答一两句，对话持续不下去。再怎么内向怕生的人，见过几次面也该熟稔了。虽然她告诉自己这就是他的特色，但沉默还是令人很煎熬。

——那个，不是外国车，是国产车哦。

有一次约会，他难得主动开口，真实错愕地抬起头。一时之间听不懂他在说什么，抬起头一看，他正指向餐厅窗外。

“那辆车——坂庭小姐说想开的那辆车。”

听到这句话的瞬间，真实的肩膀倏地发热。

刚进这间餐厅时，真实就注意到窗外这辆车了。那是之前偶尔会在街上看到的车型，她一直觉得这车的设计很棒。没有普通房车那么大，但也不会太小，正好适合女人开。

真实的第一辆车是母亲淘汰不开的轻型车，现在开的这辆也是几年前爸妈给自己买的国产轻型车。汽车是群马生活的必需品，一家一辆还不够，一人一辆是理所当然的事。“第一次开车难免东撞西撞，先开这辆练习就好。”妈妈这么说，把自己的中古车让给正在找工作的真实。之后，也是妈妈说“如果是这辆的话，爸妈可以给你买”，主动买了现在的轻型车给她。不过，朋友里有人第一辆就买新车，还有人用学生时代打工存的钱买了造型可爱的外国车 Mini。

明明是她自己说“这辆的话就可以给你买”，后来母亲却对真实说“你要心存感激”。她还说：“已经是成年人了，自己出钱买车对一般人来说天经地义，只有真实，要是爸妈不帮你决定的话，连自己要买什么车都无法决定。”

被这么一说，真实也不太高兴。事实上，她有想过换车时要买自己选择的车。虽然不知具体该存多少钱，也只是在马路上看到那种车时心生向往而已。反倒是 Mini 满街都是，如果要买的话，买这辆造型复古的车好像不错。

和花垣在餐厅里坐着，已经想不出其他话题，陷入沉默时，心想这个人要是能主动说点什么就好了。这时，不经意看见窗外停车场停着的那款小车，真实就不以为意地说：

“那是我很向往的车型呢。”

在群马这个地方，每个人开的车都展现着自己的特色，有时甚至代表社会地位。走入社会前的真实对车没什么兴趣，开始工作之后，看到主管级的人果然都开看似高价位的车，心想“好车果然不一样”，聚餐时男人们经常毫不掩饰地炫耀自己的爱车。女孩子聚集聊天时，用喜滋滋的语气提起自己男友开什么车的人也不少。大家都常换车，手上一有闲钱，往往第一个花在车上。

花垣抬起头，朝窗外那辆车望去。真实微微苦笑。

“不过那是外国车，要是我真的说想开，爸妈一定会反对。我父母在这种地方非常保守，一定会说国产车比较好。”

“……哦。”

花垣的回应还是一样简短，说完这句话，就像一点也不感兴趣似的再次沉默。正好这时餐点上桌了，真实便和他默默吃起来。

因此，这个话题本该就此结束，花垣却在过了好一会儿之后，忽然又那么说。

“那个，不是外国车，是国产车噢。”

顺着他手指的方向望去，刚才那辆车正要开出停车场。看似刚用完餐的车主坐进车里，发动引擎之后大灯亮起，车后方的刹车灯闪烁。

“那辆车——坂庭小姐说想开的那辆车。”

真实的肩膀倏地发热。

感觉他在指摘自己，连是哪里生产的车都不知道，还敢说是自己向往的车。羞耻与超越羞耻的愤怒从胃部深处翻涌上来。

她说不出话，只是默默望着花垣。然而，不懂察言观色的花垣依然望着窗外:“车开出来的时候，我看到后面有国产徽标。”

和普通国产车不一样，这款车的国产徽标不在车头。还有，外形设计得很像外国车，完全看不出是日本车，所以真实才会搞错。即使嘴上说着向往开这种车，真实也没想过要去调查。没错，因为她根本就没那么“向往”这款车，只是姑且拿来当话题罢了。

因为和你的对话太无趣了。

因为你从来就不会自己找话题。所以，我只好努力想出这个其实根本没那么感兴趣也无所谓的话题。明明是这样，你却指出那种不重要的无聊小事?

花垣开的是轻型车。在真实身边，已走入社会的男人没有人开轻型车。大家都肯花钱买车。因为在这里，车子就代表自己的特色，甚至是社会地位。

开那种女生才开的轻型车很逊，为什么不换车呢?其实这才是真实的内心话。一直忍着没有说，但真的很介意。

这样的花垣，并不是为了侮辱真实才提出刚才的指摘。这点真实非常清楚。要是他想得出做这种事，之前也不会这么没话聊了。他说那种话，应该只是出于好意。他是个善良的人。正因善良老实，根本没想到说那种话对方会怎么想。真实脑中浮现“呆头鹅”三个字。

真实受不了了。谁教他不能忽略真实的不懂装懂，谁教他善良得连察言观色都不会。

不只如此，还连拓展话题都不愿意。对话再次中断。

花垣根本没察觉真实的心思，像是已经忘记自己刚才说了什么，伸手去拿哈密瓜汽水，用吸管喝了起来。

没记错的话，在第一次见面的咖啡厅，真实认为不管怎样应该先来杯咖啡时，他也点了柳橙汁。在家庭餐厅约会时，他总是喝哈密瓜汽水或芬达，用吸管喝。好像不太会喝酒，就连来今天这种餐厅用餐时，点的也都是无酒精饮料。

如果是小野里夫人或母亲，或许会说“这点小事算什么”，但真实就是很介意。就连更正式的场合，比如说订婚或提亲时，即使所有人都点咖啡，这个人一定还是不会察言观色地说“那我也喝一样的”。就连那种时候，他大概还是会喝他的哈密瓜汽水。

要是真实不约他来这种餐厅，到现在约会大概还是只去家庭餐厅吧。

这点小事不算什么。

在意这种事是你心胸太狭隘。

你眼光太高了。

大家会这么说我吧。

他这么老实，不是坏人啊。大家会这么称赞他的善良吧。

是拒绝他的真实不好。大家都会这么认为吧。自己都不去理解对方，却奢望人家理解自己，在旁人眼中，这样的自己或许真的很傲慢。

但是——我受不了。

我也曾试图理解他，真的尝试过了。尝试好好面对每个遇见的人——但是，总觉得他们都不让我看到我能理解的一面啊。我不知道如何去理解他们。

希望花垣先生也能找到好对象。

我不讨厌他，虽然不讨厌，但不希望是我，最好是有别人可以带给他幸福。真实现在这么想。

对架提起跟踪狂的事时，下意识地，真实的脑中浮现的是花垣。

她也知道这么想很失礼，但没有其他能想象的对象了。

——我不是包庇他，不是这个意思……只是……总觉得不是不明白对方的心情。我想，他都三十几岁了才失恋，心里一定很难受，该怎么说呢，那种不安的心情我可以理解。像是对结婚的焦虑、未来的人生，等等，说不定都因为被我拒绝而忽然失去了希望。

其实那说的也是自己的心情。

在婚活中认识了谁，怀着“说不定就是他了”的期待。但是，在发现不是的时候，就像眼前每一扇门都忽然被关上了。期待越高，失望越大。

明明是那么无话可说，看不出来对真实到底怎么想的花垣，在真实请小野里夫人转达拒绝之意后，却又说他“还想继续见面”。真想问问他，那么你到底是喜欢我什么呢？

连在公共交通这么方便，不太需要买车的东京，架还是会买全新的外国车来开。

聚餐时也会配合大家点咖啡。

经营进口啤酒的公司，懂得怎么喝酒，还经常带我去时髦的酒吧。

这些都是在老家那里绝对不会遇到的事，令他看起来那么帅气，充满魅力，这样的魅力，这样的魅力……令我头晕目眩。

可是，或许我也只看到对方的外在而已。

选择架的我只是个在五光十色的大都会中迷失自己的肤浅女人。这如果是一个故事，我一定是会在最后受到天谴的坏女人。

制作地图的基础，就是要好好思考勘探路线，走过一次的路不要再走第二次。

走在街道上，脑中复习板宫教的重点。第一个星期和板宫一起拿着地图勘探，看到已经负责这个地区好几年的他工作中的样子，真实佩服不已。整个城市的地图完完全全在他脑中。尽管负责的范围一点也不小，跟着他走的路线却绝对不会重复。

"好厉害。"真实忍不住发出惊叹。

板宫哈哈大笑着说："今天是和你这个新手一起走，我已经松散很多了。"

快活的语气背后透露出他的自信。

"一开始应该没办法这么顺畅，就算重复也没关系，请提醒自己每一户都要走过，最重要的不是省时，是准确度。"

"是。"

"看到坂庭小姐这样的年轻女生，居民们一定也乐意和你搭话。说不定会有老人家找你说话，到时就麻烦你听他们说说啰。"

“说话？”

“大家都想跟年轻人聊天啊。我虽然已经五十几了，在这个地区还算年轻人呢，老人家经常跑来关心我。佳乃小姐也是因为我和这个地区的人感情好，才找上我一起工作的啊。”

“哦哦……”

这也是真实和板宫一起探勘街道短短几天下来的感受。和板宫一起摊开地图时，路过的人总会过来打招呼。“哦哦，是板宫先生！”有这么直接喊他名字的人，“呃……你是那个谁……”也有像这样忘记他名字的人。但是，也有人一看到他手上的地图就说“哦哦，你是那个做地图的”。结束一个地方的确认工作后，还会有老人家提着一塑料袋的橘子远远大喊“喂，这个拿去”！

佳乃只有第一天跟来，现在已经不在这了。

真实住的地图公司宿舍是一栋小公寓，直到前年都还是震灾后的灾民临时住宅。原本住在这里的灾民，听说搬到设置于别处的市营住宅了。

协助地图制作的工读生除了真实以外还有另一个人。看来，想填补资深员工板宫的空缺，光靠一个人大概还不够。在宿舍里住真实隔壁的这个男生，是比她早来两个月的前辈。他也是佳乃带来的，名字叫高桥。不知道他为什么会来这里，只知是从静冈来的，比真实小五岁，今年三十。

“请多多指教啰！”

第一天，高桥以轻松的语气这么寒暄。大概曾从事什么运动，他个子很高，肩膀很宽。一头染成近乎金色的褐色头发，只有靠近发根处是黑色的，一边耳朵戴着耳环。要是没有听佳乃的介绍，真实大概永远不会靠近这种类型的人。

“别看他外表这样，人倒不坏。”

“对啊对啊，是个爽快的好孩子，你们同事之间要彼此照料哦。”

佳乃和板宫都笑着这么说。

地图调查员的工作，基本上是独自进行，不用和他一起行动。但是对真实来说，有伙伴在还是安心不少。话虽如此，高桥的外表还是让人有些退却，真实始终不敢主动找他攀谈。就在这时，在公寓走廊上碰巧遇到他。一看到真实，高桥就“啊”了一声。

“可以等一下吗？三分钟就好。”

忽然被他这么叫住，真实吓了一跳。高桥则再次掏出钥匙打开自己的房门进去了。很快再次出来时，手上拿着一双粉红色的雪靴。

“二十三号半。”

“咦？”

“我问以前的女友大人，她说女生的鞋子大概都是这尺寸，合你的脚吗？”

“……我的脚是差不多这么大没错。”

“那，不嫌弃的话，这双给你。”

高桥不由分说地将雪靴递上来。拗不过他的行动力，真实收下了靴子。那是一双有穿过痕迹的靴子，但鞋底只有轻微磨损的痕迹，整体还很干净。

一般人再怎样也不会称自己的前女友为“女友大人”吧，但是，他这种温柔的说话方式虽然令人意外，却也令真实有些羡慕。

“在我昨天勘探的那一区的公园里，明明是工作日，附近的幼儿园和老人院却在那里举行跳蚤市场。我心想哪会有人去买，就跑去看，结果看到这双鞋。竟然只要一百，很惊人吧？我有先杀价啦。”

“我可以收下吗？不行，还是要给你钱。”

“哦，不用了，不用了，刚不是说了嘛，才一百啊。”

高桥低头望向自己的运动鞋。不知穿多久了，已经显得很破旧。

“做这份工作啊，要走挺多路的。鞋子一下就不能穿了。再说，这里冷天多，不介意的话，请穿那双鞋吧。”

“有这双鞋真的帮了大忙，可是……”

“那就这样。”

自顾自地说完，留下真实和雪靴，高桥快步离开了。简直就像一阵旋风。

没有想太多，只因为便宜就买了，应该是这样吧。真实愣愣地望着那双粉红色的靴子。看似设计给二十几岁女孩穿的年轻款式，绝对不是真实喜欢的样式——虽然不符自己的品位，但她仍然心存感激。因为现在真实手边只有两双鞋，一双是在仙台车站买的短靴，一双是从东京穿来的高跟长靴。

做这份工作两星期了。

一边和地图大眼瞪小眼一边走，慢慢不再觉得向路人问话或搭讪是一件苦差事。与此成正比的，越来越发现人们根本不在意自己穿什么或看起来是什么模样。在东京时，明明是这么在意这种事。尤其是要出门和架的那些女性友人见面，或是去他的客户开的店时，真实往往站在家里的穿衣镜前，打开衣柜门，好几小时都无法动弹。

以前一直很不擅长应付高桥那种讲话速度快的人。对方大概也觉得自己说话很无聊，真实至今和那样的人时常都无法好好交谈。刚才也是，没办法好好回应，都是高桥在自说自话，但是，感觉并不坏。

想象工作日白天的公园里，站在没什么外来客的跳蚤市场，和幼儿园的妈妈们及老人院的老人家们混在一起端详商品的高桥，她忍不住微笑起来。再次回到房间，换上那双靴子。

真实发现那个神社，是开始制作地图将近两个月的事。

四月底。

开始时制作的是沿海的地图，如今勘探路径已渐渐远离海边，受海啸影响的部分也越来越少。土地上残留着没有被冲走的樱花树，花季比东京迟，好不容易才盛开，终于清楚感受到春意了。连霜降后的冷硬地面也换上了温柔的表情。

从手边更新到去年为止的资料，真实早已得知那一带有一间神社。

实际走访才知道，那是一栋历史悠久的木造神社。屋顶看上去有些许倾斜，不知是否与地震有关。在那倾斜的屋顶下挂着注连绳和铃铛，后方的神社社徽吸引了真实的目光。

一个大圆圈里，三条象征波浪的纹路。

真实心想，好像在哪看过这个图案。想起来时，她发出“啊”的一声惊呼。

是在樫崎照相馆看到的。受耕太郎之托清理照片时，其中的一张——某人的婚礼照片上，确实拍到这样的图案。就在穿着传统白无垢礼服的高雅新娘和亲朋好友的合照后方，确实拍到这类似波浪的图案。

“哎？你是观光客吗？”

背后传来一个悠哉的声音，真实惊讶地回头。这块土地特有的方言腔调和用语，起初她还听不太懂，现在已经习惯了。

披着一件微起毛球的针织衫，头戴立体小花装饰的毛帽，一位打扮时髦的老太太从神社后方看似社务所的建筑走出来。那栋建筑比神社大殿新，可能是重盖的。真实忍不住朝地图望去，上面写着“石母田”。读音是“ISHIMODA”吗？她还来不及思考，嘴上就先问了：

“请问这里是石母田家吗？”

于是，那位老婆婆回答：“嗯啊嗯啊，我们是这间神社的人。”看来，这户人家应该是神社的管理人。

“我是为了制作地图，所以在这附近走访勘探。”自我介绍后，对方立刻恍然大悟般点头。脸上满是皱纹的她一眯起眼睛，双眼就连成一条深深的皱纹了。

“对对对，我记得你说的那个地图，之前也有人来过。”

“这间神社历史看起来很悠久了呢。”

“嗯啊，一直都在这里。”

或许是从老奶奶温柔又悠哉的语气中获得勇气，真实豁出去地问：

“请问，也会有人在这间神社举行婚礼吗？”

“嗯？”

真实的问题似乎让她颇感意外，老奶奶歪了歪头。真实一方面担心自己问了什么奇怪的话，一方面也发现，和以前比起来，自己似乎已经没那么害怕与人交谈了。所以，她也能继续说明：

“其实是这样的，我看过有人在神社举行婚礼的照片，在想会不会就是这里……也可能是我搞错了。”

真实这么问的时候，内心小鹿乱撞。不是出于紧张，而是兴奋。那张不明失主的照片，说不定能在这里找到主人的线索。

老奶奶用力眨了两次眼睛，点点头说：“嗯啊嗯啊，没错，以前这里也会举行婚礼。那是很久很久以前，我还年轻的时候，真怀念啊。”

和樫崎照相馆联系此事后，耕太郎就亲自把照片带到石卷来了。接到耕太郎联系的佳乃也一起来了，顺便约板宫和高桥一起去附近的店里喝两杯。大家决定隔天一起带照片去造访石母田奶奶在的神社，请她看看。

“真实，你好厉害噢，跟侦探一样。”佳乃边喝酒边这么说。

“哪有……碰巧而已啦。”

真实谦逊地摇摇头，耕太郎却也表示赞同。

“不不不，就算只是碰巧，你能察觉这个巧合也很厉害了。要是我，清洗照片时才不会注意到神社的社徽呢。”

“耕太郎，不好意思害你专程跑这一趟。照相馆那边只剩老爷爷，会不会……”

“没事啦！再说我也很高兴啊，毕竟，原本那些照片已经不抱找到主人的希望了。爷爷也叫我来呢。”

这天，众人来到石卷的一间居酒屋，听说是震灾后新开的店，上门的多半是义工。今天店里看上去年轻人很多，老板自己也是灾后从仙台来这里当义工的人。

白天为了制作地图四处勘探时没有发现，其实这块土地上还有很多来当义工的人，也还有很多人正为重建家园努力着。店里的客人也是，与其说是当地人，倒不如说和真实他们比较相近。

“早苗小姐和阿力都好吗？”

尽管和他们共度的时间不长，真实还是很怀念那段时光。这么一问，耕太郎才想起什么似的说：“他们不在照相馆了，已经前往下一个地方。”

“咦，这样啊？”

“对，他们也有说哦，要我见到真实小姐后，跟你打声招呼。”

“这样啊……”

想起早苗坚毅的身影和阿力稚嫩的脸庞，真实瞬间心头一紧。不知道他们怀着何种苦衷，逃离了什么，也不知道他们现在去了哪里。只要耕太郎不说，真实就不打算问。只是，他说到“下一个地方”时，语气里似乎带有一丝光明。

早苗母子或许已经向前进了。

“我也去得了吗……下一个地方。”

真实情不自禁如此喃喃低语。

但愿他们母子过得安好。想起清洗照片时，真实感触太深而哭出来时，早苗温柔搂抱她的肩膀的事。

耕太郎轻轻点点头。

“早苗小姐和阿力在照相馆帮忙很久了，现在他们不在，还真是会感到寂寞。”

“耕太郎不是有个交往中的女朋友吗？怎么不请她来？”

“哎，我也不知道耶。是在交往没错，但完全还没到那个地步啦。不过，因为她年纪比我大，偶尔也是会觉得好像有那个意思就是了。”

看着一脸天真摇头的耕太郎，真实不禁微笑。即使是像他这样知性又真诚的男性，还是会散发一股男人特有的自信，真实对这种感觉并不陌生。虽然自己这种人也没资格说什么，但还是忍不住这么想。希望他现在的自信不会在日后哪天酿成后悔，就算这种自信是年轻时的特权也一样。

“……是说，你听谁说我有女朋友的？”

耕太郎这么一说，佳乃就呵呵笑着，双手举到面前合掌说：“抱歉抱歉。”耕太郎故意皱起眉头，一边轻声嚷着“拜托，饶了我吧”，一边把自己的手提包拉过来。

他轻轻取出特地带来、装有那张婚礼照片的信封，先用擦手巾擦了擦桌子，再垫上手帕，小心翼翼地把照片放上去。

那张由真实清洗、拭去污泥的照片，看上去的确年代久远。

“很棒的照片啊！”高桥这么说。

这种家族合照，有的人还看得到表情，有些人连脸上的表情都看不清楚。真实望向高桥，“嗯”了一声，他就用力点头说：

“虽然大家都紧张地面向前方，从前拍照应该不像现在这么简单吧？光看他们的表情，就知道拍照是一件大事。这么想来，果然应该好好珍惜这张照片。”

“这或许是缘分。”坐在高桥身边的板宫说。

真实抬起头，板宫望着真实的眼睛：

“你会来到这块土地上，或许是某种缘分也说不定。”

“没那么夸张啦……”

觉得板宫夸大了，真实摇头否认——但是，忽然一阵哽咽。身体里情不自禁涌上一股温暖的情绪。

好开心。自己来到这里，现在也在这里的这件事，或许具有某种意义。这种话谁也没对她说过。板宫说这话时，应该也没想太多。明知如此，明知如此……这还是有生以来第一次，第一次有人这么说。

“我去一下洗手间。”

真实离席走向厕所。久违地喝了啤酒，眼眶下方有点泛红。对着镜子里的自己，真实才发现刚才差点哭了。明明很开心，开心的情绪里却交织着哀伤。

在镜子前眨了几下眼睛，做个深呼吸。走出厕所时，高桥等在门外。

“啊，抱歉。”

真实以为他在排厕所，为自己耽搁了时间道歉后，才想到这间居酒屋男女厕是分开的。她狐疑地抬起头，正好对上高桥意外认真的目光。

“你说下一个地方，是要去哪里吗？”

“咦？”

“刚才不是这么说了吗？”

“哦……”

他指的是耕太郎提到早苗和阿力时的事吧。听到她们已经前进了，却觉得自己还完全办不到，当时的喃喃自语大概被高桥误解成别的意思了。真实苦笑着摇摇头。

“不是啦。刚才说的是和耕太郎一起在照相馆做事的人，不是我的事。别的不说，地图调查也还有很多地方没完成啊。”

“那就好……”

高桥明显松了一口气。

看到他的表情，真实就发现了。即使是缺乏恋爱经验又迟钝的她，也明白高桥的表情代表什么。他会站在厕所外面等，并不是偶然。

“那个……”

真实总觉得，这个顶着夸张发色的布丁头，说话语气轻佻，喜欢穿宽松且上下成套运动服的人，和自己应该属于不同的世界。要是没有做这份工作，真实大概一辈子都不会和这种类型的人说话。

他的表情有点紧张，声音也提高了点。

“如果你愿意的话，下次放假要不要去哪儿走走？开车兜风。”

高桥的声音和表情都呈现出紧张。

听着他的声音——在心动之前，真实的胸口先闪过一丝心痛。

突然想起一件事，那是在县政府工作时的事。

一个常来县政府送东西的送货员，交给小惠一封信。

信里写着："每次送货来看到你，都觉得你是很出色的女生，我想自己应该是喜欢上你了——所以，下次要不要一起去哪儿走走？"

小惠把信拿给真实看，还说："我收到这种东西了，好扯哦。"

真实和其他部门的女生轮流传阅了那封信，大家都笑着说："哎！好扯哦！"不过是送货员与收件人的关系，他竟然这么喜欢小惠，太扯了。连话都没说过几句就说"喜欢你"，太好笑了。会写这种信是不是头脑有问题，你惨了，万一演变成跟踪狂怎么办？

小惠已经结婚了，或许正因如此，真实当时也和大家一起狠狠地嘲笑、批评对方。

说他"也不懂得掂掂自己的斤两"。

说他"说什么喜欢啊"。

说他"好可怕，好扯"。

说了这些话。

现在回想起来，可能正因看出对方不太可能做出跟踪狂的行为，大家才放心地把整件事当作笑话吧。

后来，几个同样担任临时职员的女生，打听了送货员送东西来的时段，跑去小惠待的部门偷看他长什么样。是个看上去老老实实、头发稀疏、年纪有点大的人。大家都说"那种老头还敢喜欢小惠，是不是太厚颜无耻了"。

那时，没人想过对方的心情。只用"太扯了"三个字做总结，掩盖一切。

因为那种对象“绝对不可能”，所以根本不用去理解对方。

说不定对方也很不安啊。

漫长的人生，始终没有遇见那个对的人。担心自己一辈子就要孤独终老，内心充满不安。对于自己没结婚的事，周遭的人不知道会怎么想。真想设法脱离一个人的生活，想结婚，想和谁交往，想要有个恋人。说不定他是这么想的。

跟我一样。

在盖上“绝对不可能”的盖子前，就算能这么设身处地想想也好。

对方也是鼓起勇气才那么做的，其实，他说不定和我一样正在为某些事奋战。

真实忽然想起，被告白的人是小惠，不是自己。

不知不觉中，她把那个送货员和金居先生及花垣先生重叠了。

我还不是一样，想也不想就盖上“绝对不可能”的盖子。

高桥那鼓起十足勇气却又想假装若无其事的紧张声音打动了真实。

她想起架的脸……

“兜风？高桥你又没车。”

真实这么说，用尽可能轻松自然的语气，半开玩笑地回应。高桥瞬间毫不掩饰地卸下脸上紧张的表情。

“车子借就有啦，”他这么说，“你不知道我的个性有多厚脸皮吗？只要把板宫先生的车抢来用，我们就能去兜风了。”

“我想想看，”真实说，“我想想看——谢谢你。”

除了婚活认识的人之外，真实没有与异性交往过。她第一次发现，自己或许对此感到自卑。始终无法和众人一样找到恋爱的入口，明明大家都可以，只有自己不行，这件事一直让她很在意。然而，砌一道墙挡在自己面前的，或许正是自己。

真实又重复了一次，尽可能不用太慎重的语气，只是不知为何，眼泪差点流出来。

“谢谢你哦，高桥。”

“是怎样啦，你太客气了哦。”

高桥笑了。

真实把他留在厕所，自己回到座位上。坐在旁边的佳乃对真实说：“真实啊。”

“嗯？”

“高桥是个好家伙哦。”

被她这么一说，真实差点喘不过气。

面对察觉发生了什么事的佳乃，真实轻轻吸口气，点点头。

“嗯。我知道。”只这么回答。佳乃也没有再说什么。

这间神社的名字叫三波神社。

三条波浪状线条形成的社徽图案正说明着这个名称。除此之外，名称里的“波”字也不经意触动了真实的心。这个地方的人们，以前就和大海及波浪共存。正因人们仰赖大海讨生活，对大海心存感谢，才会为神社取了这样的名字吧。或者，大海与波浪也可能是人们敬畏的对象。真实的思绪忍不住飘向原本造福人类的海洋，因为震灾而丕变时发生的事。

她带佳乃和耕太郎造访三波神社，把照片拿给石母田看。

石母田将三人带到木造神殿内。他们以为是老旧的建筑，其实内部整修过，冷风也不会从墙缝中吹进来。烧得火红的石油暖炉上，放着咻咻喷出蒸汽的烧水壶。正坐时脚虽然有点凉，却莫名带来一股恰到好处的紧张感。只有挂在庄严神殿内侧的雪白注连绳是全新的，令人确实感受到神明就在那里，神殿内弥漫着静谧的氛围。暖炉上水壶冒出的蒸汽与大殿内侧庄严的气氛，说明了这里正是人类与神明自然共存的空间。

石母田戴上老花眼镜，眨着眼睛看照片，石母田的女儿坐在一旁，把手放在她的背上。

“好怀念啊。”石母田说。从照片上抬起头，望向真实。

“太惊人了，这是幸子婚礼的照片呀。你记得吗？家里开和服出租店的那个。”

“记得记得，就是健太的妈妈吧？”

“嗯啊嗯啊，对呀，她家的健太跟你同班。”

石母田母女边说边点头。看来，这张照片里的人她们认识。“真不可思议！”石母田的女儿从母亲手中接过照片，感慨地看着说：

“这是健太的父母结婚时的照片，就表示这时健太还不知道在哪儿呢。但他现在都已经是个老头儿了。”

石母田的女儿和真实的母亲同一时代，大概只比她小几岁。她一开始就介绍过自己现在是这间神社的权祢宜，宫司则由她丈夫担任[1]。

“这户人家现在还住在这边吗？如果方便的话，想把照片送还给他们。”

耕太郎这么说。石母田母女彼此看了一眼，做母亲的说：

“这户人家长年经营和服出租店，也出租婚礼用的礼服，从前人们还时兴在神社举办婚礼时，受了他家许多关照。这张照片里这个可爱的新娘啊——”

说到这里，石母田抿嘴笑道：“她年纪比我还大，后来成了个可爱的老奶奶，已经过世好一段时间了。她的儿子、媳妇继承了家业，但是店在海啸中受损了。他们现在还住在石卷，我可以帮你们把照片送过去，要放我这儿吗？”

“那就务必拜托您了。”

耕太郎放下一颗心，深深低下头。真实也有同感，心里很高兴。石母田笑得整张脸皱在一起：“他们一定会很开心的。”

“我去泡茶，真的很谢谢你们远道而来。”

说着，石母田的女儿起身离席。知道照片的主人是谁后，所有人都被开朗与温暖的情绪包围着。一张陌生人的照片，如今将大家和乐融融地串联起来，不禁感到非常幸福。

“听说你和爷爷一起从事照相馆的工作？”

石母田问耕太郎，耕太郎点头说“是”。

---

[1] 权祢宜与宫司皆是日本神社神职人员的职称，依地位高低分别是“宫司”“权宫司”“祢宜”“权祢宜”和“出仕”。——译者注

“家父从事与摄影完全无关的行业，目前住在东京。但我从小就很喜欢爷爷的照相馆，也对摄影感兴趣，后来就到爷爷这里来了。话是这么说，和爷爷当年开始拍照时的环境不同，现在大家用数码相机或智能手机就能轻易拍出高画质的照片，摄影师的工作机会少了许多。”

“哎呀——这样啊？”

“不过，能像今天这样派上用场，我还是很高兴。”

耕太郎微笑着说。

“遇到节日时，我也会帮地方上的小学拍照，感觉就像自己参与了谁的人生大事。以前小学教学旅行时的随队摄影，爷爷一个人负担不了，现在有我在，学校也会请我去拍摄了。”

“是吗？耕太郎你会跟小朋友一起去教学旅行吗？”

佳乃发出惊讶的声音，耕太郎故意瞪她一眼说：“不行吗？”

“不是啦，只是想起小时候教学旅行时，确实每次都有随队摄影跟着。原来如此，耕太郎现在就在做那个啊，好厉害噢，你长大了呢。”

“佳乃小姐，你是不是还一直把我当成学生看啊？”

他们认识时，耕太郎大概还是学生吧。真实为两人的对话莞尔，忍不住对耕太郎说：“你很受小学生欢迎吧？”

“在小学生或初中生眼中，耕太郎是大人了啊，一定很受欢迎。”

“旅行最后一天，还会收到用撕下来的笔记本页面写的信呢。明明只跟他们一起旅行了短短三天。”

耕太郎咧嘴一笑。

“最多就是这样了，不过我每次看到他们都会想，小孩子真的都活在很充实的时间里呢。”

真实也还记得。学校老师、教学旅行时游览车上的导游、随队摄影师、补习班老师……孩提时代，经常有人偷偷暗恋近在身边的大人。会写信的只有少数积极的女生，自己是再怎么样也做不出那种事的小孩。现在就连这也成为令人怀念的往事。

“不过，虽然照相馆的工作减少了，但大家对摄影本身的兴趣倒是比以前高了呢。”

“是啊，我家孙子们也常用手机拍了什么就寄来。好像也可以用电脑看？”

“还有 Instagram，像这附近的海岸风景，就是很适合上传的 Instagram 美照。”

听了石母田的话，耕太郎点头赞同，真实也有同感。从仙台到石卷时，途中从电车上望出去的景色，好几次都让她心想，要是现在还在用手机的话，真想拍下来。为了地图勘探，在街道上四处走动时，也会不经意发现天空之美，或是看到小型民宅旁盛开的杜鹃花，美得大受感动。真实每次都会兴起把它们拍下来的念头。

关闭电源的手机一直放在宿舍房间里。关了手机来到东北后，原本想等一切稳定了，再把手机打开。就这样一天拖一天。离开东京已经好长一段时日了，明知不能继续这样下去，但现在依然不敢开机。

害怕电源打开的瞬间，会有谁传来什么短信。

电话、电邮、LINE，害怕一开机就看见这些。那就像在逼迫丢下这一切离开的自己负起责任面对，也意味着眼前平静的时光即将结束。所以她很害怕。

“对啦，佳乃小姐也在玩 Instagram 吧？”

“嗯，有，但几乎没有实时上传照片。要是知道我现在人在哪儿，可能很多人会生气地逼问‘都到附近了，怎么不过来一下’。”

佳乃这么回答耕太郎，不愧是活跃于各地的佳乃会有的想法。耕太郎不经意地问：“真实小姐呢？”

“咦？”

“Instagram，你在玩吗？”

这种不带深意，再自然不过的问法，让真实感到很自在。他一定隐约知道真实来东北的动机不单纯，却没有多余的顾虑，只是顺理成章地把话题丢给她，这让她很高兴。

所以，真实也没有想太多，直接回答“之前有”。

“之前还经常上传照片，来这边后就完全没有玩了。”

“是吗？你都上传了哪些照片？可以看吗？”

“可以啊。”

和架去旅行时拍的照片，他公司销售的啤酒照片，大概就是这些吧，没有什么特别需要隐藏的东西。

“是这个账号吗？”耕太郎搜寻后，出示他找到的 Instagram 账号页面。令人怀念的照片——上面还有好久以前拍的，看起来一点也不像自己的照片。

最后上传照片的日期是一月。

东京的工作辞掉前。

“可以借我看一下吗？我自己也好久没看了。”

页面上排满自己还什么都不知情时的照片。

和架订婚，认为他是一百分的恋人，即将步入礼堂，内心充满幸福预感的时候。某种意义上说，是我还很天真时的记录。真实这么想。

或许因为好一阵子没看，在对过去的自己感到滑稽前，竟然先疼惜起当时的天真，连自己都觉得不可思议。已经回不去了，过去的自己。不知为何，真实甚至产生希望她就那样不要改变的念头。

打开最后上传的照片。拍的不是什么新鲜的事物，就是下班后散步回家途中遇到的猫。自己对摄影完全外行，让耕太郎看这种照片太难为情了——这么想的瞬间，眼角瞥见了什么。注意到的那一刻，像有什么尖锐的东西刺穿胸口。

有人在照片下方留言。

其实根本没有吧？

请跟我再好好谈一次。

只有这么两行。

没有署名，但真实立刻知道这是谁留下的消息，也知道消息的意思。

“其实根本没有吧？”

指的是——“其实根本没有跟踪狂吧？”

这是架的留言。

心脏跳得比一瞬间前更快更用力。肉眼看不见的脉动，剧烈得使她无法喘息，拿着耕太郎手机的手像冻僵一般失去知觉。

她咬紧嘴唇，打开其他照片查看留言。反复检查，留下消息的只有那张。不管怎么找，只有最后那天上传的照片有他的留言。

终究还是被架发现了。

按捺内心的激动。连自己都清楚察觉呼吸变得急促紊乱，脸上失去表情。

“真实？你怎么了？”

激动的情绪压抑不住，全都表现出来了。佳乃凑上前窥看她的脸。

“你怎么了？脸色好难看啊。”

“佳乃小姐——”

原来人的脸色会在一瞬之间呈现别人一眼就看得出的改变。震撼之中，真实用力深吸一口气。耕太郎和石母田也担心地望着真实。

暖炉上的水壶咻咻喷出蒸汽。真实吸一口神社内混杂了老泥巴与木头气味的空气，心情总算稍微平静下来。一边想着“怎么办，怎么办”，同时也因他们陪在自己身边而心安，心怀感激。

“佳乃小姐，他好像在找我。”

“咦？”

真实一口气提不上来，来不及说出“未婚夫”三个字。

“我的未婚夫，他好像在找我。”

早该知道会这样。自己像那样突然失踪，架一定会展开搜寻。在找寻的过程中，或许会从他的那些女性友人口中得知真相——关于真实谎称有跟踪狂的事。

其实不是没有这么想过。虽然这么想，但还是无所谓地丢下与他的那段时光。至今从没想过，那段时光还能继续。

但是架不一样。

他还在那段时光里，独自一人。

并非一鼓作气说完，真实吞吞吐吐地说出了真相。对佳乃、耕太郎和石母田说。

说到一半时，石母田的女儿端来热茶和仙贝，看到真实说话的样子，只把茶点放下就体贴地离开了。

真实说了——

自己的事。

架的事。

谎称有跟踪狂的事。

难以置信的是，她连这原本应该难以启齿的事都说出来了。佳乃和耕太郎姑且不论，石母田奶奶才刚认识不久，像她这样高龄的女性听了这类恋爱话题肯定会傻眼的吧——虽然这么想，要是今天不说的话，她总觉得自己就哪里也去不了了。所以，真实和盘托出。

正因对象几近陌生人，所以才说得出口吧。一定是因为这样。

“就是这样……不是什么大不了的事。”

说完之后，真实补上这一句。与此同时她感到眼角刺痛，似乎快哭出来了，然而事实是，眼泪早已流干。说这句话是为了不让话题听起来太自虐，也是为了给自己设道防线。

“就只是一个婚活失败、结不了婚的故事啦。我说了那种谎，把事情搞砸也是自作自受，只是看到 Instagram 照片下的留言，才知道他还在找我，突然觉得……不好意思，让你们听了这种无聊的事。”

“别这么说。”

第一个回应真实的，不是佳乃，也不是耕太郎，而是三人中和真实关系最浅的石母田。望向她那张满布皱纹的脸，真实大吃一惊。

石母田脸上堆着令人讶异的爽朗微笑。那笑容里既没有怜惜也没有同情。

皱巴巴的小手抓住真实的右手，抓住后，再用双手包起来。

“你们谈了一场轰轰烈烈的恋爱呢。”

因为太惊讶了，真实连“啊！”的惊呼都发不出来，就这样停留在嘴里。睁大双眼看着石母田，她继续说：

“当事人身陷其中可能很痛苦，看在我这旁观者眼中只觉得很美好，是一场轰轰烈烈的恋爱啊。”

“没有这回事，我们是婚活认识的，哪称得上轰轰烈烈……”

“咦？怎么现在的年轻人连自己是不是在恋爱都要听别人说才知道吗？”

那打从心底感到不可思议的声音盈满真实的心，感觉得到了解脱。声音在心中回荡，伴随一股沉积内心深处的温暖痛楚。

“轰轰烈烈的恋爱”，这几个字的发音紧紧揪住她的心。

“或许……真的像您所说……”

“嗯，”石母田抚摸着真实的手，然后问她，“为何不去见见他呢？”

声音依然那么温柔。

“要是以为人家明天还会继续等你，那就太自以为是了。突然无法继续的人，我啊，看得太多了。”

听石母田这么一说，梗在心里的疙瘩忽然消失了。真实紧咬嘴唇。

真实点点头，轻声回答“是”。

我会去见他。

只是，请给我时间。

那天晚上，真实终于鼓起勇气，把一直闲置的手机拿出来开机。瞬间，仿佛电源与时间一同注入机械里，光亮与声音从小小的手机屏幕流泻而出。许多的电邮、未接来电通知、LINE 的消息。

总觉得自己还无法一口气面对全部，只传了消息给架。

要是架马上打电话来怎么办。要是他根据手机定位找到这里来，做到这么强硬的地步，自己或许会被他带回去。

还没办法立刻见面。再说，地图的工作才刚开始，已经交付给自己的部分，希望能用自己的双腿走完。

在各种焦虑与担忧中，架只回了简短的消息。

我知道了。

请再与我联系。

从字面上看不出他是否在生气。明明才刚说过不可能马上见面交谈，这一刻又为他太过简短的文字心焦。知道跟踪狂的事是假的，他果然还是生气了吧。会不会对我失去耐性，不想再理我了？真实这么想。

正在如此烦恼时，手机再度亮起。架又发来一通短信。

知道你平安无事，我就放心了。

只有这么一行字。

◇

直到地图勘探工作告一段落，真实再次与架取得联系，已是入夏之后的事。

七月。

这段时间，架真的完全没有联系她。虽然也曾担心他生气了，或许已经放弃了，真实还是尽量要自己别去想。眼前非做不可的工作拯救了她，日子一天一天过去，心情也逐渐稳定，自然而然认为架一定还在等。

去和架见面吧，七月——她下定决心。

这天，真实和板宫及高桥一起去了平常去的居酒屋，结束之后，和高桥两人走回宿舍的路上，真实对高桥说："不能和你一起出去走走了。"

她指的是之前答应他会想想看要不要一起去兜风的事。不能一起去了。

这么一说，高桥就做出惊讶的表情，对真实说：“呃，那都多久以前的事了啊。”

“差不多是四月吧？高桥问我要不要去兜风，不是吗？”

“我当然知道啊。我的意思是，那之后你什么也没提，我就想没希望了。拜托，就算是我也懂得察言观色好吗？”

高桥皱起眉头，朝夜空高高踢起路边的小石头。

“大家心知肚明就好，你干什么特地又来拒绝。这样岂不是搞得很像我真的被甩了吗？太过分啦。”

“抱歉抱歉。”

高桥闹着别扭，也不知道他是认真的还是开玩笑，真实继续说：

“我很高兴你那么说。有人那样约我，我真的很高兴，所以才想要好好回答。如果做了多余的事，那我道歉，抱歉。”

“真是的，真实小姐就是太讲礼数了。这种一板一眼有时也会伤人的，以后要记得。”

“嗯。”真实点点头。怀着对高桥的感谢，她真心诚意地说：“我会记得的，谢谢你。”

“那你要去了吗？”

“嗯？”

“去下一个地方。”

高桥似乎还记得曾几何时的对话。真实回答：“还不知道。”

就在这么回答的当下，她已经确定了——自己要往前走。

去和架见面吧。就算两人的关系无法前进，就算缘分就此结束，也要去见他。如果不结束的话，真实说不定连下一步都看不到。

她第一次认为，结束也没关系。

架没有半句怨言，来到真实指定碰面的无人车站。

忘了什么时候，和佳乃一起从仙台来时经过的那个离大海很近的陆前大冢车站。第一次经过时，真实非常讶异电车可以从离海这么近的地方通过。在东京长大的架看了一定也会很惊讶。即使高耸的防波堤遮蔽了视野，仍然闻得到另一端的海潮气息。现在也是，闻到了海水的气味。有这个地方帮自己撑腰的话，应该能够好好面对架。

先到的真实在月台上等待。从仙台方向驶来一辆电车。夏日的无人车站，一组不知是返乡探亲还是来旅行的家庭，戴着草帽从车上下来。比他们晚了一点，从靠月台另一端车门下来的正是架。

看到架的瞬间，真实内心一阵酸楚。

分不出是心动还是心痛。

只觉得很怀念。

明明是夏天，走下车的架却穿着有领子的外套。正式的西装打扮，是交往时真实最喜欢他的模样。

架抬起头，找到了真实。

鼓起勇气，下定决心，真实走到他身边。

“好久不见。”他轻声这么说。

架的眼里没有笑意。那双眼神凝视真实，认真得教人害怕，不知道他到底在想什么。只见他深吸一口气，好像说了些什么。听不清楚，真实只是无言地看着他。架又说道：

“还跑得真远。”

随话语吁出一口气，听起来有点不满——但也有种安心感。

“嗯，”真实点点头，“谢谢你来。”

真实向他道谢。

两人进入候车室，中间隔着一个人的距离坐在长椅上。他们也想过是不是找间咖啡店进去坐坐，但又不知道这附近有没有适合的店。架说“这里比东京凉爽”，于是就决定这样了。

“你好像变强悍了。”

架这么说，真实低喃：“是吗？”实际上，自己也搞不清楚。

早已做好重逢时架一开口就怒吼的心理准备。两人交往那段期间，架对真实总是非常温柔，从来没对她大声过。但是，这次就算他骂得再凶也不奇怪。

没想到，他的语气沉着冷静。睽违多时的重逢，气氛和平得令人错愕。

架也比上一次见到他时更老成了。这么形容一个快四十岁的人好像不太对，但他或许也经历了什么事。那些事化为疲态，表现为现在的老成。如果是这样的话，那都得怪自己了。真实心想。

“那是什么？”

真实注意到架手上提着百货公司的纸袋，里面似乎装着用包装纸包起来的盒装点心还是什么礼物。虽然和架的西装打扮很搭，但在这个环境下仍显得突兀。

架“咦”了一声，然后低头看着纸袋说：“这个……想着说如果你在这里受到谁照顾，应该要送人家一点东西，半路上跑去买了。不是什么了不起的东西，只是盒装点心。”

“什么嘛。”

意想不到的答案，使真实情不自禁这么说。架叹了一口气。

“……说的也是，在带这种东西来之前，还有其他更该带的东西。”

架窥探真实的表情，这么问：“没有吗？在这边照顾你的人。”

“有是有……只是没想到架会想得这么周到，还带伴手礼来。谢谢你特地准备……”

外表看上去固然平静，要来和真实见面，他的内心或许也很紧张。这么一想，她就觉得好像可以进入正题了。真实下定决心开口：

“根本没有跟踪狂。”

听见蝉鸣的声音。车站的影子拉得很长，朝无人车站的另一头延伸，在干燥的白色地面上投下浓黑的颜色。

面对真实突如其来的坦白，架沉默了一会儿，才轻轻地说“嗯”。真实问他：

“你从美奈子小姐她们那里听说了？”

“听说了。”

架略显犹豫地点点头。自己主动提起这件事，让真实心情一下子轻松起来。她想不通自己一直以来害怕的是什么。但是，就是很害怕。害怕架会讨厌自己，害怕他周遭的一切。

“我好讨厌那些人，”真实接着说，“真的一直都好讨厌她们。”

“……嗯，”架点点头，声音里带着歉意，“我知道。”

“谎称有跟踪狂的事，真的很抱歉。”

坦然道歉。这件事真的是自己不好。不过，除此之外，真实不认为自己还有非向他道歉不可的事。

“嗯。”架再次点头。

她还是看不出他到底有没有生气。过了一会儿，架才抬起头，看着真实说：

“真实应该也听说了吧？”

“听说什么？”

“我一直忘不了前女友的事。”

“如果是指你决定妥协，跟我这个只打七十分的对象结婚的事，我倒是听说了哦。”

架倒抽一口气。

他的眼睛瞪得大大的，像时间暂停一般。

这是真实第一次用这种刻意挖苦的语气对架说话。虽然是第一次，她自然而然就脱口而出了。话或许说得有点毒，真实内心已经没有生气或悲伤的情绪。

说真的，我之前到底为什么那么怕这个人？

“听了那种话，我很受伤。”

就连这么责备他时，心情也很平静，脸上甚至浮现笑容。没有勉强自己，真的就是如此。架低头良久之后，维持这个姿势，头也不抬地说：

“我没有那么说。从来没有说过结婚是妥协。”

“但你不否认打了七十分的事？”

真实这么问，架又是一阵沉默。紧抿着嘴唇抬起头，一脸豁出去的样子点点头。

“嗯。”

原已平静的心情，在他承认的瞬间又掀起一阵波澜。不过，顶多只是微波荡漾。真实默不作声。

“正确来说，我讲的是‘百分之七十’，不是给你打七十分。那时我不确定是否这样就好，对结婚还有点犹豫。应该说，我当时想结婚的心情是百分之七十左右。”

说着，架忽然拿起不是纸袋的另一个手提包，从里面拿出似曾相识的湖水绿色小盒子。那是架买给她的订婚戒指。

“请你跟我结婚。”

真实完全没料到架会这么说。

这次轮到她瞪大双眼，仿佛时间暂停一般。

事到如今，完全没想到他还会这么说。一心以为两人今天之后就将分道扬镳，她做好分手的心理准备而来。

架的目光是认真的。打开蒂芙尼的盒子，里面放着镶嵌单颗钻石的美丽戒指。

“希望你再收下一次。我喜欢你。”

“你认真的？”

我喜欢你。

像小孩子之间的告白。真实人生中第一次听到这句话。学生时代完全没有恋爱经验，长大之后也都是看气氛进展。认识架之后，不知不觉开始交往，不知不觉开始会去彼此家中过夜——但是一次也没听他这么告白过。

架露出近似苦笑的疲倦笑容，看得出他也没抱有真实会接受自己这句告白的希望。他的声音透露着紧张，眼神深处有着怯懦——他也很害怕。

他害怕我，就像之前的我对他的害怕一样。真实心想。

“认真的。”

架以嘶哑的声音回答。

“或许，事到如今才说这种话，你已经不会相信了。可是，我想跟你结婚，我喜欢真实。”

“可是我逃走了。不但从架身边逃走，还从你母亲身边逃走。不说一句话就离开，连对自己家人也什么都没说。害大家担心，还撒了那种谎。你真的以为这些伤害都能得到修复？像什么都没发生过一样？”

说着都觉得自己不中用，语气缓慢下来，眼角浮现泪光，鼻腔深处酸楚。这一切都是自己招致的后果。

架是第一次用那么亲密的语气喊她的名字。

只要和架分手，就可以不用再对周遭找借口，也可以放弃修复那些事。抱着这样的期待，真实今天是打算结束一切才来的。

她拼命忍住不眨眼，以免眼泪从眼眶流出来。她虽然忍住了，泪珠还是不敌重力滚落。

“把事情闹得这么大，之后才说要复合，你真的认为这种事办得到吗？”

"办得到。"

架的语气没有犹豫，声音的力道吓了真实一跳。架坚定地点点头。

"我不会让真实的爸妈和我妈说什么。再说，结婚和朋友或家人无关，这是我和你的问题。"

架把戒指盒往真实面前放。看着他的表情，真实发现一件事。

这就是我曾打了一百分的人。

精通人情世故，今天也为素未谋面的人带了伴手礼来，外表体面帅气，这些都是我曾非常满意的地方。朋友都说，会对女性体贴的人不会沦落到靠婚活找对象。正因他是条件这么好的人，自己才那么努力地抓住他。架的女性友人说得没错，条件这么好的人怎么还会留在婚活市场上。

但是，不是这样的。早知道该更老实坦承。

这个人——其实非常迟钝。

迟钝到能原谅我的谎言。

迟钝到以为我自私逃跑后造成的伤害能轻易修复。这个人才是真的不谙世事，天真得可以。

和其他许多男人一样，架很迟钝，正因如此，所以温柔。

我喜欢的就是他那温柔的地方。我确实喜欢着架。真实心想。

——你们谈了一场轰轰烈烈的恋爱呢。

石母田的声音在耳边响起。

被她那么说时，真实想到的其实是“好想让架听听这个”。人家说我们谈了一场轰轰烈烈的恋爱。在听到人家这么说之前，自己都没发现，但或许真是如此。

从仙台乘火车来石卷的路上看到的景色，她每次都心想，要是还在用手机的话，真想拍下来。为了制作地图在街上四处走动，不经意看见天空之美，或者感动地看着小型民宅旁盛开的杜鹃花时，也经常想象自己用手机拍下来后上传 Instagram 的样子。

但是，其实每次脑海里浮现的，只有一个更单纯的念头——

好想让架也看看这片景色。

所以今天才会和他约在这个车站。就算在高耸的防波堤的阻隔下看不到大海，但仍能一起感受海潮气息的地方。

“米朗洁花园……”

原本两人下下个月就要在那里举行婚礼。现在取消的话必须支付取消费的那个婚礼会场。真实一说出这个名字，架就无声地眨了几下眼睛。她接着问：

“已经取消预约了吗？”

“……还没。”

架这么回答。回答之后，嘴角浮现一抹忧郁的微笑。

“或许会被认为我提得起放不下，但是，我还没取消。”

“取消吧。”

真实说。

耳边传来海浪的声音，还有蝉鸣。阳光投射在真实与架身后的海面上，反射到车站前的广场，将广场照耀得一片烁白闪亮。

“我希望你取消它。”真实说。

被真实杀了一个措手不及，架的脸上失去一切表情。嘴唇翕动一次、两次，似乎想说什么。又像寻求空气的鱼，嘴巴一开一合，甚至显得有些滑稽可笑。他眯起眼睛，用泫然欲泣的表情望向真实。

不过，这表情也只出现一瞬间。

“我知道了。”

抿起嘴唇，架清楚地回答。

尾声

在那之后，思考了无数次——

什么是正确的，有没有弄错什么。

什么是好的，什么不好。

母亲说，快点结婚。

这是因为女儿未婚让她很丢脸吧。真实心想。既然如此，就不要说那是“为我好”，为什么不清楚说出这是“为了你自己”呢？有段时间，真实一直这样想。

妈妈为什么不明白我和她是不一样的人呢？真实这么想。

但是，那是因为，妈妈只知道“结过婚的人生”是什么样的，她也只知道“有小孩的人生”是什么样的。

看到不是那样的我，她只能想象“单身的真实很寂寞”。想象我在不见天日的房间里终身孤独，这令她悲伤不已。真实似乎有点能理解母亲为什么这么想了。

对妈妈来说，这辈子我都是她的一部分，无法视为他人。不过，更令我绝望的是自己。

是自己太天真。

仔细想想，之所以能下定决心搬去东京，是因为我知道，行不通的话只要再回父母身边就好。正因我有地方可回，有人可依靠，所以才敢那么做。事到如今，已经可以承认这一点了。

这样的我口中的“自立”，在父母眼中不过是小孩子玩过家家。

认识了架，我也曾短暂认为自己将不再孤独终老。

如今回想起来，我大概只是想找个取代父母的依赖对象。

不只父母，连我自己也认为我“自己一个人活不下去”。

遇到架之后，我终于明白自己一直以来依赖的双亲，尤其是伟大的母亲，其实比想象中更渺小无知。即使如此，当我从架身边离开时，第一个想的还是回到父母身边。

因为只有那里可以去。

在深入思考之前，身心都先依赖了他们。这是罪孽多么深重的事。

直到现在，我仍不知怎么做才正确。

如果有人说我错了，那或许真是如此。

但是，现在我也会这么想——

就算依赖父母的女儿口中的“自立”只不过是去寻找下一个依赖对象，那又怎么样。就算父母担心女儿结不了婚，试图为她寻找取代自己的下一个依赖对象，那又怎么样。

这么做有什么不对吗？现在的我心情已足够坚强，能干脆这么想了。

就算别人说我们做错了也无所谓。

我不在乎。

◇

“你在想什么？”

“嗯？”

婚礼前，架这么问。

真实抬起出神的脸，看到为了今天刚剪了新发型的架正在苦笑。

“真实好像又在想什么。”

“没想什么大不了的事啦，等一下再跟你说。”

真实也露出苦笑。

抬起头，看着三波神社古老庄严的身影，感觉今天和他更亲近了。

“走吧，时间到了。”

身穿正式服装的是这间神社的权祢宜，也就是石母田的女儿。听她这么一说，架和真实同时抬起头，回答“是”。

真实身上穿的传统白无垢礼服，是向当时送来的那张婚礼照片的主人、出租店的儿子夫妻租的。架身上的羽织袴也是请他们准备的。

有别于户外的暑气，夏天的神社大殿充满静谧安详的空气。

事实上，这是三波神社睽违五十年举办的婚礼。

“走吧。”

架对真实伸出手。真实把自己的手放上去。

“架。”

“嗯？”

“谢谢你答应我无理的要求。”

这么一说，架就微笑了。

“又没关系。”他说。

想在石卷那个与自己颇有缘分的神社，举行只有两人的婚礼。

这就是真实的要求。

不邀请朋友、亲戚和家人，不举行盛大的婚宴——就像架说的，结婚和他们无关。结婚只是真实和架之间的事。

虽然人们常说结婚是两个家庭的事，过去朋友们结婚时也都去给予了祝福，当然希望自己也能获得他们的祝福。想把架介绍给大家，在众人面前炫耀。

由于过去一直都是这样想，现在也很惊讶自己心境的变化。

出国举行只有新郎新娘两人的婚礼——以前听闻这种事时，只觉得那是跟自己不同世界的人。但是现在，稍微能理解决定那么做的人的心情了。每对情侣的状况或许不同，至少以真实的状况来说，现在，她想面对的只有一个人。

婚礼只要和架一起举行就好。

提出这个要求后，架虽然惊讶，但也接受了。

“不用出国办吗？去夏威夷之类的？”

既然都能无视宗教信仰在外国的教堂举行婚礼，为何不前往东北地方的神社，只有我们两人誓言走入婚姻就好呢？

真实说，我就是想去三波神社。

那座挺过海啸侵袭，有着非常美丽、强大身影的神社。听真实这么一说，架就表示“我也想去看看”。

这番对话后，架猛地往前弯腰，口中喃喃低语“太好了……”

“咦？”

“……你愿意嫁给我。”

那声音听起来都快哭了。架表情扭曲，分离的这半年，他看起来忽然苍老了好几岁。不过，真实没有因此对他幻灭。心想，我就是喜欢这张脸。内心预感未来将一直看着这张脸，即使架不再帅气。她在心中祈愿，希望这个预感能够成真。

“嗯。”

真实点点头。

“请你跟我结婚。”她主动这么说。

真实的父母和架的母亲。

与真实取得联系后，架似乎去和双方家长谈过了。

告诉他们，真实现在并没有和跟踪狂在一起，她只是为了重新检视自己，暂时需要一点时间。

这不是谎言，但也不是“真实”。

当然，光听架这么说，双方家长都无法接受。但是，架坚持不放弃，说服了他们。

“非常抱歉，但这是我跟她的问题。”架这么说。

这个夏天，真实终于回家，也去了架的老家，向双方家长道歉。不过，这充其量只是为自己失踪害大家担心而道歉。关于取消婚礼会场，决定举办只有两人的婚礼等事，无论双方家长怎么说，她都坚持不退让。一定要从“只有两人的起点”展开婚姻生活，这个想法决不动摇。

架曾提议邀请始终担心着真实的姐姐希实夫妻参加婚礼，真实也拒绝了。她自己打电话向姐姐道了歉。

宠溺妹妹、在她搬到东京时二话不说当了担保人的姐姐，其实也和母亲一样，认为真实一个人什么都办不到。正因如此，真实才会那么依赖她。

对于真实的失踪和突然回来，希实虽然无奈，但当真实把婚礼的决定告诉她时，她笑了。

希实说：“真没想到你也有这么顽固和积极行动的一天。”

她还说：“要幸福哦。”

祝祷词诵读结束。

神官“斋主”清朗的祝祷声响遍神社大殿，落在架与真实的身上。真实感受到身旁架的紧张，也强烈希望自己的紧张——以及喜悦，身旁的他能感受到。

拿着朱漆杯，接受斟酒。不经意往身边一看，正好与架四目相接。他在同一时间看了真实。

光是这样，就让紧张瞬间消退。

在这庄严神圣的场合，这么做或许不符合规矩，但两人都微笑了。轮流举杯。

高举玉串，在神前献祷。二鞠躬、二击掌、一鞠躬。

注视着大殿后方的注连绳，真实心想，其实根本没什么自信。

今后婚姻生活是否能顺利，其实根本没什么自信。做了这么多自作主张的事，之后一定会得到报应吧。无论是自己的父母还是架的母亲，今后大概动不动就会把这事拿出来抱怨——或许得面临这样的婚姻生活。

但是，即使如此——

现在，只和架两个人站在这里祈祷，这件事一定有其意义。真实愿意这么相信。

经过种种迷惘做出结婚的决定，这个决定一定有其意义。

希望现在的祈祷至少能应验在身边这个人身上。

玉串祝祷仪式结束后，会场气氛忽然轻松了起来，连空气都变得柔和了。

听见“恭喜”的声音，也听见架带着安心的表情回答“谢谢”。真实跟着开口，衷心表达了感谢。

“你在想什么？”

真实的另一个任性要求，是只让耕太郎来参加婚礼。这当然是为了请他拍摄婚礼照片的缘故。和架并肩站在象征波浪的三条波纹社徽下，以神社为背景拍照。这时，架又这么问了她一次。

真实回答:“没什么。”

其实她在想的是，这样真的好吗？即使是心愿成真的现在，还是会这么想。明明是自己想要的结果，还是会这么想。当然，这话就算撕裂了嘴也不会说出来。

说今后没有一丝不安是骗人的。

“架在想什么？”

“……我在想，真是太好了。”

仿佛看穿真实的心思，架这么说。

“虽然发生了各种事，现在这样真是太好了。”

“是吗？”

这人这种不逞强的迟钝，以及“虽然是丈夫但也是不同于自己的另一个人”的事实，今后肯定会一再地拯救自己。

“真实小姐、架先生，要拍了哦！”

身穿礼服的耕太郎举起相机这么说。闪光灯迸出光芒。

抬起头，内心惊叹。

眼前是连成一片的大海与天空，仿佛无边无尽。

“真实。”

架这么呼唤着，牵起她的手。两人手牵手，面朝前方。相机再次亮起闪光灯。

虽是被架牵起的手，这次，真实主动用力紧握。

——全书完